어머니! 발등에 입을 맞추고

어머니 발등에 입을 맞추고

초판 1쇄 인쇄 | 2004년 4월 30일
초판 1쇄 발행 | 2004년 5월 7일

지은이 | 김승희 외
펴낸이 | 최영수
펴낸곳 | 자유로운 상상
책임편집 | 백지윤

등록 | 2002년 9월 11일 (제13-786호)
주소 | 서울특별시 서대문구 충정로 3가 3-95 (우편번호 130-013)
전화 | (02)392-1950 팩스 | (02)363-1950
이메일 | editor100@hanmail.net

ⓒ 김승희 외, 2004
값 8,000원
ISBN 89-90805-18-X 03810

어머니! 발등에 입을 맞추고

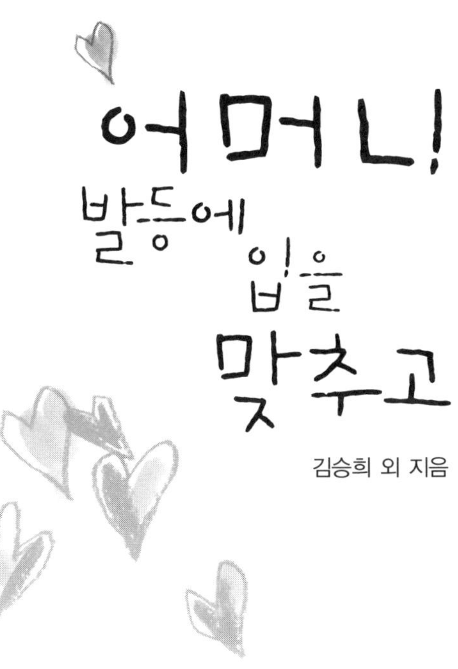

김승희 외 지음

자유로운 상상

■ 차례

저울의 한쪽 편에 세계를 실어 놓고
다른 한쪽 편에 나의 어머니를 실어 놓는다면
세계의 편이 훨씬 가벼울 것이다.

- 랑구랄

천금을 준들 그 분을 사랴

| 강부자 |

혼인하여 큰아이 낳고 한 달 만에 작은오빠 집에서 친정어머니를 '뺏어와' 십구 년 동안을 우리집 살림 총감독 노릇을 하시게 했다.

보기보다 겁많고 소심한 나는 첫아이를 낳고 나자 탤런트 노릇을 그만두고 집에 들어앉을지언정 속 모르는 남의 품을 사서 아이를 맡길 엄두가 나지 않았다. 어머니를 모셔 왔으면 하는 내 간청에 따라 작은오빠 집에서는 가족 회의가 열렸고, 아직 혼인 전이라 형네 집에 함께 살던 남동생 둘을 비롯하여 식구들 모두가 "보내 드리자"는 고마운 결정을 내려 주었다. 그리하여 어머니는 서울의 중학동 한국일보 뒤 적산가옥 이층의 십만 원짜리 전세 다다

미방 시절부터 내 탤런트 활동을 반듯하게 뒷바라지해 주시다가 일흔여덟에 세상을 뜨셨다.

어머니는 키 크고, 체격 좋고, 맘 넓고, 손 큰, 한마디로 호걸 같은 어른이었다. 한편으로 경우에 따라서는 엄격하고 완고하신 분이기도 했다. 뭐든지 반듯반듯해야지 비뚜루 가는 걸 못 보시는 어른이었다. 한 번 경우에 어긋난 꼴을 보시면 그 꾸중이 추상같기 이를 데 없었다. 꾸지람 하면 아직도 안 잊혀지는 장면이 있다. 언니가 막 약혼하고 나서 약혼자 곧 오늘의 우리 형부가 집으로 놀러 왔을 적의 일이다. 사윗자리에게 밥 해 먹이시고 부엌에서 딸들과 뒷설거지를 하시다가 언니가 경솔하게 한 말대답에 그만 역정이 나신 어머니는 사윗자리가 방안에 있는데도 불구하고 언니에게 설거지물을 통째로 뒤집어씌우셨다.

내게도 어떤 면에서는 친정 어머니처럼 무서운 존재가 없었다. 이를테면 연극 공연을 끝내고 남편과 함께 '쫑파티'에 참석하여 한 잔 하고 밤늦게 귀가하는 날이면 딸 내외의 귀가 시간이 몇 시가 되거나 어머니는 꼿꼿이 앉으셔서 기다리셨고 둘다 집에 무사히 들어왔음을 확인해야 자리에 누우셨다. 그런 날은 나는 집에 들어서자마자 인사 여쭙고는 한 잔 한 술 냄새가 어머니 코에 맡힐세라 서둘러 양치질부터 해야 했다.

사위와의 사이는 더할 수 없이 정다웠지만 그렇다고 예의를 소홀히하시는 법은 없었다. 이를테면 한여름이라도 어머니는 집안에서조차 덥다고 버선을 벗으시는 법이 없었다. 어머니가 사위에게 이렇듯 예의를 갖추니 사위 또한 깍듯이 장모님을 받들 도리밖에. 내 남편 이묵원 씨는 장모님 모시고 사는 동안 내내 더위에 집안에서 반바지 한 번 못 입어 보았다.

우리 내외는 집에서 통 어머니 앞에 나란히 앉아 서로 "이것 좀 먹어 봐라", "저것 좀 먹어 봐라" 해 본 적이 없다. 으레 한 사람은 여기 앉고 한 사람은 저기 앉고 하는 식이다. 하기야 둘 다 워낙 화끈하거나 달콤한 것을 모르고 물같이 밍밍한 성격이라 꼭 어머니 앞이라 그러기를 삼가며 지냈다고만 말할 수는 없지만, 아무튼 여태 "여보", "당신" 소리 한 번 안 하고 살아 왔다. 그저 서로 "이봐요, 헌주 아버지", "헌주야, 엄마 어딨냐?" 하고 부르면 되었다. 어쩌다 내외 간에 말다툼이라도 했을 때는 어머니는 덮어 놓고 사위를 두둔하시며 나보고만 "네가 나쁘다. 참아라" 하셨다. 혹시 내가 없는 사이에 사위를 따로 나무라시곤 했는지는 모르지만.

내가 내 분야에서 이른바 스캔들이란 것—하기야 그것도 인기 있는 이들에게나 따라다니는 건가 보지만 말이다—없이 똑바로 걸을 수 있었던 것도 스스로 반듯한 삶을 사셨고, 반듯한 품행을 지니도록 자식을 가르치신 엄격하고 완고한 어머니 덕분이라 생각한다.

흔히 할머니가 키운 아이들은 버릇 없다 하지만 우리 아이들은 그런 할머니 밑에서 배우며 자라 요새 젊은 아이들로는 매우 예의 바르고 단정한 편이다. 어머니가 손주들을 회초리 해다 놓고 엄하게 다스리신 덕분에 아이 잘 길렀다는 칭찬은 뒤늦게 엉뚱하게 아이들 어미인 내게 돌아오곤 한다.

완고하고 올곧으시기로는 내가 고3일적에 세상을 뜨신 아버지도 어머니 못지않으셨다. 육이오 전쟁이 일어나고 이승만 씨가 "국민 여러분 사흘만 피난 갔다 오십시오" 하고 녹음해 놓고는 부산으로 가 버렸을 때도 그 녹음 방송만 믿고 "대통령이 사흘만 갔다 오라는데 국민들이 왜 피난 보따리를 싸느냐"며 피난짐을 꾸리지 못하게 하신 분이다. 이십 리 떨어져 있는 이모집에서 짐 실어 나르라고 달구지를 세 대를 보내며 이틀을 권해도 마다셨다. 그리하여 우리는 패물을 챙긴 오지항아리 하나, 언니 돌날 들어온 벽시계, '후마끼 통'(품는 모기약)만을 챙겨 들고 피난을 떠났다. 그리고 그 사이에 우리집은 폭격을 맞아 몽땅 타 버렸다. 뒤에 들은 이야기로는 "강경읍 중앙리 오십 번지 기름집이 제일 크게 타올랐다"고들 했다. 하얗게 쌓아 쟁여 올렸던 장작 하며 기름, 깨들이 그렇게 재로 변해 버린 뒤로(육이오가 난 것이 내가 국민학교 삼 학년 때이다) 우리집은 몇 년은 집안의 패물을 팔아 살림을 꾸려 나갔고 내가 중학교 삼 학년이 되면서부터 고등학교 졸업하기까지는 그 여력이 다해, 갈수록 어렵게 어렵게 살아가야 하는 형편에 놓이기도 했었다.

어머니는 예쁘다기보다는 잘 생기셨다. 평생 동백 기름 발라 먹자주 댕기에 낭자머리를 틀고 포로소롬한 옥색 모시 치마 저고리를 즐겨 입으셨다. 내 고향 충남 강경에서 우리 어머니는 인심 좋아 인기 있었다. 우리집에 와서 맨입으로 돌아가는 이는 없다고들할 정도였다. 어머니는 "사람 집에 손님이 버글버글해야 그 집이먹을 만한 집이다", "설거지 통에서 수저를 건져 올려 두 손으로한 움큼은 되어야 살 만한 집이다", "먹고 살 만하지 않으면 오라오라 해도 안 온다"고 말씀하시곤 했다. 한 집안 안주인의 성정이이러하니, 집안에는 온 집안 친척이 노상 들락거려 한달에 쌀 한가마가 으레 동났다.

앞에 비쳤듯이 우리집은 기름집을 했는데 양조장집과 첫째, 둘째를 다툴 만큼 소득이 높았다.

요샛말로 '대기업' 축에 들 만한 규모의 사업은 못 되어도 우리기름이 만주, 일본에까지 갈 만큼 가게가 번성했었다. 그래서 콩기름, 들기름, 참기름이 집안에 늘 풍성했다. 어머니는 명절이 다가오면 온 마을 사람들더러 부침개감을 마련해 담아오라 하시고는 서른 명은 넉넉히 둘러앉을 만큼 큰 깨 볶는 솥 세 개를 내다걸고 기름을 내 주시어 거기 삥 둘러앉아 부침개를 지져 가게 하셨다. 또 햇땅콩이 나올 때면 땅콩을 산더미처럼 볶아 내 놓아 동네 아이들이 다 드나들며 까먹게 하셨다.

어머니의 후한 인심에 우리 동네 '미친년'도 거처를 우리집으로 정할 정도였다. 동네를 떠돌다가도 해가 지고 우리 사랑채 아궁이의 장작이 삭아질 무렵이면 꼭 우리집으로 찾아와 그 아궁이에 들어가서 자고 아침에 기어 나왔다. 어머니는 그 '미친년'에게 꼭 아침을 거둬 먹이셨다.

예전에 어떤 이가 나를 보고 "텔레비전에 한복 입고 나오는 연기자 중에 드물게 한복을 제대로 입는 이"라고 내 분에 넘치는 칭찬을 한 적이 있다. 내 한복 매무새가 조금이라도 남보다 나아 칭찬받을 만한 구석이 있다면 그것은 오로지 우리 어머니 덕분이다.

어머니는 딸들에게 어려서부터 한복을 일상복으로 입게 하셨다. 고등학교를 졸업하도록까지도 나는 학교 갔다 오면 으레 한복으로 갈아입고 지냈다. 어려서부터 격식에 따라 두루마기까지 갖추어 입어야 할 자리에는 꼭 그리 갖추어 입게 하셨고, 속적삼, 속바지, 버선까지 제대로 챙겨 입고 신게 하셨다. 삼베, 모시에 고운 물 들여 입히신 것은 말할 것도 없고 팬티며 여자들 쓰는 그것까지 삼베로 지어 주셨다. 어려서 그 팬티 입는 걸 면해 보려고 "껄끄러워서 안 입을래" 하고 투정도 해 보았지만 "이게 얼마나 시원하고 좋은데 마다느냐"며 기어이 그걸 입히셔서 딸들에게 그 삼베

맛을 들여 주셨다.

그런 어머니 덕택에 나는 브래지어라는 것을 남산 방송국 시절에 처음 알았다. 한복을 입을 때는 속바지 말기로 야무지게 가슴을 잡아매면 되었고 양장을 할 때도 어머니가 지어 주신 말기로 가슴을 숨도 못 쉴 만큼 꼭 졸라매고 다녔으니 대학을 졸업하도록 브래지어라는 걸 쓸 일이 없었던 것이다.

요새도 남의 경조사 같은 데에는 격식 갖춘 한복 차림으로 얼굴을 내밀려고 애쓰는 편이다. 그런데 불교 방송국의 아침 프로그램을 맡게 되면서 날마다 새벽에 집을 나서야 하는 형편이 되고 보니 낮에 그런 자리에 갈 예정이 있어도 새벽부터 한복을 제대로 차려 입고 나서기가 예삿일이 아님을 느끼고 있다. 한복 대충 입는 걸 용납 못하는 성미이다 보니 더 그렇다. 시집 올 때 어머니가 지어 주신 광목 버선이 아직도 솜버선, 겹버선 해서 한 댓켤레는 남아 있는데 바쁘다고 대충 입은 한복 차림으로, 더런 속치맛자락 내다보이게 엉성한 차림으로 새벽부터 나다닐 수는 없는 일 아닌가. 제대로 입을 엄두를 못 낼 형편이면 아예 대충 양장 하고 나서는 쪽이 낫다 싶은 것이다.

어머니는 꽃 좋아하고, 눈 오는 거 좋아하고, 술도 적당히 즐기신, 멋을 아는 어른이었다. 내 연기자로서의 '끼' 는 우리 어머니에게서 물려받은 것이다. 시골에서 한 집안 살림을 맡아 하시면서 소질 발휘할 기회를 못 만나셔서 그렇지 신세대로 나셨더라면 아마 그 재능에, 한몫을 하셔도 단단히 하셨을 것이다. 외할아버지께서도 따님 셋 중에 가운데인 소질 많으셨던 우리 어머니만은 아들처럼 여기고 키우셨다고 들었다.

어머니는 공교롭게도 내 생일인 정월 초나흗날에 땅에 묻히셨는데 하늘도 어머니가 눈을 좋아하셨음을 헤아린 듯 그분이 돌아가시자 큰 눈을 내려 주고는 장례식 날은 말끔하게 개이게 했다.

온 천지가 설경인 대전 선산의 장례식 광경을 요새도 이따금 비디오 테이프로 볼 때가 있다. 그날 조문객들도 "그리 낭만적이던 양반이 돌아가시니 이리 눈이 내려 주었다"고들 했던 기억이 난다.

탤런트 딸을 둔 우리 어머니의 희한한 점 하나는 결코 딸과 나란히 앉아 딸 나오는 텔레비전 화면을 바라보시지 않으려 하신 것이다. 동양 방송 전성 시대에 그 방송의 드라마에서 사미자, 여운계가 나오면 "잘 한다", "재밌다" 하시다가도 내가 화면에 딱 보이면 그때부터는 딴 데를 보시거나 아예 자리에서 일어나 공연히 왔다갔다 하시며 소리만 흘려들으셨다. 나야 젊어서부터 노인 역을 많이 맡아 했으니 어머니 앞에서 머리에 흰칠하고 허리 구부정히 연기하는 모습을 들키는 게 송구스러워 어머니와 나란히 앉아 그런 장면 맞닥뜨리는 걸 당황스러워했지만 어머니는 왜 그러셨을까? 아마도 딸의 연기가, 똑바로 쳐다보고 앉으셨기에는 너무 아슬아슬하게 느껴져 그러셨을 터이다. 그러나 나 없을 때야 혼자 앉아 그런 딸의 연기하는 모습을 관찰하시곤 하지 않으셨을까?

연극 공연장에는 몰래 와서 구경하고 가시곤 했다. 국립극장에서 「산불」 공연을 할 때는 공연 중에 객석에서 어머니 기침소리가 나는 걸 들었다. 그래서 어머니가 오셨나보다 했다. 집에 가서 어머니께 여쭈니 과연 그날 어머니는 공연을 몰래 앉아 보시고는 늘 그러시듯이 무대 뒤로 나를 찾지도 않으시고 횡하니 집으로 돌아가셨던 거였다. 정 많고 가슴 뜨거워도 겉으로 드러내 표현을 못하고 그저 쑥스럽고 무안함을 덤덤한 표정으로 감추시는 건 어머니의 성품이자 딸인 나의 성품이기도 하다. 입에 발린 찬사, 고마움의 표현, 의례적인 축하 같은 것을 어머니는 못하셨고 그 딸인 나 또한 그렇다.

남들은 어머니더러 "따님, 사위가 다 방송국에서 일하니 방송국 구경 많이 하겠다"고들 했다지만 사실은 어머니는 방송국 구경을 한 번도 못 하셨다. 어디 모시고 가야 할 일이 있어 "방송국 앞으로 오셔요" 하고 약속해서 문 앞에서 만난 것이 고작이었다. 다른 친지들에게는 구경도 많이 시켰건만 왜 어머니는 안으로 모셔 안내 한 번 안 해 드렸는지 지금 생각하니 그것도 후회스럽다.

어머니는 나의 시어머니, 곧 당신의 안사돈과도 참 사이좋게 지내셨다. 우리 시어머니는 양반집 따님으로 우리의 연애 시절부터 며느리 될 나를 위해 융 떠다 잠옷을 지어 보내 주셨을 만큼 다정다감한 분이시다. 손자 기르느라 수고하신다고 시어머니는 안사돈을 웃어른 모시듯이 모셨고 형님처럼 따르셨다. 철따라 과일을 한아름 사들고 안사돈에게 찾아온다거나 하시면 두 분이 정답게 흉금을 터 놓고 한참을 이야기하시곤 했다.

어머니는 며느리들에게도 존경받는 어른이었다. 며느리의 종교를 간섭하는 시어머니를 주변에서 흔히 보게 되는데, 우리 어머니는 당신은 독실한 불교 신자이셨지만 기독교를 믿는 며느리에게 불교에 귀의할 것을 강요하지 않으셨다. "네 종교는 네 종교이고 내 종교는 내 종교이다. 다만, 내외 간에 종교는 하나여야 한다더라"고 이르실 따름이었다.

며느리들은 어머니를 깍듯이 받들어 모셨다. 어머니 앞에 무릎을 꿇고 발톱을 깎아 드리는가 하면 잔치를 국에 말아 잡숫다 다 못 드시겠다고 수저를 놓으시면 그걸 서슴없이 훌렁 받아 먹고는 했다.

염소 아홉 마리 고아 만든 보약을 드실 만큼 아버지께 위함을 받았던 어머니는 한겨울에도 발에서 열이 난다고 하실 만큼 건강하셨다. 나이 쉰둘이 되도록 "아이 다리야", "아이 허리야" 해 본 적이 없고 밤잠 서너 시간 자는 것 말고는 쉬는 날도 드러눕는 법이 없게 나를 버텨 주는 건강은 어머니로부터 물려받은 것이다.

그러나 어머니는 나이 드시면서 고혈압과 당뇨와 천식이라는 세 가지 병이 겹쳐 말년의 이십 년은 내내 약으로 사셔야 했다. 그래도 그 세 병의 합병증을 오래도록 참 의연하고 냉철하게 다스리신 것으로 기억된다. 혈압이 오를 일을 당하시거나 하면 차분히 방으로 들어가셔서 똑바로 누워 위기를 넘기시곤 했다.

일흔여덟 생신은 꼭 막내아들네서 하겠다고 우기신 어머니는 소원대로 그집서 생신 잡숫고 꼭 이레 만에 화장실 가시다 삐끗하고 쓰러져 의식이 없는 상태로 넉 달을 병원에 누워 계시다가 돌아가셨다. "내가 빨리 죽어야지 이리 아프고 너희 신경 쓰게 해서" 하는 말씀을 노상 되뇌이시던 분이 돌아가시기 한 해 전엔가는 내게 "에미야, 나 몇 년만 더 살게 해 줘" 하시던 게 아직도 귓전에 남아 있다. 천금을 준들 그분을 사랴! 나로서는 어머니의 병구완에 최선을 다했지만 그래도 아쉬움은 남는다. 또 하나, 육 년 전에 "어떤 노인네가 은색 털코트 입고 지나가는 게 좋아 보이더라"는 말씀을 듣고도 "아유, 나도 드라마에 필요하면 빌려 입는 지경인데" 하고 그 밍크 코트를 안 해 드린 것이 이제도 마음에 걸린다.

참으로 옛 어른으로는 괜찮은 어른, 괜찮은 여자였던 우리 어머니. 한창 바쁠 적에는 한 달 서른한 날 서른한 번 녹화하고 영화 촬영하고 밤샘도 밥먹듯 하고 하다가 어쩌다 좀 덜 늦게 돌아오면 "일찍 자라" 당부하시고는 그래도 안 눕고 오도카니 앉아 이 생각,

저 생각 공상에 잠겨 있는 나를 몇 번 들여다보시며 "무슨 일이라도 있냐?"고 걱정하시던 어머니.

돌아가시기 이태 전엔가, 고추장을 담그시면서 "어찌 담그는지 와서 보아라. 나 죽으면 어쩔래?" 하시는 어머니께 "아직 멀었어요" 하고 들은 체도 안 했었는데 어머니는 그리 훌쩍 떠나시고 이제 나는 돌아가신 어른을 애틋하게 그리워할 뿐이다. 어머니 살아생전에는 무뚝뚝하고 퉁스럽기만 한 딸이었으면서. (연기인)

외상으로 산 호랑이 한 마리

| 김승희 |

어머니에 대한 나의 기억은 우선 버선에서 시작된다. 요즈음은 집안에 무슨 행사가 있거나 해야 한복을 입으시는데 나의 어릴 적에만 해도 외출할 때면 한복을 차려 입으셨던 것 같다. 외출에서 어머니가 돌아오면 나를 위시한 우리 오남매 아이들이 각기 있던 자리에서 우르르 뛰쳐나왔는데 그것은 혹시나 어머니가 무어 맛있는 거나 사오지 않았나 하는 희망 어린 속셈에서였을 것이다.

마루를 지나 안방에 들어서면 어머니는 우선 가슴의 압박을 빨리 풀어야겠다는 듯이 저고리를 활활 벗고 치마를 벗고 속치맛바람으로 앉았다. 그다음에 오른쪽 발을 쭉 펴고 앉아 왼손을 앞으로 하여 오른쪽 발에 신겨진 버선을 벗으려고 끙끙댔다. 그러나 왼손이 무슨 그리 힘이 있으며 또 버선이란 것이 뭐 그리 쉽게 벗겨지던가. 그러면 우리가 나서서 어머니의 발에 매달려 버선을 빼려고 힘을 썼다. 그놈의 버선이란 것은 왜 그리 작아야 하며 꼭 그렇게 사람의 발을 아프도록 조여야 하는 것일까? 우리는 어머니의 버선을 빼다가 버선이 빠짐과 동시에 뒤로 우르르 나뒹굴게 되어 엉덩방아를 찧은 적이 한두 번이 아니었다.

버선이 어머니의 발에서 빠지고 나면 하얗고 창백한 어머니의 발이 나타났고 그제서야 어머니의 발이 살아났다는 듯이 "휴우…" 하고 숨쉴 여력을 찾는 것 같았다. 나는 어머니의 발이 불쌍했으며 어머니의 발을 숨도 못 쉬게 조이는 그놈의 조선 버선의 잔인성을 미워했다. 버선 속에서 금빛의 새가 숨이 졸리어 죽어가는 듯한 환상을 나는 느꼈으며 그 질곡 속에 갇힌 새의 운명 때문에 나는 슬퍼했다. 우리 어머니는 바로 그 버선으로 상징되는 여자 팔자의 질곡을 온몸으로 겪어 오셨으며 버선목을 위해서 노끈으로 묶은 것 같은 자그마한 영토 안에서 희로애락의 일생을 펼쳐 오신 것 같다.

어머니는 삼십 년 음력 이 월 생으로, 정씨 가문의 맏딸로 태어났다. 말띠 생인데(특히 백말띠 여자의 팔자는 아무도 다스릴 수 없을 만큼 거세다고 하는데) 어머니 스스로가 "나는 백마살이 끼었다"고 말하는 것을 어린 시절에 자주 들었다.

외할아버지는 전국에 토지를 많이 가진 지주이자 청주에서 큰 도자기 공장을 경영하여 부자 소리 듣는 분이라 여기저기 땅도 많고 풍류도 좋은 호인이셨다. 외할머니는 인물이 곱고 시문에 능하여 어린 시절의 나에게 황진이나 임백호의 시조를 가르쳐 주실 정도로 학식이 있는 분이셨다. 외할머니는 황진이와 임백호의 연사를 애련히 여겨 나에게 자주 이야기해 주셨고 「숙향전」을 이야기하실 때에는 천상에서 선녀와 선관이었던 숙향과 이선이 이승에 유배되어 온갖 고난과 시련을 겪고 드디어 죄를 다 닦아 천상으로 돌아가는 대목에서 눈물을 글썽이며 감격하셨다.

「숙향전」을 특히 좋아했던 나는 사람이란 천상에서 무언가 죄를 짓고 이승에 태어나 고생을 하며 사는 것이며 고생이 끝나면 다시 하늘로 돌아가 선녀나 선관이 된다는 인생관이 자연스레 형성되었다. 외가족 피에는 그런 낭만주의 피가 흘렀던 것 같다.

그런 부모의 맏딸로 태어난 우리 어머니는 첫딸이기에 금자라고 불리워졌다. 위로 줄줄이 셋이 있는 딸의 이름을 금, 은, 옥에 맞추어 이름지었는데 은자 이모는 어릴 때에 죽어 기억에 없고 이름만 들었을 뿐이다. 어머니는 금처럼 귀한 존재로 특히 아버지의 사랑을 흠뻑 받고 자랐으며 정읍으로 이사한 뒤에 거기서 다닌 여학교 때에는 문예와 영어와 자수에 능하여 일본 학생들을 제치고 일등상을 많이 받았다고 한다. 여학교를 졸업하고 전국의 수재들이 모인다는 전주의 사범학교에 들어갔으니 그때의 여자로서는 최고 학부에서 새 학문을 배운 셈이다.

사범학교를 졸업하고 혼인할 때까지 교편을 잡기도 했던 어머니는 그때까지만 해도 인생살이의 가난이나 궁핍, 상실 같은 것을 모르는 꿈 속의 이상주의자였던 듯하다. 방학 때에 전주에서 정읍으로 갈 때면 마차를 타고 다닐 정도니 현실 감각이 제대로 생길 턱이 있었겠나. 첨단의 퍼머 머리를 하고 최신 유행의 옷을 입고 잔뜩 멋을 부린 이 신여성은 문학 소녀의 꿈을 가지고 있어 일본어판 세계 문학 전집을 시집 올 때에 가지고 올 정도였다.

어머니는 육이오가 나던 해에 외할아버지의 명으로, 전북 도청에 근무하시던 아버지와 중매로 혼인을 하게 됐다. 아버지는 어머니와는 판이한 성격의 소유자로 근면, 검소, 성실을 최고 미덕으로 아셨고 유교적인 엄숙주의를 생활의 기본율로 삼았던 분이셨다. 그래서 어린 시절의 우리는 아버지의 엄한 유교적 사고방식이 너무 답답했고 어렵기만 했다.

외가는 전쟁 동안에 큰 몰락을 겪었다. 청주의 도자기 공장은 폭격을 맞아 산산조각이 되었고 외할아버지는 인공 치하에서 소작인들의 난동으로 죽음 직전에서 살아나는 난리를 겪고 뇌일혈로 쓰러져 풍병으로 오래 누워 계시게 되었다. 기나긴 병수발에 가산은 기울고 다시는 생활력을 회복하지 못하였다.

그래도 나는 어린 시절, 정읍의 외갓집에서 살던 시절에 무슨 어둠의 그림자나 구질구질한 우울 같은 것을 느끼지 못했다. 외할 아버지 소유의 과수원에서 뛰놀며 그저 사과나무 꽃이 예뻤고 복 사꽃이 아름다운 그런 유년의 향기로움을 가졌다.

셋째 이모가 그때 여학교에 다니고 있었던 것 같은데 이모는 공 부를 잘해 나중에 서울의 명문 대학 약학과에 수석으로 입학을 하 여 총장 장학금을 받고 공부했다. 이모의 방은 마치 옆으로 기다 란 좁은 직사각형 같은 모양을 했는데 공부상을 놓고 앉으면 발끝 이 저쪽 벽에 닿을 정도로 작은 방이었다. 지금은 미국에 살고 있 는 그 이모는 정신력이 무척 강한 극기주의자였던지 "난 이 방이 작아서 좋다. 이 방은 너무 좁으니까 상 놓고 공부하는 일 말고는 다른 행동은 아무것도 할 수 없지 않니?"하며 수학 문제나 화학 기호 같은 것을 외웠다. 그 이모의 독한 강인성이 나에게 공부하 는 사람의 원형적 이미지를 심어 주었던 것 같다. 외가 핏줄에는 또 그런 강인한 추구력이 있는 것 같기도 하다.

외할아버지는 우리가 광주로 이사하여 내가 일 학년생으로 국 민학교에 다닐 때에 지병으로 돌아가셨다. 내 첫 소풍날이었다. 나는 일생의 첫 소풍을 빼먹고 정읍에 갔는데 어머니는 그때에 하 늘이 무너진 사람처럼 넋나간 표정을 했다. 외할아버지는 금이야옥이야 하면서 큰딸을 귀해하셨고 도시에 가시면 제일 좋은 옷이며 구두 같은 것을 큰딸에게만 사다 줄 정도로 편애하셨고 객지로 나가면 고생한다고 남편의 직장을 따라 도시로 가는 것조차 막으시고 친정살이를 시킬 정도였으니 말이다. 그러니 어머니는 아버지의 하늘이 무너졌고 마치 천애고아처럼 남편의 하늘 밑으로 귀속되었다.

아버지와 어머니는 특별히 불화가 있었기보다는 서로 정이 없으셨다. 내 어린 시절에는 큰소리로 싸우거나 때리고 맞거나 하는 일은 없었는데 이상이 다른 부부 사이에서 나타나는 냉랭함이 부모님 사이에 있었던 것 같다.

외할머니는 정읍의 살림들을 정리하여 맏사위를 따라 광주로 나오셨는데 아버지는 처가의 기둥이었고 장모님을 지성을 다하여 돌보아 드렸다. 하나밖에 없는 외삼촌은 의지가 약하고 병약했는데 대학 때까지도 예술 지향적인 내향성을 보여 학교에 갔다 오면 방안에서 그림만 그렸다. 나중에 외삼촌은 그때의 불치병인 폐결핵에 걸려 투병 생활을 오래 했고, 외아들이라고 조혼을 했는데 아들 하나, 딸 하나를 두고 서른셋에 세상을 버렸다.

우리가 학교 다닐 무렵에 어머니는 여름이면 포플린 원피스에 환상적인 무늬의 자수를 놓고 겨울이면 예쁜 털실로 멋있는 옷이나 재킷을 짜서 안 입으려고 발버둥치는 나를 때려서 강제로 입혀 보낼 정도로 극성스런 어머니였다. 내가 그 옷을 안 입으려던 것은, 나에겐 자폐증적인 성격이 조금 있어서 어려서부터 남의 관심의 대상이 되는 것을 싫어했는데, 그 옷을 입고 밖에 나가면 사람들마다 한 번씩 쳐다보며 "세상에, 아주 곱구나. 늬 엄니가 만들었냐? 엄니가 아주 지성스런 분인갑다" 어쩌고 하며 내 옷을 만져보고 내 머리를 쓰다듬고 하기 때문이었다.

하여튼 어머니는 자기의 화려한 포부를 자식에게 펼칠 생각이었는지 자식들에게 지극정성을 다하였다. 내가 남보다 일찍이 세계 문학을 읽을 수 있었던 것도 어머니의 뛰어난 교양 때문이었다. 그런 분위기 속에서 나는 또 백일장마다 상을 받아 조금 비범 컴플렉스를 가졌던 것 같다.

어머니는 위로 딸 둘을 낳은 뒤로 아들 둘을 이어 낳았는데 딸 둘 뒤에 얻은 아들이어서인지 맏아들에 바친 어머니의 정성과 사랑이 도를 지나쳐 무슨 신앙의 차원에 들어선 것이었다.

어머니는 맏아들을 가졌을 때에 태몽을 꾸었는데 어떤 신선 같은 하얀 수염의 노인이 이글이글 이쁘게 생긴 호랑이 새끼를 안고 대문 안으로 들어서며 "호랑이가 예쁘지 않소? 이 호랑이 새끼를 사지 않겠소?" 하고 말하며 어머니의 치맛폭 위에 얼른 내려 놓더라는 것이다. 어머니는 엉겁결에 얼른 그것을 치마폭 안에 받았는데 그 호랑인지 표범 새끼인지 하는 것이 너무 예쁘고 눈빛이 이

글이글해서 그만 사고 싶은 생각이 들었는데 마침 돈이 없더라는 것이었다. 그래서 어머니가 그 노인에게 사고는 싶은데 돈이 없다고 하자 그이는 허허 웃으며 "외상으로 사면 되지요. 외상값은 천천히 갚으면 되니 그렇게 하시오."라고 하며 표표히 대문 밖으로 사라지더라는 것이었다.

그래서 어머니는 호랑이 새끼인지 표범 새끼인지 하는 것을 덜컥 외상으로 사 버렸고 그 외상값을 갚느라고 일생이 휘청거렸다. 어머니는 그만 엉겁결에 외상값을 어떻게 갚으면 되느냐고 그 노인에게 묻지 않았고 그래서 어머니의 모든 시련이 그 외상값과 연관이 되는 것으로 어머니는 믿었다. 노발리스의 「푸른꽃」에나 나옴직한 환상적인 이야기지만 현실이 그렇게 뻗어간 것을 어쩌겠나?

그 동생은 인물이 미모에다 머리가 좋아서 어린 시절에 신동이란 소리를 들을 정도로 비범하였다. 남편에게서 정을 못 느끼는 어머니들이 거개 그러하듯이 어머니는 아들에게 맹종하였고 아들이 원하는 것이면 불가능한 것일지라도 기어이 하고야 말겠다는 헌신적이고도 맹목적인 결의가 있었다. 그래서 그 아들은 "이것은 안 된다"거나 "이것은 하지 않으면 안 된다"는 금기와 당위를 익히지 못했다.

이것이 아버지와 어머니의 불화의 씨앗이 되어 이때부터 우리

집은 가정 불화가 빈번히 일어나게 되었다. 아버지는 성격이 엄격했고 당신 스스로도 절에 백일 동안 불공을 드리고 큰 재물 보시를 해서 낳은 지주 집안의 삼대독자였기에 독선적인 면이 강한 원칙주의자였다. 아버지는 원칙을 안 지키는 사람을 무시했으며 어머니는 원칙보다는 상황 논리를 중시하여 정에 기울어지는 성격을 지니셨으니 우리집은 큰아들의 탈선이나 실수를 놓고 늘 시끄럽게 다툼이 있었다. 이 동생은 아버지로부터 매도 많이 맞았으나 어머니의 사랑을 믿고 겁이 없었다.

어머니는 서른세 살로 이남삼녀의 출산을 마치고 기나긴 잔병 치레를 했다. 그때 사정으로는 희귀하게 링겔 주사를 팔에 꽂고 누워 있는 어머니가 나에게는 신비롭게 보였다. 병석의 어머니는 이은상 작사의 「사랑」이나 윤심덕의 「사의 찬미」 같은 노래를 부르고 듣고 했다. "광막한 광야를 달리는 인생아, 너는 왜 무엇을 찾으러 가느냐" 라는 레코드판이 천천히 돌아가면 나는 그 윤심덕의 불안하게 흔들리는 목소리가 한없이 신비하면서도 어딘지 싫었고 혹시 어머니가 윤심덕처럼 죽지나 않을까 보아 늘 불안하였다. 그러면서 어머니는 나에게 "너는 평범하게 살지 말아라, 여자라도 크게 떨치며 살아야 한다"라고 말씀하시곤 했다. 어머니는 그때에 윤심덕의 패배를, 마음껏 훨훨 살 수 없던 신여성의 비극을, 주렁주렁 달린 자식들이 칡덩굴처럼 얽힌 자기의 부자유를 한

탄하고 계셨던 건지도 모른다. 그런 좌절에 대한 항의가 곧 어머니의 병치레로 나타났을까?

아버지의 직장을 따라 같이 서울로 이사를 해 오게 되었을 때부터 어머니는 생활력이란 것을 조금 회복하였다. 서울에 와서 보니 생활비가 너무 들었고 오남매의 학비라는 것도 만만치가 않아 어머니는 공주집을 정리한 돈으로 약사를 두고 약국 경영도 해 보고 수예점도 해 보고 했으나 하는 일마다 실패하고 팔았다. 집 두 채를 날렸다고 아버지에게서 핍박도 많이 받고 좌절감도 겪어 어머니는 기도 많이 죽었다. 설상가상으로 큰아들이 학교도 안 가고 고등학교 때부터 사춘기 방황을 시작하여 어머니는 아들이 폭행한 학생의 집이나 병원으로 찾아다니며 치료비를 댔다. 폭행의 뒷수습을 한다 하면서 경찰서로, 학교로 쫓아다녔다. 이때부터 어머니의 생활은 꿈도 이상도 가질 수 없는 핏줄의 노예 생활이 돼 버렸다.

아들의 노예가 되어 이리저리 끌려 다니고 엄한 아버지 몰래 아들의 뒷수습을 하느라고 돈도 많이 없애고 아들은 아들대로 어머니에게 폭력적으로 군림하다시피 하며 자기 하고 싶은 것을 다 하는 횡포를 누렸달 수도 있겠다.

이 세상에 어머니라는 종신의 노예가 없다면 그런 사람이 어떻게 그런 호강과 사치를 하고 학교 졸업장을 받았으며 대학의 문턱

에라도 갔겠나? 어머니는 아들을 위해서는 불가능을 몰랐으며 우리 가족은 모두 그런 비이성적 모성애란 것을 증오했다. 시골에 있는 땅이란 땅은 모두 아들 뒷수습에 없어졌으나 어머니에게 오직 믿음이 있었으니 자기의 헌신적 희생이 언젠가 아들의 생애를 똑바로 일으키리라는 것이었다. 아버지들은 못된 자식을 버리고 추방하지만 어머니들은 못된 자식을 더 죽도록 사랑한다.

그러나 어머니의 헌신적 사랑은 별 의미도 없이 안 좋은 일이 되풀이되었다. 그럼에도 문학에도 소질이 있었던 큰동생은 퇴폐주의에다 탐미주의를 겸한 파괴주의적 반항에 빠져 있었고 어머니는 아들이 신동 소리를 듣던 환상을 정리하지 못하고 언젠가 더 나은 미래가 있으려니 하면서 어떤 궂은 일도 마다지 않았다.

어느 날 아버지가 고혈압으로 쓰러지셔서 평생 다니시던 공무원직을 그만두셨고 어머니는 아버지의 중풍과 당뇨병과 투쟁하는 기나긴 시련의 시간을 살았다. 게다가 큰아들이 혼인하여 두 아이를 두었는데 며느리가 남편의 폭행과 술을 견뎌내지 못하여 끝내 이혼하고 말자 어머니는 손자들까지 길러야 했다.

우리 어머니에게 인연이란 무엇이었을까? 대체 신학문까지 공부한 우리 어머니에게 핏줄의 인연이란 것이 무엇이길래 그 꿈 많고 선녀처럼 자란 한 여자의 삶을 이토록 잔인하게 버선목 같은 것 안에 묶어 헤어나지 못하게 감금해 버렸나? 삼종지도의 버선

속에서 질식된 금빛 새의 피덕거림이여.

어느 날부터인가 어머니는 교회에 다니시기 시작했는데 그 많은 새벽 기도, 그 많은 눈물의 계단을 쌓았지만 인생의 굽은 것은 펴지지 않고 궁핍은 메워지지 않았다. 태몽 속에서 호랑이 한 마리를 외상으로 샀던 그 운명으로 나의 어머니는 아직도 그 외상값을 갚느라고 흰 머리가 바람에 날리는 광야에 서 있다. 그래 나는 어머니를 위해 우리의 여자 영웅 이야기인 「숙향전」의 꿈을 꾼다. 본시 천상의 선녀였으나 무슨 죄 때문에 지상에 유배되어 온갖 시련과 고통을 겪지만 언젠가는 천상의 선녀로 회향한다는 고대 소설 속의 한국 여자들의 강렬한 이야기를. (시인)

반백년 수절한 사랑

| 김정호 |

우리 어머니는 이십 해 전에 일흔여덟 나이로 돌아가셨다. 장례를 치르던 날은 비가 억수로 쏟아져 상두꾼들이 비에 흠뻑 젖었고 묘지일이 무척 힘들었지만 누구 하나 불평하는 이가 없었다 모두들 "이 비는 망자의 한 같은 눈물"이라고 했다. 나는 그 이듬해 소상날에 무형문화재로 지정된 진도의 당골들을 불러서 밤을 지새우며 씻김굿을 해드렸다. 그러나 지금도 나의 어머니가 한을 씻어 내지는 못했으리라 생각한다.

나는 세 살 나던 해에 한집에 사시던 큰어머니께 양자로 갔다. 그 뒤로 중학교 가던 해에 나를 낳은 부모와 동생들이 딴 살림을 차려 나갔기 때문에 나는 큰어머니와 그 분의 유일한 혈육인 누나

해서 셋이 살았다. 그러므로 내게는 양모와 생모 두 어머니가 있는 셈이지만 양모를 한 번도 '큰어머니'라고 불러 본 일이 없었을뿐더러 돌아가실 때까지 같이 살았으므로 그 어머니가 우리 어머니일 따름이다.

그 어머니는 열아홉 살 때에 두 살 아래인 큰아버지께 시집을 오셨다. 그때에 우리집은 가호가 겨우 스무집 남짓한 산골 마을에 있었지만 할아버지가 소장사를 하여 번 돈으로 농토를 꽤 사들였기 때문에 부자라는 소리를 들었다. 조부님은 매관매직이 성행하던 구한말에 관청 아전들이 갖다 맡긴 공명첩을 사들여 능참봉 행세도 했던 모양이다. 그래서 사람들은 우리집을 "참봉댁"이라 부르거나 동네에서는 유일하게 대문 딸린 사랑채를 두고 있어서 "대문안집"이라고도 불렀다. 그러므로 어머니로서는 과분한 집에 시집 온 셈이었지만 사실인즉슨 빚더미뿐인 집안의 맏며느리로 들어와 고생만 하셨다. 부잣집 외아들들이 거개 어리광만 부리고 씀씀이가 헤프듯이 우리 할아버지도 집안일은 도외시하고 친구들과 어울려 술타령만 하고 다녔으므로 증조부님이 돌아가시기 전에 이미 가세가 기울기 시작하였다. 더구나 할아버지는 어렸을 때에 마마를 앓아 유자 껍질보다 더 빡빡 얽은 얼굴을 하고 있었는데 그 자격지심 탓이었던지 돈으로 친구들을 사귀고 다녔다. 또 친구들이 돈을 빌려 달라거나 빚 보증을 서 달라고 할 때마다 거절하는 법이 없어서 "인심 좋은 참봉 아들"로 통했다.

이런 위인인지라 몇백 섬지기 살림이었다 한들 배겨날 재간이 없었고 더 공부하고 싶던 두 아들은 보통학교까지만 보낸 뒤로 전혀 돌보지를 않았다.

열일곱 살에 장가를 들었던 큰아버지는 할아버지를 원망하면서 통신강의록으로 중학교 과정을 마쳤고 그 뒤에 제주도로 건너가 제주 세관 사환으로 취직하였다. 그때에 제주 세관에는 일본인 세관 한 명과 사환인 큰아버지 해서 두 사람만이 근무하게 되었는데 큰어머니 곧 어머니를 제주도로 데리고 갔다. 그곳에서 두 해쯤 지내는 동안 첫아들을 낳았으나 곧 죽자 어머니는 시아버지의 부르심을 받아 고향으로 돌아올 수밖에 없었다.

가세가 더욱 기울자 큰아버지는 일본으로 건너갔다. 그때에 어머니는 나이가 스물일곱 살이었고 딸을 하나 두고 있었다. 지금 일본에 살아 계신 큰아버지가 올에 여든다섯 살이므로 육십 년 전인 1933년의 일이었던 듯하다.

어머니가 내게 들려 주신 말에 따르면 큰아버지는 "네 할아버지가 까잡수신 재산을 되찾을 만큼 벌지 않으면 절대로 고향에 돌아오지 않겠다"고 했단다. 큰아버지는 일본에서 운전을 배운 뒤에 운전 기사로 취직해 두세 달에 한 번꼴로 어머니께 편지를 하셨고 그때마다 "지금 얼마쯤 저축을 했으니 몇 해만 더 참으라"는 당부를 빠뜨리지 않았다고 한다. 그러나 십 년쯤 지나자 소식이 뚝 끊기고 말았다. 나중에 안 일이었지만 태평양 전쟁 탓만은 아니었다. 운전을 하다가 우체부를 치어 죽여 일 년 동안 옥살이를 했을 뿐 아니라 그 동안 모았던 돈도 죄다 피해보상금으로 들어갔기 때문이었다. 큰아버지는 돈 벌어서 돌아가마고 약속했던 자기의 맹세를 지킬 수 없게 되자 소식을 끊어 버렸다는 것이다.

스물일곱에 생과부가 된 어머니는 젊은 시절을 다 보낸 서른일곱 살 때부터 남편의 소식이 뚝 끊기자 안타까움으로 세월을 보냈다. 이때에 나는 이미 어머니 방에서 자라던 터였으므로 어머니가 물레질하던 밤이면 한에 섞인 흥어리노래를 수없이 들어야만 했다. 어머니는 밭일을 나가서도 용한 점쟁이가 있다는 말을 들으면 자리를 털고 일어나 찾아가 남편의 생사를 묻기도 하였다. 또 밤이면 산에 올라가 정한수를 길어 오신 다음에 마치 점쟁이마냥 남편의 무사함과 생사를 알게 해 달라고 빌었다. 큰아버지를 따라 일본에 갔었던 동네 사람이 전쟁이 끝난 뒤에 귀국하여 전한 소식을 통해서 어머니는 비로소 남편의 교통 사고와 살아 있음을 알 수 있었다. 그러나 그 분은 해방된 뒤에도 소식이 없었고 일본에서 돌아온 사람편에 얻은 주소지로 수많은 편지를 보냈지만 끝내 답장이 없었다.

청상과부인 형수와 함께 사시던 생부께서는 언젠가 개가할지도 모른다는 생각 때문에 한집에 눌러 사셨으나 어머니가 나이 사십에 이르자 집을 얻어 분가해 나가셨다. 그때에 어머니에게 남은 재산은 큰집과 논 일곱 마지기, 밭 열다섯 마지기였다.

남편이 돌아오리라는 기대를 버린 어머니는 양자인 나와 단신의 친혈육으로 나보다 다섯 살 위인 딸과 함께 꼴머슴을 데리고 손수 농사를 지으셨다. 딸에게는 국민학교를 졸업시킨 뒤에 일을 시키셨으며 논밭갈이를 할 때에는 나의 생부께서 맡아 해 주셨지만 과부농사라 이루 헤아릴 수 없이 많은 어려움이 있었다. 그런 가운데에서도 육이오가 나던 해에 나를 진도에서 목포로 유학시키셨는데 등록금이 없어 소 한 마리와 논 두 마지기를 팔아야 했다.

그때는 해방이 되고서도 소식이 끊긴 지가 다섯 해나 되었으므로 어머니는 그 해부터 큰아버지 생일에 밤제사를 지냈다. 그때마다 어머니는 당골네가 비손하듯 남편의 무사를 빌거나 저승에 갔다면 영혼이 떠도는 일 없이 선영을 찾아오시라고 소리 내어 빌었다.

나의 생모는 나말고도 세 아들과 두 딸을 두었으나 큰아들을 뺏겼다는 허탈감을 늘 버리지 못했던지 아들 못 낳은 어머니 심사를 때때로 자극하곤 했다. 중간에 끼어 살아야 했던 어린 나는 그때마다 처신하기가 무척 곤혹스러웠다. 그러나 나는 불쌍하기도 하고 너무 헌신적이었던 어머니 편에 섰으므로 생모로부터 시샘 섞인 눈총도 많이 받았다.

나는, 친자식이 아니기 때문에 더 헌신적이었던 어머니의 뒷바라지로 고등학교와 대학교를 마친 뒤에 신문기자가 되었다. 그 동안에 어머니 몫이었던 논밭은 절반으로 줄었다. 그 중의 논 두 마지기는 나를 군대에 보내지 않으려고 병무 비리 알선인에게 주어 버렸고 밭 다섯 마지기는 그때까지 대학에 들어가지 못한 나의 장사 밑천을 대느라고 팔아넘겼다. 그러나 나는 결국 군대에 들어가 군생활을 하면서 야간대학을 다녔고 장사도 한 해 만에 망해 버렸지만 어머니는 양자인 나 때문에 없어진 재산을 아까워하지 않으셨다.

뒷날 나는 어머니 환갑날을 맞아 소전 손재형 씨에게서 "열녀조성례망부리"라는 글씨를 받아 동네 어귀 바닷가에 기념비를 세울 때에 그 뒷면에 이런 글씨를 써 넣었다.

"논 일곱 마지기, 밭 열다섯 마지기를 가진 부모들이 아들을 대학까지 졸업시키려 든다면 이 세상에서 대학 못 갈 자식이 없을 것이다. 그런데 우리 어머님은 친자식도 아닌 양아들을 과부의 몸으로 농사를 지어 대학까지 보냈다. 더더구나 그 어머님은 남편을 사별한 것도 아니고 이역땅에 살고 있는 남편이 돌아올 날만을 굳게 믿으며 기다림으로 환갑을 맞으셨다. 세상에 이런 열녀가 흔히 있으랴. 나는 어머님의 그 열녀된 마음이나 양아들을 대학까지 보내신 장함보다 하루하루가 천추 같은 기다림에 지친 그 망부심을

곁에서 지켜보았으므로 그 마음을 영원히 기념하기 위해 이 비를
세운다."

나는 일본으로 건너간 남편을 기다리다 돌이 되고 말았다는 신
라 사람 박제상의 아내 심정을 헤아릴 수 있을 것만 같아서 그랬
다. 어머니는 쉰이 넘어서야 고을 유림과 도지사로부터 열녀 표창
을 받으셨다. 그 전에도 여러 차례에 걸쳐 열녀 표창 수상자로 추
천되었지만 "나는 아직 시집을 갈 수도 있는 나이이므로 열녀 표
창을 받을 수 없다"고 거절하셨다. 뒷날 어머니는 "사람들이 여자
에게 열녀 표창을 하는 것은 시집을 갈 수 없도록 묶어 두는 쇠사
슬과 같은 것"이라고 말했다. 어머니는 또 "죽은 남편을 그리면서
모든 것을 포기하고 수절하거나 제사 지내 줄 혈육이라도 하나 있
어서 그 자식을 키우는 어머니 된 마음으로 개가하지 않는 것은
쉬운 일이나, 나처럼 돌아올 기약 없는 남편을 기다리며 젊은 날
을 보내는 바보짓은 정말 당해 보지 않은 사람의 어려움은 감히
헤아릴 수 없는 법"이라고 했다. 특히 환갑을 넘긴 뒤에는 젊은 과
부를 만날 때마다 "자식까지 낳아 본 젊은 여자가 젊은 시절의 육
욕을 이겨 내기란 정말 견디기 힘든 것"이라면서 시집가기를 권하
였다.

칠순이 넘은 뒤에 어머니는 당신에게 유혹의 손길을 뻗쳤던 남
자들 얘기를 들려 주셨다. 실제로 내가 어렸을 적에 나와 누나, 어

머니 셋이서 자는 방에 몰래 들어와 어머니에게 다가선 남자를 붙들고서 "도둑이야, 도둑이야"하고 소리치는 바람에 그 사람이 기겁을 하며 도망쳤던 일도 있었다.

우리 어머님은 이런 열녀심이나 나에 대한 봉사와 희생보다도 더 큰 사랑이 있으셨다. 나는 육십삼 년에 신문기자가 된 뒤에 일본 적십자사를 통해 그곳에 살아 계신 큰아버지를 찾아냈다. 그분은 해방된 뒤에 제주 출신 여자와 결혼하여 아들과 딸을 낳고 오사카에 살고 있었다. 생일날마다 제삿상을 차려 놓고 기도하는 어머니가 딱해 보여서 조심스럽게 큰아버지가 일본에 살아 계시며 자식도 있다고 일러 드렸다. 그랬더니 "그랬을 줄 알았다. 몹쓸 양반"하시더니 마치 남의 일마냥 "핏줄이나 이었다니 다행이다"고 한 마디 하신 뒤에 제사 지내는 일을 그만두셨다.

칠순을 넘고 팔순이 가까워 가던 때에 일본에 계신 큰아버지는 우리 면의 면장에게 편지를 보내 왔다. 일본에서 낳은 자식들이 살아가도록 귀화 수속을 밟는 데에 필요하니 고국의 부인에게 말해 이혼수속을 마친 다음에 호적등본을 보내 줄 수 없겠느냐는 내용의 편지였다. 어머니는 면장으로부터 그 말을 전해 듣던 날 충격을 받고 쓰러진 뒤에 고혈압으로 반신불수가 되어 삼 년을 앓다가 돌아가셨다.

나를 감격시킨 것은 어머니의 수절이나 나에 대한 사랑보다 남편에 대한 끝없는 사랑이었다.

앓아 누우신 지 한 해쯤 지났을 무렵에 어머니는 내게 이렇게 말했다. "이제 살면 내가 얼마나 살겠나 싶으면 한없이 야속하고 원망스럽다만 내가 오십 년이 넘도록 살아 온 것은 네 큰아버지라는 남자를 기다리며 산 것 아니냐? 그렇다고 그 양반이 돌아오기란 이미 그른 일이니 그 자식들이라도 제 구실하고 살도록 호적에서 내 이름 파서 보내 드려라. 내가 칠십 평생 혼자 산 것도 결국 그 양반 때문인데 이제 죽을 마당에 그 양반 원을 풀어 주지 못하고 죽어서야 어찌 저승에서나마 만날 수 있겠느냐? 그러니 네가 면에 가서 너희 호적에서 내 이름을 파낸 뒤에 일본에 보내 드려라."

이와 같은 유언을 남긴 뒤에 언어 장애로 식물인간이 되어 한 해를 더 사시다가 내 아들 생일 이튿날 운명하셨던 것이다. 사람들은 강직한 그 노인이 손자가 자기 제삿날을 잊을까 봐서 손자생일과 자기 제삿날을 맞춰 돌아가셨다고 하였다. 우리 어머니 애기를 들은 사람들 중에는 실제로 있었던 일이 아니라 소설 같은 애기라고 말하는 이도 있다. 그러나 어머니 일생은 사실이고 그 사실을 적은 비가 내 고향에 서 있다.

어머니가 돌아가신 뒤에 그 유언을 실행해 드리려고 일본으로 건너가 백부를 만나 보았다. 그 분은 해방 뒤에 소식을 끊고 재혼하여 산 일에 대한 그 분 나름대로의 구실이 있었으나 어머니의 한을 두고서는 할 말이 없다고 했다. 자식들의 일본인으로의 귀화가 원이라면 이제라도 호적 정리를 한 뒤에 필요한 서류를 보내주겠다고 했으나 백부는 그만두라고 했다. 돌아가신 뒤에라도 고국에 묻혀야 어머니에 대한 남자의 도리가 아니겠냐고 말하면서도 "무슨 염치로 죽어서야 그 여자 곁에 묻힐 수 있겠느냐"면서 허공만을 바라보셨다.

양자인 나를 여객선에 태워 목포에 보내려고 쌀 한 말을 머리에 이고 삼십 리 새벽길을 재촉해 달리시던 어머니. 그 어머니가 남편이 돌아올 날만을 기다리며 새벽 기도를 하러 다니시던 샘터가 있는 고향은 언제나 나에게 갈증 같은 아쉬움과 사랑을 느끼게 한다. (광주대 교수, 진도 문화원장)

울리고 가실 길을 어이 오셨담

| 김초혜 |

"그 학생 괜찮아 보이더라. 인물도 그만하면 됐고, 책임감도 있어 보이고 남자다워 보이고… 제 앞감당은 해 나가겠더라."

평소에 웃음 적고 말수 적은 어머니가 어느 날 나지막하게 한 말이었다.

나는 그 말이 나와 사귀고 있던 지금의 남편인 조 아무개를 두고 하는 말인 것을 직감하며 골부터 냈다.

"엄마가 그 사람을 뭐 하러 만났어요? 왜 그런 쓸데없는 일을……"

나는 완고한 어머니가 내가 사귀는 사람을 만나 야단을 쳤을 것이라고 속단하고 있었다.

“아니다. 느이 언니 병문안을 왔더라. 병원에서 우연히 마주쳤다.”

어머니의 담담한 대꾸였다.

나는 이모저모 안도했다. 우선 그 만남이 우연해서 안도했고, 어머니가 그 사람을 마음에 들어하는 것 같아서 안도했다.

그러면서 나는 어머니에게 미안함을 느꼈다. 한 순간이나마 어머니의 행위를 지레짐작했던 것은 어머니의 인품을 모독한 처사였던 것이다. 나의 행동이 아무리 불안하고 염려스러워도, 나도 모르게 그런 행동을 하실 분이 아니었다.

나는 어머니의 내성적이고 예절을 중시하는 평소의 품성으로 보아 큰일났구나 싶어 지레 겁을 먹고 골부터 내는 과민 반응을 보였던 것이다.

그리고 나는 한편 속으로 웃었다.

“인물도 그만하면 됐고…….”

어머니의 이 말이 새삼스럽게 떠올랐던 것이다. 어머니는 큰사윗감을 처음으로 보고 나서도 똑같은 말을 했던 것이다.

어머니는 언제라고 사윗감에 대한 기준을 딸들 앞에 내 놓은 적이 없었다. 그런데도 두 번 다 “인물”을 첫 번째로 꼽은 것이었다. 그건 우연한 일치가 아니었다. 그건 어머니의 마음속에 자리잡고 있는 무의식의 기준이었다. 그리고 그 기준의 근거는 아버지로부터 비롯되고 있었다.

어머니는 아버지가 없는 세월을 살아 오면서 우리 형제들에게 언뜻언뜻 말하고는 했었다.

"층층시하 시집살이를 견뎌 냈던 것은 느이 아버지의 지극한 사랑 때문이었다."

그 독백 같은 말이 전쟁의 먹구름 속에서 이 세상을 떠나간 남편을 그리워하는 어머니의 외로움에서 나왔음을 미성년인 우리 형제들은 잘 모르고 있었다. 그런데 이상하게도 어머니에게 기억되는 아버지는 별로 없고 할머니 말씀 속의 아버지는 뚜렷하게 나에게 기억되고 있다. 천재적인 두뇌를 가지셨을 뿐더러 미남이셨던 아버지, 넓은 운동장을 거침없이 가로지르는 축구 선수였던 아버지, 운동 선수 생활을 하면서도 학교 성적은 언제나 일등이었으며, 한 번도 그 자리를 내 준 적이 없다는 게 할머니의 자랑거리였다. 재주있고 뛰어난 손자 손녀는 모두 제 아버지를 닮았다는 것이 할머니의 보람이었다.

어머니는 사윗감을 고르면서 사위가 당신의 남편정도의 인격을 가지기를 바라고 있었던 것이다. 어머니의 그런 기준과 욕심은 풀 길 없는 남편에 대한 그리움의 또 다른 변형인지도 모를 일이었다.

어머니는 전쟁통에 서른여섯 살 나이로 미망인이 되었다. 그때에 어머니의 품안에는 자식이 여섯이나 있었다. 전쟁이 한창이던 오십일 년 정월의 일이었다. 그때부터 어머니의 외롭고 고단한 인생살이가 시작되었던 것이다.

그 해 겨울이 지나며 해가 바뀌자 전쟁터는 다시 북쪽으로 옮겨져 올라가고 있었다. 그러나 서울은 아직 민간인들의 통행이 금지되고 있을 때였다. 그런데 어머니는 혼자 피난지인 청주를 떠나 서울로 향했다. 어머니는 어찌어찌해서 군용 트럭을 얻어 타고 한강을 건너게 되었다.

어머니는 효자동 집으로 갔다. 피난을 떠나면서 마당에 묻어 두었던 물건들을 찾으려고 그랬다. 그런데 효자동일대에는 인민군들과 민간인들의 시신이 즐비했다고 한다. 즐비한 시신도 마당에 무성하게 자란 풀도 어머니를 막지 못했던 모양이다. 그러나 잡초들이 무성한 마당은 군데군데 파헤쳐져 귀중한 물건들은 이미 없어진 다음이었다. 겨우 한 군데서 손을 타지 않은 독 하나를 찾아내게 되었다. 그건 옷들을 넣어 둔 독이었다.

어머니는 그 옷가지들을 머리에 일 수 있는 대로 양껏 싸가지고 다시 한강을 건너 청주로 돌아왔다. 그 뜻밖의 사건은 우리 형제들말고도 친척들이며 주위 사람들을 다 놀라게 했다. 어머니의 어디에 그런 용기와 힘이 있었는가 해서 다들 놀랐던 것이다. 오히려 어머니는 몸집이 작은 편인 데다가 성격이 얌전하고 온순하며 부끄러움도 많은 편이었다. 그래서 어머니는 안동 김씨 종갓집의 맏며느리로 시집살이를 벗어나 일 년에 한두 차례 친정 나들이를 할 기회가 생겨도 혼자서는 길 나설 엄두를 못 내고 꼭 아버지와 동행을 할 정도였던 것이다. 그러니 어머니의 그런 변신에 모든 사람들이 놀라는 것은 아주 당연했다.

어머니의 변신은 그것으로 끝나지 않았다. 어머니는 그 옷가지들을 시장의 담벼락에 걸어 놓고 팔기 시작했다. 체면과 위신을 중시하고 부끄러움을 잘 타는 어머니가 그런 일을 하고 나섰으니 주위 사람들은 또 한 번 놀라게 된 것이었다.

어머니는 세루 두루마기, 남색 양단 두루마기, 모본단 치마 저고리 같은 것들을 판 돈으로 오빠부터 차례로 학교에 보내기 시작했다. 전쟁 통에 먹고 살기도 힘드는데 학교는 무슨 학교냐고 주위 사람들은 어머니의 행동에 놀라움부터 표시했다. 심지어 비웃는 사람도 있었다. 그러나 어머니는 침묵으로 그 많은 말들을 물리쳤다. 그건 자식들을 가르쳐야 한다는 의지 때문이었다.

그때부터 어머니는 약한 여자에서 강한 어머니로 탈바꿈하게 되었다. 헐벗고 굶주리는 전쟁 동안에 우리에게 의식주의 고통을 모르게 해 주셨고, 삶을 살아 내는 지혜까지도 익혀 주었다. 그런데 어머니는 무슨 일을 처리하러 다닐 때는 꼭 오빠를 데리고 다녔다. 그때 오빠 나이는 겨우 열다섯 살이었다. 그런데도 어머니는 그런 큰아들을 마음의 의지로 삼았던 것일까.

어머니의 외롭고 고달픈 삶은 그때부터 돌아가실 때까지 열여덟 해 동안 어머니를 괴롭혔다. 그런데도 어머니는 누구에 의지하거나 도움을 청하지 않았다.

전쟁으로 남편을 잃으면서 어머니의 고달픈 삶이 시작되었지만, 그 전이라고 해서 아주 편안한 삶은 아니었던 것 같다. 왜냐하면 양반을 자랑하던 집안 어른들이 행동거지 하나에도, 우리 집안은 조선 영, 정조 때의 대시인이며 학자인 "백곡"의 자손이라는 말을 자주 들먹여 이런저런 제약을 많이 가했기 때문이라고 한다. 나는 어렸을 때 "배꼽 자손", "배꼽 자손" 해서 왜 하필 "배꼽"인가 하고 창피해했었다. 뒤에 알고 보니 "백곡 김득신"의 자손이라는 말이었다.

어머니는 고령 신씨로 충청북도 가덕군 가덕면에서 열아홉 살에 아버지한테 시집을 온 것이었다. 어머니는 집에서 깨친 한문 공부말고는 소학교 공부밖에 몰랐다. 그나마도 여자의 신식 공부를 반대하는 완고한 외할아버지의 반대로 수월하게 학교를 다니지 못했다. 그때에 교편을 잡고 있었던 어머니의 오빠가 외할아버지를 설득시키다 못해 반강제로 자전거 뒤에 싣고 다녔다고 했다. 그러나 졸업을 한 달쯤 앞두고 한 반에 있던 여학생 하나가 시집을 가 버리자 남학생들 속에서 혼자 견디기가 거북해 학교를 그만

두게 되었다. 그런 다음이니 상급학교 진학은 꿈도 꿀 수 없었다. 게다가 외할아버지의 완고함은 더 심해진 데다가 인근에 여학교도 없었던 것이다.

아버지는 가솔이나 식솔들이 많았다고 한다. 그리고 종갓집이었으니 그 집안의 번잡함은 더 말할 것이 없었을 것이다. 그리고 할머니는 시집 오면서 온갖 채단을 수레끝이 안 보일 정도로 싣고 온 것은 말할 것도 없고, 몸종까지 데리고 온 것을 자랑으로 여기는, 완벽을 추구하는 깐깐하고 자존심 강한 노인이었다. 할머니는 어머니보다 더 오래 아흔이 넘도록 살면서 손녀 사위들의 족보를 일일이 따질 정도로 반상 의식이 철저했고, 일제 시대의 십전소설에서부터 이광수, 박종화의 소설까지 다 읽으면서 평을 할 정도였다. 말년에는 동아일보에 연재되던 홍성원의 「디데이 병촌」의 애독자이기도 했다.

그런 시어머니 밑에서 어머니가 겪은 시집살이가 어떠했을까? 그러나 어머니는 언제라고 오직 한 번도 시집살이의 어려움이나 시어머니를 두고 불평을 한 일이 없었다. 어쩌다 그런 말이 나오게 되면 그저 조용히 웃을 뿐이었다.

어머니는 아버지가 세상을 떠나기 전까지 십칠 년 동안이나 족보 자랑하는 종갓집에서 많은 시누이, 시동생들, 깐깐한 시어머니 밑에서 시집살이를 했으니 그 삶 또한 편안했다고 할 수가 없다.

그런데 남편마저 잃고 어린 자식들을 데리고 혼자서 삶을 꾸리다가 쉰넷 젊은 나이에 세상을 떠나고 말았으니 어머니 한평생에서 화창했던 날은 며칠이 되었을까.

어머니는 전쟁이 끝나고서도 오랜 세월 동안 등잔불을 끄지 않았다. 그건 아버지가 밤중에 우리를 쉽게 찾아오도록 하는 불밝힘이었고, 남편을 기다리는 그리움의 불밝힘이었다. 어머니는 줄기차게 아버지가 어딘가 살아 계신다고 믿고 있었던 것이다. 전쟁통에 생사가 불분명한 수가 흔했고, 아버지의 행방도 모호한 점이 많았던 것이다. 그 시절에 많은 아낙네들이 그랬듯이 어머니도 남편이 그 어딘가에 살아 있다고 믿고 밤마다 불을 밝힌 것이다.

그 긴 기다림이 언제쯤 끝나게 되었는지 내 기억에는 확실하지가 않다. 그런데 어머니는 언제부턴가 바느질을 하거나 무슨 잔손질을 하며 혼자 있게 될 때면 아주 낮고 구슬픈 소리로 노래를 읊조리시고는 했다.

"가실 길 왜 오셨담

가실 길 왜 오셨담

울리고 가실 길을 어이 오셨담"

나는 그때 어렸기 때문에 어머니의 그 노래가 아버지를 그리는 노래라고는 생각지 못하고 고작 어머니가 그 노래를 좋아하시는구나 하고 열심히 따라 부르고는 했다.

어머니는 넓은 텃밭에 옥수수도 심고, 상추도 심고, 거기서 닭도 쳤다. 자식들을 키우는 데에 도움이 될 수 있는 일이면 무슨 일이든지 가리지 않고 자식들의 교육문제만 아니라 건강까지도 철저하게 챙기셨다. 어머니는 사대부집 딸이었고 며느리였던 과거를 다 버리고 자식들을 키워 내려고 온갖 일을 닥치는 대로 하는 막일꾼으로 변해 있었던 것이다. 전쟁 전에는 여자 하인말고도 남자 하인까지 여럿 두고 사셨는데도 불구하고.

그런 어머니를 보고 친척들은 줄곧 놀라는 한편으로 어머니를 어리석다고 비웃기도 했다. 그리 몸 부서지게 일해서 계집애들까지 가르쳐서 무슨 영화를 보려고 그러느냐는 것이었다. 그러나 어머니는 그런 말은 들은 체도 하지 않았다. 어머니는 딸이든 아들이든 가리지 않고 사람은 가르쳐야 사람 노릇을 할 수 있다고 철저하게 믿고 있었던 것이다.

어머니는 온갖 고생을 무릅쓰면서도 우리 자식들 앞에서 단 한 번도 화를 낸 일이 없었고, 눈물을 보인 적도 없었다.

다른 이웃들의 부부 못지않게 어머니는 홀로 우리를 키워 내셨다. 아버지 없는 허전함을 그대로 비워 두지 않으시고 채워 주셨다. 작은 몸가짐으로, 조용한 목소리로 전쟁을 이긴 천사였다.

특히 시집과 재산 문제가 얽힐 때마다 어머니는 언제나 피해자 입장이었다. 할아버지 재산이 그 자식들의 손으로 야금야금 축나

가고 있었다. 그 재산의 처분에 장손인 오빠의 도장이 필요한 경우가 많았다. 그럴 때마다 어머니는 일체 말 한 마디 없이 시어머니가 요구하는 대로 도장을 내 놓을 뿐이었다. 심지어는 시집을 가 버린 고모가 개입된 재산 처리에도 일언반구 말이 없이 도장을 찍어 주었다.

그럴 때마다 우리 형제들은 어머니가 그러지 못하게 막았고, 할머니와 작은아버지 그리고 고모를 성토해 댔다. 그러면 어머니는 오히려 우리들을 눈으로 꾸짖으며 말하고는 했다.

“그런 재산 없어도 산다.”

그럴 때면 어머니의 얼굴에는 스산한 웃음이 스쳐가고는 했다.

“꼭 부부 동반을 해야 한다고 핑계를 대고는 외출하게 해서 외식을 시켜 주고는 하셨지. 활동사진도 더러 보았고.”

어머니가 우리들 앞에서 아버지를 추억하는 말이었다. 서울 생활을 하면서 시부모의 눈을 피해 일 년에 서너 번 그랬다는 것이었다. 그런 추억담을 하게 된 것은 아마 어머니가 아버지를 단념한 다음부터가 아니었던가 싶다.

나는 아버지 기억은 별로 없다. 축음기를 틀어 놓고 우리에게 노래를 가르쳐 주었던 것이며, 가끔 내 손을 잡고 유치원이나 학교까지 같이 갔던 것 같은 몇 토막의 기억들이 남아 있을 뿐이다. 그런데 어머니가 추억하는 아버지는 어머니를 무척이나 사랑했던 모양이고, 또한 우리 형제들을 유별나게 사랑했던 모양이고 신식 멋을 부리는 인텔리였던 모양이고 세상살이를 하기에는 적합하지 않게 마음이 선했던 모양이었다.

어머니는 세상살이의 온갖 고초 속에서도 그런 아버지를 추억하면서 큰 위안을 얻었던 것이 아니었던가 싶다. 희로애락의 감정을 거의 드러내지 않았던 어머니도 아버지의 이야기를 할 때면 잔잔한 웃음을 짓고는 했다.

어머니는 쉰네 살이 되던 봄에 문득 뇌출혈이라는 병명으로 쓰러졌고, 한 달 만에 가까스로 회복을 했지만 또 며칠이 못 되어 다시 의식을 잃으시고 이 세상을 떠났다. 부지런하고 부지런한 일생을 사시더니 끝내 부지런하게 인생도 닫고 마셨다.

어머니의 관에 못을 치는 소리에 나는 몇 번이나 기절을 했다. 나는 어머니가 돌아가신다는 상상을 한 번도 해 보지 않았고, 그 사실이 너무 기막히고 원통해 나도 어머니 관 속으로 들어가고 싶을 뿐이었다. 그러나 나는 어머니의 관 속으로 들어가지 못하고 내 시계를 어머니의 가슴에 올려 놓았을 뿐이다.

어머니가 쉰네 살의 젊은 나이에 문득 떠나 버린 것은 전쟁에 남편을 잃고 혼자 살아오며 겪은 온갖 마음 고생, 몸 고생으로 몸도 마음도 삭을 대로 다 삭아 버렸기 때문이었을 것이다.

어머니를 그리워하는 생각과 불효자된 느낌은 날이 갈수록 커

지고 사무쳐 나는 어머니가 돌아가신 지 스무 해 만인 팔십 년에 「어머니」라는 연작시집을 엮었다. 그런데 문학 평론가 김현은 그 평론집에서 "김초혜의 「어머니」는 판매용이고……" 하는 한 마디로 부정을 하고 지나갔다. 김현은 어머니도 팔아먹는 사람인기.

영정으로 썼던 어머니의 사진을 제삿날이면 물끄러미 바라본다. 그 얼굴에는 비안개 같은 수심이 젖어 있고, 가을바람 같은 쓸쓸함이 서려 있고, 속울음을 우는 것 같은 서러움이 배어 있다. 그 얼굴은 어머니가 살다 간 삶을 있는 그대로 보여 주는 한스러움의 얼굴이다. 나는 그 얼굴 앞에서 언제나 새롭게 울지 않을 수 없다. 나의 불효에 사무치며. (시인)

못된 자식에게 차비 얻긴 싫다

| 나문희 |

이희재라는 아주 고운 부인이 있다. 올해 나이 일흔여섯이 지만 아직도 아기자기하고 예쁘장한 것을 드러내고 좋아 하는 그이는 어린 소녀들과 잡담나누기를 즐기고 주위 사람들에 게 뭔가를 나누어 주지 못해 안달이다. 보도블럭 사이로 앙증맞게 피어난 들꽃을 보고는 그냥 지나치지 못해 "정말 예쁘다. 그렇 지?"라며 꼭 확인을 받고 싶어하는 어린 소녀 같은 구석이 있는 그이는 바로 나의 어머니. 내 마음 속에 항상 고즈넉한 산사 같은 여유를 심어 주시는 분이다.

어머니는 지금 이모와 함께 돈화문 근처에서 따로 살고 계시다. 이것저것 화초도 많이 기르고 있고, 집안 곳곳에 예쁜 것 좋아하는 어머니의 취향이 살아 있어 당신의 말씀에 의하면 딸네 아들네 순례하다 지치면 찾아드는 보금자리라 일컫는 자그마한 집. 그 자그마한 집은 어머니 일흔여섯 평생을 두고 온전히 당신 손아귀에 보듬어지는 유일의 것이다.

딸이니 아들이니 전부 다 내리사랑이라는 말을 증명이라도 하듯 크게 불효하지도 크게 효도하지도 않고 그렇게들 살고 있지만, 어머니의 마음은 그렇지 않은 것인지 혹시라도 당신의 손이 닿지 않아 모자란 구석 있게 살아가는 자식이라도 있을까 봐서 항상 나누어 주지 못해 애달아 하신다. 그 자그마한 집도 시세로 치면 얼마나 될까마는 공평하게 네 자식에게 나누어 주겠노라고 벌써부터 "똑같이 나눠 줄 거니까 욕심내지 마"하시며 못난 자식들에게 잔잔한 웃음을 안겨 준다.

그 연배의 어른이라면 누구나가 그러하겠지만 나의 어머니는 참 어렵고 힘든 세월을 살아 왔다. 그렇지만 당신의 얼굴 어느 곳에도 삶에 찌들어 그늘진 구석 하나를 찾아 보기 힘들다.

그러고 보면 곱디고운 그이의 외양과는 달리 그 속내에는 참으로 올곧고 단단한 알맹이가 들어차 있는 듯도 싶다.

지난 해 삼월 「바람은 불어도」 촬영으로 한창 바쁠 때 첫째 딸 완주가 산달을 받아 놓고 멀리 뉴질랜드에서 힘들어하고 있었다. 마음으로야 당장 달려가 딸아이를 돕고 싶었지만 방송일이라는 것이 내 개인적인 사정을 봐 줄 리도 만무했다. 못된 응석이 내 속 어디엔가 또아리를 틀고 있었던지 나는 어머니께 내 딸아이를 돌보아 달라는 부탁을 드렸다. 말이 부탁이지 내 바람이라면 열이면 아홉 거절을 못하는 어머니를 이미 잘 알고 있던 터라 그것은 강요에 다름아니었다. 그러나 어머니는 조금도 주저하지 않고 이제 더는 젊다할 수 없는 몸을 이끌고 뉴질랜드로 달려가 손녀딸의 뒤치다꺼리를 도맡아 주셨다. 어머니 당신이 자식을 낳을 적에는 따뜻한 미역국 한 사발 마음 편하게 먹지 못했지만 멀리 이국땅에서 버거워하고 있을 손녀딸이 안쓰러워 어머니는 순산을 하고 난 뒤에도 다섯 달 가까이 그곳에서 머물면서 딸애를 보살펴 주셨다. 출산 후 바로 이사를 가야 하는 손녀딸을 위해 자질구레한 것에서 큼직한 것까지 일일이 이삿짐을 챙겨 주고 집안 정리를 해 주고 운전할 수 없으면 찬거리를 사러도 못 갈 만큼 넓디 넓은 나라에서 면허가 없어 고생하는 손녀딸을 위해 운전면허 시험공부도 시키셨다. 얼마 후 손녀딸이 당신의 채근으로 운전면허에 합격하자 그제서야 가벼운 마음으로 훌훌 털고 일어나셨던 나의 어머니.

　나긋나긋한 목소리며 단정한 매무새, 집안에서 소일이나 하시면 딱 좋은 인상의 어머니는 그러나 단 한순간도 허투루 시간을 보내는 일이 없으시다. 당신이 일남 삼녀의 집을 번갈아 가며 들르실 때는 그날이 바로 집안의 온갖 물건들이 제자리를 찾는 날이고 미뤄 두었던 집안 손질을 하는 날인 것이다. 그런 일들이 오랜 시간 되풀이되다 보니 으레 그러려니 나는 고마움도 잊고 살아가고 있다. 그러고 보면 이제껏 나는 무심하기 짝이 없는 불효녀였던 것 같다.

어느 날이었던가. 방송일 때문에 집안일을 맡아 하는 사람을 쓰고 있었는데. 그이의 일솜씨가 마음에 들지 않아 철없던 내가 버럭 화를 내며 큰 소리로 그이를 나무라고 있을 때였다. 지금도 그런 기질이 아주 없어진 것은 아니나 오랫동안 시간에 쫓기는 방송일을 하다 보니 성격이 급해졌다. 화가 치밀어오르면 그 자리에서 표현을 해야 직성이 풀리는 것이다. 지금 와서 돌이켜보면 참 민망할 정도로 그이를 다그치고 있었다. 그때 옆방에 계시던 어머니가 나를 조용히 부르셨다.

"문희야, 아무리 네가 사람을 부리는 입장이라지만 그렇게 하는 게 아니다. 저이도 다 생각이 있을 텐데 네 입장만 소리 높여 얘기해서야 되겠니? 저 이를 낮추는 것 말고는 다른 방법이 없었을까. 그리고 분명히 너는 저이를 무시하는 태도로 말을 하더구나. 설마하니 네 집안일을 해 주고 네 돈을 받아 가는 사람이라고 너보다 못난 사람이라 생각하는 것은 아니겠지? 분명히 네 잘못이 크니어서 저이에게 가서 사과하도록 해라."

어머니의 말씀이 옳았다. 그렇지만 그 당시 아직 고집스러운 성격을 벗지 못했던 나는 어머니의 말씀을 한쪽 귀로 흘리고 말았다. 성질 부려 몇 마디 대꾸도 했던 듯싶다. 잠시 내 방에서 화를 삭이고 살펴보니 어머니가 보이지 않았다. 집으로 돌아가셨나 보다, 생각하고는 그 일을 잊어 버리고 말았다. 그런데 나중에 알고 보니 철없이 구는 자식을 나무라는 마음으로 어머니는 내 집이 있는 정릉에서 당신의 집이 있는 돈화문까지 그 먼 길을 걸어 가셨다고 한다. 못된 자식에게 손 벌려 차비를 얻고 싶지 않으셨다는 것이다. 차비 한 푼이 없어서 젊은이도 걷기 힘들 만큼의 거리를 혼자 걸어가시면서 당신은 어떤 생각을 하셨을까. 지금도 그때 일을 생각하면 가슴이 뜨끔해진다.

어머니를 처음 보는 사람들은 그 살갑고 소녀 취향의 행동을 보고는 고생 하나 않고 살아온 부인으로 오해를 하기도 한다. 그러나 내가 기억하고 있는 매순간부터 지금까지 힘들다는 이유로 어머니가 무슨 일이든 한 번이라도 마다하는 것을 본 적이 없다. 내가 어렸을 적 허름한 한옥에서 살 때에는 비가 오면 지붕이 허술해서 빗물이 방안으로 새어들고는 했었다. 그럴 때면 어머니는 다른 이의 도움을 얻지 않고 당신이 직접 지붕위로 올라가 낡은 지붕을 손보셨다. 집안의 부실한 곳을 가만 두고 보지 못하는 성미의 어머니는, 언젠가 내 남편이 출장을 가고 없을 때 우리집에 들르셨다가 개집 주위의 시멘트가 떨어져 나간 것을 보시고는 또 손수 시멘트를 개어 그곳을 메우셨다. "얘, 유서방이 돌아와서 보고는 잘못했다고 흉이나 잡지 않을까?" 어머니는 그냥 내버려 두시라는 나를 말리며 이렇게 말씀하셨다.

어머니의 별나다 할 만큼 할 깔끔한 성미는 길거리의 잡티도 그냥 보아 넘기지 못한다. 함께 대중탕 가는 것을 즐기는 어머니와 내가 목욕탕에 가려고 집앞 골목길을 나서고 있었다. 갑자기 어머니가 다시 집으로 돌아가시는 것이었다. 왜 그러실까 궁금해하고 있던 찰나에 어머니가 신문지를 하나 들고 대문 밖으로 나오셨다. 그리고는 길가에 떨어져 있는 것을 신문지로 곱게 싸시는 것이다. 뭔가 하고 보니 개똥이었다. 참 별 걸 다 신경쓰신다는 생각이 들기도 했지만 작은 일에도 저렇게 깔끔을 떨고 주변을 챙기시는 어머니가 참 예쁘게 느껴지는 순간이었다.

가끔 어머니에게 질투 비슷한 감정을 느낄 때가 있다. 내 세 딸아이가 나보다도 어머니와 얘기하는 것을 즐길 때가 그렇다. 실제로 딸아이들의 말에 의하면 나보다 어머니가 훨씬 더 "트인 사람"이라고 한다. 딸아이들의 고민이나 어려움을 어머니는 특유의 조근조근한 말투로 보듬어 주시고 때로 나이에 어울리지 않는 깜찍스러운 행동으로 손녀딸들을 즐겁게 해 주신단다. 사실 방송국 동료들의 사소한 농담에도 당황하고 순발력 있게 대꾸하지 못하는 것이 여지껏 나의 콤플렉스이고 보면, 나의 이런 둔감한 면이 딸

아이들에겐 제 어미가 재미없어지는 구석일 수도 있겠다.

학교교육이라곤 받아 보지 못했지만 어머니의 현명하심이 드러나는 일 중의 하나는 당신 자신의 건강을 항상 미리 챙기시는 것이다. 당신의 건강을 알아서 돌보는 것이 자식에 대한 크나큰 배려임을 잘 알고 계시기 때문이리라. 사실 몸이 조금이라도 이상하다 싶으면 먼저 병원을 찾으시는 어머니가 때로 좀 별나다고 생각한 적도 있었지만, 당신이 담석을 앓고 계시다는 것을 아시고는 서둘러 수술날짜를 잡고 자식들이 걱정할까 봐 조용하게 일을 처리하신 것은 지금까지 참으로 미안하고도 고맙게 생각하고 있다. 자식인 내가 당신의 건강을 챙기는 것보다 방송일로 건강을 해칠까 봐 용돈을 모아 딸자식의 보약을 지어 오시는 횟수가 더 빈번하니 나도 참 한심한 노릇이다.

지금까지도 어머니는 자식이 힘들어하면 그 자리에 가서 직접 자식을 챙겨 줘야 직성이 풀리는 이다. 동생댁이 많이 아플 때가 있었다. 남동생은 그때 낡은 연립주택에서 살고 있었다. 그 연립주택은 재개발 대상으로 헐리게 되어 며칠 안으로 이사를 가야 하는 형편이었다. 동생댁이 병원에 입원해 있으니까 집안일을 돌보아 줄 이가 없었다. 어머니는 동생네에 가서 또 손수 손자들의 끼니를 챙겨 주고 이삿짐을 꾸리셨다. 그런 어머니가 고맙고 안쓰러워 내가 잠시 짬을 내어 동생네를 들른 적이 있다. 며칠 뒤에 이사를 가야 하는 집인데도 어머니는 베란다에 앙증맞은 화분 하나를 볕 좋은 곳에 두고 계셨다. 웬 거냐고 묻는 내게 어머니는 "광수 엄마 빨리 나으라고 내가 하나 장만했다"라고 말씀하셨다. 작은 화분 하나 때문에 동생댁이 자리를 털고 일어날 리야 만무하겠지만 어머니의 그 살뜰한 마음 씀씀이가 너무 고왔던 기억이 난다.

항상 당신의 딸이 잘난 배우라고 말씀하시는 어머니. 내가 나오는 프로그램마다 모니터를 해서 따끔한 충고를 해 주는 남편도 고맙지만 잘했든 못했든 늘상 "내 딸이라서가 아니라 연기 참 맛깔스럽다"라며 칭찬을 아끼지 않으시는 어머니가 더 큰 힘이 되는 것이 솔직한 심정이다. 그렇게 어머니의 칭찬을 듣고 있노라면 정말 내가 제맛나는 연기라도 한 듯이 고양되어서 연기하는 재미가 소록소록 느껴진다. 다독이고 북돋아 주는 말의 위력을 어머니는 익히 알고 계시는 탓일까. 당신의 딸 연기 칭찬은 마르지 않는 샘물처럼 흘러나온다.

또 한 번은 이런 적이 있었다. 여동생네와 우리 가족. 어머니가 함께 겨울이 닥치기 전에 소풍을 가기로 했다. 단풍이 곱기는 했지만 벌써부터 바람이 맵싸하게 느껴지는 가을날로 기억한다. 오랜만에 가족들이 한자리에 모였으니 참 다정한 한때였다. 예쁜 것 좋아하는 내 어머니도 바깥 바람 쐬는 것이 즐거워 연신 고운 미소를 입가에 달고 계셨다. 가을색이 완연한 들판 한 곳에 조그마한 들꽃이 피어 있었는데 그저 이쁘다고 생각하고 있던 찰나에 어머니가 "어머 불쌍해라. 얼마나 추울까, 이 어린 것이." 하시면서 그 꽃을 뿌리째 조심스레 캐 내어 집에까지 들고 오셨다. 그리고 화분에다 심으시곤 겨우내 어머니 특유의 매운 손끝으로 그 여린 들풀을 보살펴 주셨다. 어쩜 그 나이를 먹도록 그 고운 심성을 그대로 간직하고 계신지. 당신의 마음 씀씀이가 내 몸에도 익숙하게 배어들었으면 한다.

어머니가 항상 눈에 띄지 않는 곳에서 내 주위를 돌보아 주셨기 때문에 그 자리를 크게 느끼지는 않았지만 훗날 어머니의 빈 자리를 생각할 때면 가슴이 덜컥 내려앉는다. 그 휑하게 뚫린 빈 공간을 채워 줄 수 있는 이는 다시 없을 것만 같다.

방송일로 바쁘고 예민하기 일쑤인 내게 절은 나 자신을 온전히 돌아 볼 수 있게 하는 공간이다. 은은하게 주위를 감싸안는 풍경소리와 마음을 다시 다잡을 수 있는 여유를 안겨 주는 목탁소리, 굳이 이런 것들이 아니라도 나는 그 공간에서는 가장 참되고 결고운 마음을 다듬을 수 있다.

내게 어머니는 깊은 산속 덩그렇게 자리잡은 산사만큼이나 힘이 되어 주는 분이다. 힘들고 버거울 때면 나는 항상 어머니의 눈으로 세상을 바라보려 한다. 그리고 그럴 때면 늘 가장 올바른 해답을 찾을 수 있었다.

　얼마 전에 방송국 분장실에서 무심코 거울을 바라보다가 거울 속에 비치는 어머니의 모습을 보고는 화들짝 놀란 적이 있다. 어느 새 나도 예전 어머니만큼의 나이가 들어 이 자리에 서 있구나. 어떻게 생각해 보면 참 서글퍼지기도 하는 순간이었지만, 나는 다른 이가 아닌 바로 나의 어머니를 닮아 가는 것이 너무나 감사하게 느껴졌다. 어머니만큼의 넓은 마음으로 세상을 바라보고 주위 사람들을 다독여 줄 수 있는 여유를 가진 사람이 될 수만 있다면 얼마나 다행한 일일까. (연기인)

내 앞에 선 강인한 나무

| 노향림 |

어머니는 삼 년 전에 돌아가셨다. 이제는 "어머니" 하고 가만히 입 속으로 불러 보기만 해도 그 슬픔이 가득해져 오는 한 사람으로 내게 남아 있다. 몸 왼쪽이 서서히 마비되어 가는 고통 속에서도 마비되었다고 내색을 하지 않으셨다. 자식들에게 짐이 되지 않게 하기 위해서였다고 큰언니에게 고백했다고 한다.

나는 어머니를 전라도 사투리 그대로 "엄니!"라고 불렀다. 정신을 투명하게 닦아 놓은 듯한 가을날 그 "엄니"는 완전히 누워 버리셨고 그 몇 달 뒤 눈이 흩뿌린 날 세상을 뜨셨다. 결투의 대상을 향해 던지는 사랑처럼 막내딸에 대한 조건 없는 무진장한 사랑을 지상에 남겨 둔 채, 그 좋아하던 겨울 하늘 한 귀퉁이를 헐고 내리는 푸짐한 첫눈을 보지 못한 채 십이 월 초 훌훌 세상을 뜨셨다. 이제는 조그마한 체구로 늘 고개 수그리고 간곡히 두 손 모아 기도하는 모습을 볼 수 없다. 다른 형제들의 질시를 받을 만큼 조건 없는 사랑을 막내딸인 내게만 쏟아 내시다가 가셨다. 길에서 단아하고 깨끗하게 생긴 한 여자 노인만 지나가도 나는 그 자리에서 서 버린다. 혹시 어머니가 아닌가 하고. 그 절대한 사랑을 이제 다시 가서 다시 찾을까.

어머니와 나는 어머니와 딸이라는 관계 이상의, 어떤 종교와도 같이 겸허하게 서로가 마음을 열 줄 아는 자세가 되는 그런 관계이다. 어머니는 아주 잘 생긴 미인이거나 학벌이나 재산이 있어서 세상에서 잘났다고 하는 그런 여자와는 거리가 멀다. 어머니는 세상의 부와도 아무 관련이 없이, 거친 세파를 헤쳐 가며 다소 못나고 아주 가난하고 소박하게만 사셨다.

하지만 지금 기억해 보아도 정갈하게 세수를 하고 기도하는 자세가 되는 어머니의 그 모습 하나는 너무나 진지해서 때로 성스럽기까지 하다. 누구에게나 죄가 있다며 죄 사함을 받아야 한다고 일찍이 기독교에 귀의했다. 신앙이 없는 막내딸을 위해 기도하신다고 했다. 나는 단아하고 깨끗하게 생긴 한 여자가 무릎 꿇고 앉아 자기의 모든 죄를 털어놓고 고해하고 사함을 받고자 갈구하는 그 순간이야말로 이 세상에서 가장 아름다운 모습이라고 보고 싶다. 자신을 희생해서 가족이나 다른 사람을 위하여 기도하는 모습은 쓸쓸하기까지 하다.

가족이란 무슨 의미를 지니는가. 두 손 모아 하늘에 빌지는 않아도 서로가 비바람막이를 해 주는 들판에 선 나무와도 같이 세상에 내 놓아도 잘 자라고 "은성"한 은총을 입도록 서로 도와 주는 끈끈한 관계가 아닐까. 비바람 앞에 선 나무와도 같이 어머니는 언제나 나를 보호해 주셨다. 어느 때는 너무나 강인한 모습을 보여서 어린 나의 눈에 오히려 이상하게 비칠 정도였다. 어머니는 섬약하고 눈물 많은 나를 강하게 키우고자 멀찍이 떨어져서 사랑을 베푸셨다. 마음먹은 바를 몸소 행동하고 실천함으로써 어머니의 강한 모습을 보이시려 애를 쓰셨다.

늘그막에 마지막 인생을 살 듯 금슬이 좋아지는 듯했지만 기실 아버지는 젊은 날 종교 문제로 어머니를 몹시 괴롭혔다.

어린 시절, 말단 공무원이었던 아버지는 우리 가족을 이끌고 여러 지방을 철새처럼 옮겨 다녔다. 학교 문제로 전학 가기 싫어 나는 울기도 참 많이 울었다. 정든 친구들이랑 헤어지기 싫어서였다. 어머니는 늘 정든 교회를 버리고 떠나는 것에 가장 섭섭해하셨다.

아버지는 이사 간 곳마다 교회부터 찾는 어머니를 몹시 못마땅해하셨다. 이사 간 첫날에 주로 화를 내셨는데 이삿짐을 풀기도 전에 눈에 띄는 식기류나 의자를 닥치는 대로 어머니를 향해 던졌다. 어머니가 피하기를 원했지만 좀처럼 아버지 앞에서는 피하지 않은 게 이상하게 느껴질 정도였다. 그 자리에 서 있는 나무처럼 늘 서 있고 매를 맞아도 그 자리에서 이를 감수해 내셨다.

더욱 이상한 것은 단 한마디의 불평이나 신음 소리조차 입 밖으로 꺼내지 않는 것이었다.

어머니를 향해 가구들을 마구 던지는 것처럼 무서운 일은 없었다. 그 당시에는 아버지가 살림살이를 던지는 날이 거개여서 던지지 않는 날이 더 불안한 지경이었다. 아버지가 만취 상태가 아니길 빌었고 마음속으로나마 단 하루라도 어머니가 무사하길 빌었다. "오매 엄니!" 하고 내가 어머니의 치마폭에 달려들 때는 이미 아버지의 "어머니 때리기"가 끝나 있었고 어머니의 몸은 상처투성이가 된 뒤였다. 왜 어머니는 한 마디의 말씀이 없으셨을까. 아니 오히려 외마디의 비명 소리가 들렸다면 나는 마음속에 더 상처를 받았을 것이다. 머리칼이 뜯겨지고 옷고름짝이 떨어져 나가도 기도를 위해 참으셨던 것일까. 그런 날은 신에게 아버지를 용서해 달라고 비는 소리가 다락방 속에서 들렸다. 울부짖고 간구하면서, 때로는 핍박이라는 말도 사이사이 어머니의 입에서 새어 나오고는 했다. 왜 참기만 했을까. 참는 일이란 오히려 더 강하다는 말이 아닐까. 강하고 독하다는 말을 들을 정도로 마음에 강한 "병기"를 숨겨 놓은 사람처럼 어머니는 철저히 참기만 했다.

눈이 마당에 희뜩거리며 날리는 겨울에도 어김없이 기도했다. 새벽 기도회를 갈 수 없을 정도로 눈이 쌓이면 집에서 새벽 기도회를 하는 시간을 마련하셨다. 아버지가 깨지 않으시도록 벽장 안이나 높은 다락방에서 침묵으로, 마음속으로 간절히 기도만 하셨다. 때로는 누구도 깨지 않는 한밤중에 정적을 붙들고, 뒤란의 나무 둥치나 하얀 눈 쌓인 장독대를 붙들고 기도하셨는지 내가 한밤중에 깨어나 창밖을 보면 어머니 자신도 눈사람이 된 듯 하얗게 머리에 눈을 쓰고는 했다. 내가 일찍 깨어 어머니의 치마를 붙들고 따라다니면 붙들지 못하게 하셨고 오로지 혼자 그 일을 감당해 내었다. 지금 나에게는 그 자잘한 장독 항아리와 밑둥 잘린 석류나무 둥치나 공쟁이 빗자루(싸리나무로 엮은 빗자루)가 놓인 뒤란 굴뚝이 어머니를 위한 소도구로 기억된다. 희미하게 기억이 지워진 뒤에도 어느 때는 너무나 또렷이 떠오르는 것이다.

나는 오늘날 한 아이의 어머니가 된 뒤에도 아이를 위해 그처럼 빌어 본 적이 없다. 강인한 어머니의 그런 모습은 내가 살아가는 동안 약해질 때, 무엇인가, 누구에게인가 간구하고 빌어 보고 싶어질 때 떠오르는 것이다.

치열했던 한 생명의 힘이 소진되고 있었다. 누구나 시간이 가면 그렇게 되는 것일까. 소중한 목표를 가진 한 사람도 그렇게 되듯이 어머니는 시간 앞에 무력했다. 소중한 목숨을 신에게 귀의하듯 점점 몸이 마르며 병이 깊어질 때도, 때로는 약을 사 먹고 용돈이 필요한 때도 어머니는 전화를 내게 자주 하지 않으셨다. 나는 어쩌다 그런 어머니를 직접 찾아 볼 때도 만 원을 더 얹어서 가느냐 마느냐를 생각할 정도로 용돈에도 인색했다. 속물 근성으로 어머니를 대했던 것에 지금도 가슴이 아플 뿐이다. 어머니는 내 속을 빤히 들여다보시듯 내색을 않고 반기셨다.

어머니는 한때 내게 큰 기대를 하셨다. 대학 졸업 뒤 유학까지 보내 주실 뜻을 선뜻 비쳤다. 아버지의 월급으로는 도저히 감당이 되지 않을 일인 줄 알지만 딸에 대한 기대와 사랑으로 남보다 더 잘나고 똑똑하게 되길 비셨을까. 나는 대학을 다닐 때도 문학을 한답시고 공부는 뒷전이었다. 교내 문학 현상 공모에 몇 번 당선된 뒤라 영문과에 적을 두었어도 내가 좋아하는 헤밍웨이나 영미 시인들 이외에는 별 관심이 없었다. 비록 교내에서였지만 시가 당선되었을 때 어머니는 동네 아주머니들을 모아 놓고 떡 잔치를 해 가며 몹시 우쭐해하셨다. 그런 어머니가 딸에게 기대감을 크게 가지셨던 것은 당연한 일이 아닐까. 실은 내가 문학을 하게 된 동기도 목포 앞바다에 떠 있던 작고 작은 섬을 본 뒤였다. 가난과 병과 외로움과 싸우면서 목포 앞바다에 떠 있던 "압해도"를 신비스럽게 바라보았던 때문이었다. 아주 작고 작은 섬을 사람들이 거들떠보지도 않을 무렵 어머니는 나를 목선에 태우고 압해도에 가셨다. 어린 날 모래찜질이라는 걸 나는 그 섬에서 해 보았다. 그것이 뒷날 시인이 된 뒤에도「압해도」연작시를 쓴 계기가 되었고.

기도하기 아니면 책 읽기로 자신의 무식함을 갈고 닦기를 마다하지 않으셨던 어머니. 어머니가 읽다 만 책이 방에 뒹굴고는 했다.「동명성왕뎐」,「장화홍련뎐」, 이광수의「무정」,「흙」들 하여 주로 소설책을 읽다가 붉은 연필과 꼼꼼히 표시해 둔 곳들이 있었다. 비록 학벌은 없었지만 책을 가까이하면서 자신을 단련시켜 세상을 조심스럽고 실수 없이 살려는 의지가 아니었을까. 막연히 취미로 시간을 보내기 위해 책을 읽는 일이 아니었다.

모든 것이 고달프기만 했던 그 당시에는 누구나 그랬지만 우리 식구들도 예외는 아니어서 모두 밖에 나가 돈을 벌지 않으면 안 되었다. 대낮에 어머니는 밖에 나가서 돈이 될 수 있다면 무엇이건 일을 하셨다. 병으로 섬약하고 몸이 아픈 나를 남겨 두고 모두 밖에 나가면 대낮의 정적이 무서울 지경이었다. 이런 때 나는 어머니가 읽다가 둔 책을 읽는 것이었다. 문학 작품도 꽤나 있었다. 방 안에 뒹구는 책을 다 읽을 때쯤 식구들은 돌아왔다.

아버지는 어머니를 때린 다음날에는 어김없이 박봉의 공무원 월급을 쪼개어 책을 사다 주시고는 했다. 아버지는 시를 쓰다 만 영원한 문학 청년이었다. 그토록 문학가가 되기를 선망했지만 꿈이 이루어지지 않아 문학에 희미하게나 소질을 보인 내가 시인으로 문학인의 길을 가기를 원하셨다.

일찌감치 어머니는 나를 서울로 보내기로 작성하였다. 아버지보다 더 적극적으로 나를 밀어붙였다. 서울행 야간열차를 타고 무작정 큰오빠가 사는 서울로 나를 올려 보낸 것도 어머니가 더 적극적이었다. 광주에서 서울행 비둘기호 야간열차를 타고 내린 서울역에서 처음 바라본 서울은 얼마나 황량했던가. 오십 년대였다. 오빠도 자리를 잘 잡지 못한 때여서 무작정 올라온 어머니와 나를 보며 몹시 당황해했다. 헐벗은 서울 풍경만큼이나 그때 처음 본 서울은 얼마나 낯설고 을씨년스러웠던가. 한겨울에 덜컥 긴 몸뚱이의 기차에서 내린 우리를 보고 무척 당혹스러워한 것은 당연했던 것이다.

철없던 나는 "엄니 추워요" 하고 어머니의 품속을 파고들었다. 그러자 어머니는 미군 군용 코트 같던 웃옷을 서슴없이 벗어 내가 입은 낡고 검은 오버코트 위에 덧입혀 주셨다. 그 속에 얇은 스웨터 한 장만 입었던 어머니는 추위를 애써 견디며 서 있었다. 그 곳이 바로 지금의 서울역 시계탑 앞이었다.

시계탑 아래서 오빠와 만나기로 되어 있었던 것이었다.기다리던 그 십 분은 열 시간 같았다. 어머니와 나는 서울로 그냥 한 번 구경 온 것이 아니었다. 생존과 직결된 사투였고, 어렵사리 시골

학교에서 서울로 전학을 해서 학업이 계속되는가 마는가를 가늠하는 분수령이 되고 있었다. 어머니 품을 "나의 성"처럼 여기고 가난하나마 행복하게 살고 있던 내가 어머니에게서 분리되는 순간이었다. 저 오십 년대의 폐허의 서울에 첫발을 내딛는 순간이기도 했다. 시련을 겪으며 그 어떤 시련도 감내하며 성장하기를 바라는 어머니가 나를 그이의 품안에서 처음으로 떠나 보내는 순간이 되기도 했다. 어머니는 곧바로 광주행 하행선을 타고 내려가기로 되어 있었다.

시계탑에서 시간을 자꾸 보며 기다리고 있자니 오빠가 도착했다. 어머니의 진보적인 생각이 나를 서울로 밀어붙였던 것은 아닐까. 당연히 여자도 대학을 나와야 하고 학문을 연구해야 된다는 것. 내가 성공을 해서 어머니에게 효도하는 것보다는 한 인간으로서 내가 일어서기를 바랐을 것이다. 희생만이 강요되는 옛 어머니상으로, 한 지아비의 아내로 숨도 제대로 못 쉬고 평생을 남편만 의지하고 사는 것이 진정으로 행복한 여자상은 아니라는 것을 알아차린 것이다. 어머니의 그런 판단은 조급하고 급박한 것이 아니라 그나마 책을 많이 읽어서 얻어 낸 커다란 지혜였다. 혹시 내가 언젠가는 시인이 되리라는 것을 알아차린 건 아니었을까. 결국 나는 그렇게 되었지만. 이처럼 어머니는 내가 빨리빨리 일어서기를 바라는 청량한 바람결이었다. 어머니는 나에게 있어 없어서는 안 되는 공기와도 같은 존재였다. 공기가 없으면 살 수 없으면서도 조금도 고마워하며 살고 있지 않다가도 없어지면 공기의 중요성을 그때야 인식하게 되는……

어머니가 돌아가시고 나서야 용돈을 더 드릴 것인가 말 것인가를 간사하게 따졌던, 딸로서의 자격도 없었다는 자책 앞에 망연해진다. 그 어리석음을 깨닫고 가슴을 칠 때는 이미 어머니는 이 세상에 계시지 않는 존재였다. 이제 다시 어머니를 볼 수 없어도 때로 전위적이고 진취적이고 강인한 어머니 상으로 내게 새겨져 있다. 비록 어머니에게는 이 세상이 거칠고 척박한 땅이었어도 그런 강인한 어머니가 나에게는 커다란 나무처럼 바람막이가 되어 기대어 살 수 있었다는 사실이 얼마나 든든하고 자랑스러웠는지 모른다.

어머니는 아버지가 돌아가시자 몹시 슬퍼하는 내게 그럴싸한 철학적인 말로 위로해 주었다. "인생은 표표히 흐르는 구름처럼 혼자 왔다가 혼자 가는 것이다. 울지 마라. 향림아!" 하면서 부모는 그저 표표히 가는 것이니 좋게 마음먹으라며 등까지 토닥거려 주셨다. 아아, 그때의 강인함이란 세상의 어떤 어머니들과도 견줄 수 없었다. 눈물 한 방울 흘리지 않는 어머니가 원망스러웠으나 어머니는 자신이 무너지면 자식들이 무너지지 않을까 이를 악물며 눈물을 참았다고 뒤에 고백하셨다. 사람이 세상을 떠날 때 배우자나 자식들이 지나치게 통곡하는 것이 싫다고도 말씀하셨다. 사람이 무너지고 약해지는 모습을 어머니는 제일 싫어하셨다.

강인한 어머니는 자신의 죽음 앞에서도 너무나 초연해서 죽음 앞에 선 인간의 모습이 아니라 초월자와도 같았다. 어머니의 말씀대로 신에게 더 가까이 더 좋은 하늘 나라로 가는 모습 그 자체였다. 못쓰게 된 반신의 불수를 온 힘으로 이겨 내고 머리를 빗겨 달라고 계속 요구하셨다. 늘 깔끔하고 깨끗했던 자신의 모습이 조금이라도 흐트러져서는 안 될 것처럼 말이다. 자부심 하나로 버티어 온 어머니는 스러지는 나약한 육신을 자식들에게 보이고 싶지 않은 듯 안간힘을 마지막까지 보여 주셨다.

나에게는 높은 정신과 희생으로 새겨진 어머니 상이었다. 비록 배운 것은 없지만 기독교에 귀의해서 삶과 죽음을 넘나들며 죽음도 영원히 살 수 있는 환희로 승화시키며 살고자 했다. 긍정적이고 적극적인 눈으로 세상을 바라보며 실제의 행동 또한 그렇게 살려고 노력했던 분으로 기억된다.

하늘에서 희뜩거리며 눈이 내리는 겨울날이면 눈을 좋아했던 어머니를 더욱 잊을 수 없다. 어머니는 돌아가시기 직전까지도 눈을 좋아하셨다. 누워서 창 밖을 보며 "눈이 오시네" 하고 잘 나오지 않는 발음으로 입 안에서 웅얼거렸다. 그런 어머니를 닮아 나 또한 눈이 오는 겨울을 좋아한다. 눈이 너무 좋아 겨울에 관한 시들을 많이 썼다. 어린 시절 마당에서 눈 맞고 놀고 있으면 어머니는 마당 한 귀퉁이 깨끗하게 내린 눈을 뭉쳐 부엌으로 들어가 과자처럼 썰어서 내게 주시며 먹어도 된다고 하셨다. 물론 나는 눈과자를 먹었다. 어머니가 주시는 것이었으므로. 지금처럼 오염되지 않은 때여서 눈은 너무도 깨끗했던 것이다.

이 글을 쓰는 오늘 밤 나는 무척 행복하다. 가까운 곳에서 어머니를 뵙고 있듯이 대학교 일 학년 때 함께 찍은 사진을 꺼내 보고 있는 것이다. 어머니는 지금의 내 나이쯤 되셨을까. 딸을 대학에 보낸 그해 서울로 아버지와 함께 올라오셨다. 막내딸을 대학에 보낸 기념으로 피아노 학원에도 나를 보내 주셔서 피아노 선생님과 조카들과 함께 사진을 찍었다.

어머니의 흔적은 내 마음에서 영원히 지워지지 않으리. 살아 계실 때 더 사랑해 드리지 못한 것이 한이 되어 이토록 나의 눈에서는 눈물이 흐르는 것일까. 치열했던 생명력만큼이나 나를 지상에 두고 눈감으신 어머니는 끈질기게 살아온 삶만큼이나 완벽하게 그 끝을 마감하셨다. 꽉 쥔 두 손이 점점 차갑게 마비되면서도 더듬더듬 내가 알아들을 수 있을 때까지 입을 오므렸다가 다시 펴셨다. 귀를 가까이 대자 나의 손을 꼬옥 쥐며 유언처럼 "나 죽거든 눈물 찔끔거리지 말라"고 엄명을 내리셨다.

아직도 당신의 막내딸에 대한 애틋한 사랑을 다 쏟지 못하고 가신다는 듯이. 내색하지 않고 끝까지 강인한 딸로 키워 내기를 원하셨지만 나는 어떠한가. 감수성이 너무나 예민하고 강한 구석이라고는 없는 내가 되어 버렸다. "엄니!" 다시 한 번 불러 본다.

　가꾸지 않은 들길의 척박한 자연 속에서도 잘 자란 아름드리 나무를 보면 어김없이 어머니가 생각난다. 아버지와 가족들로부터 받은 고통을 신앙의 힘으로 이겨 내려 했던 어머니는 아직도 나에게 엎드려 웅크리며 기도하는 자세로 남아 있다. 그 슬픔으로 하루를 견디고 또 하루를 견디었던 어머니. 이제 그 슬픔이 가득해져 오는 한 사람으로 내게 남아 있다. (시인)

시인의 아내로 사는 법

| 박동규 |

아버지 박목월 시인에 대한 추억을 펼쳐 보려다가 어머니와 함께 산 내 인생의 길을 되돌아보기로 방향을 바꾸었다. 문학을 전공하고 문학 교수로 평생을 살아가는 나에게 아버지는 아버지 이상의 의미로 살아 있어서 평범한 한 가족의 내면과 따뜻한 인간다운 정을 기록하는 데는 너무 부담이 컸던 까닭이다. 더욱이 아들의 눈으로 바라본 아버지의 모습이 시인이라는 아버지의 삶과 어떤 의미의 상관성을 가진다는 의식이 나에게는 떨쳐 버릴 수 없는 망설임이 되기에 자유롭고 평범하고 기쁜 마음으로 추억의 보석을 줍기 위한 것임을 미리 밝혀 둔다.

어머니는 충청남도 공주에서 태어났다. 아들 하나에 딸이 일곱인 집의 막내였다. 어머니는 학교를 졸업하고 경상북도 영덕의, 형부가 다니던 은행에 취직이 되어 경상도 땅을 밟았다. 어머니는 그때 아버지와 인연이 되어 경주 북쪽 모량이라는 동네에 시집을 와 그곳에서 신접살림을 차렸다. 첫아들인 내가 태어나게 될 때쯤 어머니는 경주로 옮겨서 어느 문간방 셋방에서 아버지와 독립해서 살게 되었다. 아버지는 비록 은행에 다니기는 했어도 시 쓰는 일에 몰두해서 밤늦도록 문우들과 어울렸고 더욱이 현실적인 생활 문제 같은 것은 안중에도 없었다. 내가 태어나던 해 아버지는 정지용 시인의 추천으로 《문장》지에 시인으로 등단하였고 다음해 경주로 찾아온 시인 조지훈과 만났다고 한다. 어머니의 기억에 담겨진 그때의 박목월 시인은 직장에서 돌아오면 밥상에 창호지를 올려 놓고 연필을 깎아 들고 혼자 신들린 사람처럼 웅얼거리고는 했단다. 그리고 추운 겨울 아버지가 글을 쓰기 시작하면 어머니는 내가 울까 우려하여 나를 등에 업고 밖에 나와 한밤에 서성이고는 하였다고 했다.

그러다가 사택이 비어 이사를 하게 되었다. 어머니는 사택 앞에 딸린 텃밭에 완두콩을 심어 가마니 한가득 수확했던 일을 두고두고 자랑하였다. 광복이 되던 해 나는 초등학교에 가게 되었다. 입학하기 전날 아버지는 요즈음에는 포장지로 쓰는 매끈매끈한 종이 몇 장을 들고 왔다. 그리고 이를 책 크기로 접어서 바늘로 꿰매고 붙어 있는 쪽을 칼로 뜯어 내어 공책을 만들었다. 나에게는 벼루에 먹을 갈게 하고는 붓을 들어 "국어 박동규", "산수 박동규"라고 큰 글씨로 썼다. 글씨를 다 쓰고는 먹이 묻어 있는 내 손을 잡고 한참 얼굴을 보더니 고개를 돌리고 밥상 위에 놓여진 공책을 보았다. 아직도 덜 마른 글씨 위에 아버지의 눈물이 떨어져 번지고 있었다. 나는 이름 글자가 번진 노트를 들고 학교에 갔다. 어머니는 신발을 사 줄 수가 없었기에 시집 올 때 입고 온 비단 치마를 잘라서 덧신처럼 생긴 이상한 신발을 만들어 주었다. 비단이어서 알록달록하였다. 이 신발을 신고 학교에 가니 아이들이 나를 눌렸다. 중국놈 신발을 신었다고 하고 계집애 같다고도 했다. 성격이 약하기만 했던 나는 아이들과 어울려 놀 수가 없었다. 그래서 노는 시간이 되면 텅 빈 교실에 혼자 남아 있었다. 한 달이 넘게 지난 어느 날 텅 빈 교실에 외롭게 혼자 앉아 있는데 담임 선생이 들어왔다. 혼자 앉아 있는 나를 보고는 "어디 아프니? 왜 나가 놀지 않니?" 하고 물었다. 나는 "안 아파요" 하고 대답을 하였다. 키가 작은 여선생이었던 담임은 "그런데 왜 나가 놀지 않니?" 하고 다시 물었다. 나는 "아이들이 놀려서요" 하고 말하자 선생은 "무엇을 놀려?" 하고 물었다. 그래서 "신발이요" 하였다.

담임은 나에게 가까이 나오라고 해 내 신발을 보았다. 알록달록한 것이 이상하게 보였던지 책상 서랍에서 생활기록부를 꺼내 보는 것이었다. 여선생은 한참만에 우리 집 사는 형편을 알았는지 나에게 다가오더니 어깨를 잡고 "네가 목월 시인의 아들이냐" 하면서 혼잣말로 "시인으로 살면 그렇지 뭐" 하고는 손으로 내 등을 두들기면서 "내가 선생이 된 것이 육 년이나 되었는데 우리 반 아이가 아이들의 놀림감이 되어 교실 한 구석에 앉아 있는 것도 제대로 보지 못하였으니 무슨 선생이겠니" 하면서 울었다. 그리고 담임은 "엄마가 만들어 주신 것인데 얼마나 좋으니, 내일부터 아이들이 놀리지 못하도록 하겠으니 마음놓고 뛰어놀려므나" 하였다.

철이 들지 않았던 나는 그날 집으로 돌아가서 어머니에게 학교에서 있었던 일을 다 말하였다. "엄마, 내일부터 운동장에 나가 뛰어놀 수 있어. 선생님이 나 놀리는 아이들 다 말려 준대" 하였다. 그 순간 어머니의 얼굴은 까만 숯덩이처럼 변했다.

아랫입술을 꼭 깨물고 숯덩이 같은 얼굴이 되었다. 첫아들을 낳아 학교에 처음 보냈는데 신발을 사 주지 못해서 아이들의 놀림감이 되어 교실 구석에 처박혀 한 달이 넘도록 앉아 있어야 했던 나를 생각하자니 얼굴색이 숯덩이처럼 된 것이었다.

어머니는 이 일이 있고 난 다음 나를 이렇게 키워서는 안 되겠다고 결심을 하신 듯하다. 그 뒤 어머니는 아버지가 글을 쓰다가 버린 못 쓰게 된 종이나 원고지를 주워 모아 거울 앞에 쌓았다. 학교에 다니게 되자 사야 할 것이 많이 생겼다. "엄마, 크레파스" 또는 "엄마, 색종이" 하고 가져가야 할 것을 말했을 때 어머니가 못 사 주시면 나를 데리고 가서 종이 뭉치 위에 손을 얹게 하고는 "봐라, 우리집은 글 쓰는 집이라서 사 줄 수가 없구나" 하였다 어쩌다가 친구들과 함께 와서 "엄마, 아이들이 왔는데 먹을 것 좀 줘" 하면 아이들 모두를 데리고 원고지 앞에 가서 "우리집은 글 쓰는 집이라서 너희들 대접할 것이 없구나" 하였다.

어머니는 내가 대학을 졸업하고 나서까지 한 번도 당신의 입에서 "돈 없어 못 줘" 하는 말을 하지 않았다.

지금 돌이켜보면 내 얼굴에 아직도 철없고 어린애 같은 순진한 구석이 남아 있고 눈물이 얼굴을 덮는 경우가 많고 한 것들은 어머니의 흔적이다. 분명하게 어머니는 나를 가난이라는, 돈 없음의 서러움을 통한 어둡고 답답한 부정의 세계를 보게 한 것이 아니라, 글 쓴다는 명예로움을 통해 밝고 맑은 긍정의 세계를 보게 한 은인이다.

어머니가 가 버린 지금, 돌이켜보면 글 쓴다는 것 때문에 크레파스도 사 줄 수 없다는 말도 안 되는 억지 논리의 뒤편에는 이렇게 자식을 키워 가야 한다는 어머니로서의 의지뿐 아니라 남편에 대한 끝없는 긍지도 숨어 있었던 것임을 깨닫게 된다. 이는 어머니가 아버지가 돌아가신 뒤 이십년 동안 우리를 끌어 오면서 아버지의 손때 묻은 못 쓰는 원고지 한 장도 휴지로 버리는 것을 막아

온 까닭에서도 알 수 있는 것이다.

육이오 전쟁이 터졌을 때였다. 천구백오십 년 유월 이십팔 일 아침 아버지는 당황한 목소리도 우리 앞에서 "국군이 지금은 밀려서 한강을 건너서 남으로 가지만 며칠만 지나면 곧 회복하여 서울로 돌아올 것이다. 잠시 국군을 따라 남쪽으로 내려갔다가 와야겠어" 하면서 "어머니와 함께 집에 잘 있어, 곧 올게" 하고는 한강 둑으로 나갔다. 아버지는 시인이라서 사태판단을 제대로 하지 못한 것이었다. 어머니와 당시 세 형제는 아버지가 없는 집에서 인민군 치하에 살게 되었다.

어머니는 한동안 집에 있는 물건들을 시장에 내다 팔아 끼니를 이어 갔다. 시간이 흘러갈수록 더 고통스러웠던 것은 폭격을 피하는 일이었다. 우리집은 원효로 사가에 있었는데 그 앞이 용산역이고 또 한강 철교와 육군 본부 그리고 동네 뒤편에 조폐창이 있어서 하루도 폭격이 그치지 않았던 까닭이다. 비이십구 편대가 날아와 폭탄을 뿌리면 쏴 하는 소리가 잠시 들리다가 꽝 하는 소리와 함께 온 동네는 암흑세계로 바뀌었다. 곧이어 마치 우박이 내리는 것 같은 소리가 들리고 핑핑 날카로운 쇳조각 파편이 우두둑 떨어졌다. 어머니는 비행기 소리가 들리면 우리 형제의 이름을 소리치며 찾았다. 어머니는 솜이불을 뒤집어쓰고 길거리에 나와 내 이름을 불렀다. 어린 동생들은 집안에 있고는 했지만 초등학교 육학년이었던 나는 길 건너 철도창에 들어가 인민군들이 줄서서 기차에 오르는 것을 보기도 했고 탱크를 밤나무 가지로 위장하는 것을 살피기도 했다. 어린 눈에 신기하고 재미가 있었다. 그러다가 비행기 소리가 나면 집으로 달려왔다. 어머니는 아들을 찾아 솜이불을 쓰고 화약 냄새가 진동하는 캄캄한 거리를 헤매고는 했다. 어느 날이었다. 하늘에서 삐라가 뿌려졌다. 주워 보니 내일 폭격이 아침 열 시와 밤에도 있을 것임을 알리는 내용이 씌어 있었다. 유엔군이 민간인의 살상을 막기 위해 미리 알려 준 것이었다. 어머니는 낮에 동네 한쪽 일본식 목조가옥이었던 교회 지하실로 우리를 데리고 갔다. 그러나 그곳도 만원이었다. 할 수 없이 어머니는 뒷산 중턱에 일본군이 파 놓았던 제대로 된 방공호로 갔다.

그런데 그곳도 이미 인민군과 그 패들이 차지하고 있었다. 우리는 갈 곳이 없었다. 어머니는 우리를 데리고 다시 언덕을 넘어 마포 쪽으로 갔다. 지금 마포 극장 근처는 그 당시만 해도 원목을 쌓아 두는 하치장이었다. 한강 상류에 뗏목이 내려와 마포 포구에 닿으면 이를 건져 올려 쌓아두었다. 우리 가족은 원목 틈 사이에 끼어 앉았다. 날이 저물어 캄캄해지자 비행기 소리가 들리고 하늘에는 고사포가 올라가 퍼지는 것이 마치 벚꽃이 활짝 핀 것 같았다. 어머니는 우리 형제의 손을 한데 잡고 고개를 숙이게 하고 이불을 뒤집어씌웠다. 그날 밤 우리 형제는 무서움에 떨었다. 그런데 어머니는 아무렇지도 않은 듯이 "걱정 마라. 곧 집으로 돌아갈 수 있어" 하는 말만 하였다. 나는 이불 속에 머리를 틀어박은 채 어머니의 얼굴을 살폈다. 이불 끝에서 들어온 희미한 불빛에 비친 어머니의 얼굴은 너무나 편안해 보였다. 쾅 하고 가까운 데 폭탄이 떨어지는 소리가 들렸지만 어머니는 우리 형제의 손을 놓지 않았다.

새벽이 되었다. 어머니는 우리 형제들을 깨우고 집으로 가자고 했다. 미끄러운 원목 사이를 벗어 나왔을 때 좁은 길에 시체가 즐비했다. 우리 형제는 겁이 나서 지나갈 수가 없었다. 먼저 내가 "엄마, 다른 길로 가" 하고 뒤돌아섰다. 여섯 살이었던 여동생도 내 등 뒤에 붙었다. 어머니는 "뒤로 돌아갈 길이 없어" 하며 얼른 주저앉아 피를 흘리며 쓰러져 있는 사람을 옆으로 밀쳤다. 그리고 앞에 죽은 시체도 다리를 들어 길을 만들며 우리보고 지나가라고 했다. 우리 형제는 한달음에 그곳을 벗어났다. 어머니의 손에는 피가 묻었다. 어머니는 우리가 빠져 나오자 곧 일어서서 나왔다. 그리고 그 곁에 있는 개울에 손을 담그고 피를 씻었다. 어린 나는 어머니가 키도 작고 몸도 가냘픈데 어디서 그런 용기가 나는지 알 수 없었다.

얼마 뒤 우리는 서울에서 견디지 못하고 아버지가 내려간 남쪽으로 무작정 떠나기로 했다. 어디 의지할 곳도 없었던 우리는 남

쪽으로 향한 국도를 멀리 보면서 조그마한 길만 찾아 걷기 시작하
였다. 일 주일쯤 걸려 평택 근처 어느 어촌에 들어섰다. 나는 발바
닥에 물집이 생겨 더 걸을 수 없었다. 동네에 들어서서 집집마다
찾아 다니며 헛간 같은 곳에라도 잠시 머물게 해 달라고 해 보았
지만 마당에 들여 놓으려고도 하지 않았다. 인심이 흉흉했다. 피
난 내려오는 사람들이 많기도 했지만 모두 자기 살기에 바빴다.
할 수 없이 우리 가족은 골목 돌담 옆에 가마니를 펴고 그곳에 자
리를 잡았으나 먹을 것이 없었다. 나는 아이들이 바닷물과 개천이
부딪치는 곳에서 고기잡이를 하고 있는 것을 보았다. 가까이 가
보니 작은 새우를 잡고 있었다. 나도 웃옷을 벗어 소매를 묶어 매
듭을 지어 이를 그물로 해서 새우를 잡았다. 한줌이 넘게 잡아 어
머니에게 가져갔다. 어머니는 담장에 붙어 있던 호박잎새를 따다
가 이를 끓여 죽처럼 만들어 우리에게 먹였는데 제법 먹을 만했
다. 가끔 어머니는 보리쌀을 구해 와 섞어 넣기도 했다. 삼 일쯤
지나자 발바닥도 아물었다. 해가 질 무렵이었다. 돌담집 주인 아
주머니가 우리에게 다가왔다. 그리고 어머니에게 "당신들이 호박
잎을 너무 따먹어서 호박이 열리지 않으니 저편 골목에 가서 가마
니를 펴라"고 했다. 어머니는 아주머니가 돌아가자 우리 형제를
품안에 안고 서럽게 울기 시작하였다. 강한 어머니만 보아 오던
우리 형제들은 얼굴이 파랗게 되어 어찌해야 할지 몰랐다. 한참

뒤 마음을 진정한 어머니는 "내 힘으로 너희들을 더 이상 남쪽으로 데려갈 수 없으니, 이제 마지막 남은 미싱을 팔아 쌀을 마련하여 서울 우리집에 가서 전쟁이 끝나 아버지가 찾아올 때까지 버텨 보자"고 하였다. 다음 날 어머니는 미싱을 팔아 쌀 한 자루를 들고 와서 멜빵을 만들어 나에게 지게 하고 서울로 떠났다.

평택에서 수원으로 오는 산길을 택하여 걸었다. 한적한 산길을 걷고 있는데 한 청년이 내 곁에 서더니 "무겁지?" 하였다. 내가 고개를 끄덕이자 "내가 져 주지" 하였다. 나는 "아저씨 고마워요" 하고 멜빵을 벗어 주었다. 아저씨는 쌀자루를 지더니 무겁지도 않은지 걸음이 날랬다. 나는 아저씨 뒤를 따라갔다. 뒤를 돌아보니 어머니가 보이지 않았지만 걱정하지 않았다. 길은 외길이었다. 한참을 가다 보니 두 갈래 갈라지는 길이 나왔다. 어머니가 뒤를 따라와서 내가 어느 길로 갔는지 모를 것 같았다. 나는 큰 소리로 "아저씨, 쌀자루 내려 주세요. 나는 여기서 엄마를 기다려야 해요. 엄마가 어느 길로 내가 갔는지 모르잖아요" 하였다. 그러나 아저씨는 뒤도 돌아보지 않고 "그냥 따라와" 하였다. 목이 쉬어라고 쌀자루를 내려 놓아 달라고 애원하였지만 아저씨는 그냥 가는 것이었다. 아저씨를 따라가고 싶었지만 어머니를 놓칠 것 같아 그 자리에 주저앉고 말았다. 나는 길가 풀섶에 앉아 울면서 어머니를 기다렸고 한참 뒤에야 어머니가 왔다. 어머니는 나를 보자마자 "쌀

자루 어떻게 했냐"부터 물었다. 나는 내려 놓아 달라고 했지만 아저씨가 그냥 가 버렸다고 하면서 어머니를 잃을까 봐 따라가지 못하였다고 변명을 했다. 어머니는 그 순간 얼굴이 하얗게 되더니 가만 서 있었다. 한 순간이 지나자 어머니는 나를 껴안으며 "내 아들이 똑똑해서 엄마를 안 버렸네" 하면서 울었다. 우리 가족의 생명줄이었던 쌀을 모두 잃게 된 것을 생각하니 앞이 보이지 않았다. 그런데 어머니는 나를 껴안고 똑똑한 아들이라고 하면서 욕도 하지 않고 울기만 하는 것이었다. 그날 저녁 우리는 조금 더 걸어가 어느 종가의 마루에서 잠을 자게 되었다. 하루 종일 먹은 것이 없어서 배가 고팠지만 그냥 엎드려 눈을 감고 있었다. 어머니는 어디에 갔다가 오더니 내 머리를 무릎에 올려 놓았다. 그리고 새끼손가락 만한 고구마 두 개를 내 입에 넣어 주면서 "내 아들이 똑똑하고 영리해서 전쟁이 끝나 아버지가 너희들을 찾아왔을 때 자식을 잃어버리지 않게 한 엄마가 되게 해 주어 너무나 기쁘다"고 하면서 눈물을 흘리는 것이었다.

그때 내 나이 열두어 살. 철없던 시절이었다. 그런데도 지금 어머니의 얼굴을 떠올리면 피 묻은 손을 개천에 씻던 모습과 쌀을 잃어버린 바보 같은 나를 껴안고 똑똑한 아들이라며 울던 모습이 생생히 기억난다. 어머니는 담대하였다. 어머니의 담대성은 종교적 신념에서 자리잡은 것이라 할 수 있다. 어머니는 내가 어릴 때부터 새벽이면 일어나 버스 정거장으로 서너 정거장이나 되는 교회를 빠지지 않고 다녔다. 그러나 이것만은 아니라는 생각이다. 그것은 자식에 대한 "무한한 사랑"이었다. 바보 같은 짓을 한 아들을 껴안고 똑똑한 아이라고 머리를 쓰다듬는 지혜는 어머니가 천성으로 가지고 있었던 밝고 맑은 긍정의 예리한 시각에서 나온 것이기도 하다. 어둠보다 밝음이 어머니의 체질이었다.

　지금 원효로 사가 우리집은 대지 오십 평에 건평 삼십 평의 이층 벽돌집이다. 지은 지가 거의 삼십 년이 넘었다. 이 집은 아버지가 광복 직후 서울에 올라와서 살다가 처음으로 지은 집이다. 내가 대학을 졸업하고 춘천에 있는 대학에 교수로 내려가 있을 때였다. 어느 봄날 주말이어서 춘천에서 올라왔다. 그때까지만 해도 원효로 뒤편 신창동에서 일제 시대 때 지은 목조 가옥에 살고 있었다. 이 집은 산동네여서 비만 오면 황토가 파여 골짜기가 생겼고 수돗물도 높은 지대라 잘 나오지 않아 어머니와 나는 물지게를 지고 물을 날라야 했다. 우리 가족의 소원은 버스 정류장 근처에 사는 것이었다. 추운 겨울 산동네로 걸어 올라가는 것은 힘든 일이었다. 어머니가 마당에 들어서는 내게 저 아랫마을에 한옥 낡은 집을 팔려고 내 놓았는데 함께 보러 가자고 하였다. 버스 정류장에서 가까운 양지바른 곳에 낡은 한옥이 있었다. 나는 얼른 사자고 했다. 우리 집을 팔고 조금만 보태면 새 집을 지을 수 있다고 했다. 그날 밤 아버지도 내려가 보고 왔고 바로 다음 날 계약을 했다. 그날부터 밤이면 아버지는 온 가족을 불러 모아 어떤 모양의 집을 지을 것인가를 궁리했다. 나는 한강이 한 눈에 보이는 터라서 창을 크게 내자고 했고 어머니는 입식 부엌을 원했다. 아버지는 원고지 뒷면에 무수한 평면도를 그리고는 했다. 이렇게 해서 공사가 시작되었다. 아버지는 제자라는 한 건축업자를 선정해서 재료는 우리가 사 주고 공사를 맡겼다. 처음 기초 공사는 그런대로 진행되었고 봄날이 가고 여름이 왔다. 공사가 갑자기 느려지기 시작하였다. 일층은 그런대로 시멘트를 부어 넣어 천장을 만들었는데 그 이상 진전이 없었다. 지지부진하게 된 것은 건축업자가 우리집만 짓는 것이 아니라 다른 곳의 공사도 함께 하기 때문이었다. 아버지는 예산도 바닥이 나 가기에 몹시 초조해하였다. 이층 슬라브 공사가 끝나고 얼마 있지 않아 건축업자는 아버지에게 내장 공사비를 달라고 했고 아버지는 제자인 건축업자를 믿고 돈을 건네주었다. 그런데 그 다음 날부터 공사장에 인부들이 보이지 않았다. 건축업자가 돈을 받고 달아나 버렸던 것이다. 이미 팔아 버린 우리집을 비워 주어야 했기에 찬바람이 불고 눈이 펄펄 내리는 날, 창문도 없고 대문도 달지 못한 새 집으로 이사 와야 했다. 이삿짐도 풀지 못하고 시멘트를 종이로 덮은 방바닥에서 겨우 이불을 펴고 자야 했다. 아버지는 비닐을 사다가 창틀을 막았고 어머니는 창호지를 사다가 시멘트 바닥에 발라 장판을 대신했다. 가건물 같은 새 집에서의 생활이 시작되었다. 아버지는 건축업자를 믿은 것을 두고두고 후회했다. 그런데 웬일인지 어머니는 아버지에게 "잊어버려요" 하는 것이었다. 미아리에 산다는 건축업자의 집을 찾아가 보아야겠다고 아버지가 나서면 어머니는 도리어 아버지의 소매를 잡았다. 어느 날 나는 어머니의 만류가 너무 이상해서 "어머니, 건축업자를 잡아야 하지 않겠어요?" 하고 물었다. 그러자 어머니는 "아버지가 꼭 나서야 되겠냐" 하였다. 그리고 나서 나에겐 천성이 착한 아버지가 건축업자를 잡아 보아도 그이가 우는 소리를 하면 알았다고 돌아서고 말 것인데 무엇하러 그 집까지 찾으러 가야 하느냐고 하였다. 하기사 아버지가 가 보아야 해결해 오지 못할 것은 뻔한 일이었다. 아버지는 그런 분이었다. 제자가 혼인하여 새살림을 차려 초대하면 찾아갔다가 와서는 "아이고, 그렇게 해서 어떻게 살려는지"하며 쌀 한 가마라도 사서 보내야 마음이 편한 성품이었다. 이상하게도 어머니는 아버지를 원망하지 않는 것이었다. 그리고 건축업자의 이야기를 아버지 앞에서 꺼내지도 않았다. 방에 놓아 둔 걸레가 얼어붙어 돌덩이같이 되는 그런 방에서 살면서도 어머니는 아버지를 원망하지 않았다. 어느 날 밤 나는 어머니에게, "왜 아버지에게 건축업자 이야기를 하지 않느냐"고 물었다. 그런 나를 어머니는 "그 사람 때문에 아버지 마음이 얼마나 상했는지 아니, 새 집에 와서 시 한 편 제대로 쓰지 못하고 있는 것을 너희들이 보고 있지 않니"라며 크게 꾸짖었다. 나는 아무 소리도 하지 못했다. 다음 해 봄이 되어서야 우리 집은 겨우 창틀을 달고 유리창을 끼웠다. 유리창을 끼운 날 밤이었다. 아버지가 돌아왔다. 아버지는 안방에서 밖을 내다보더니 "밖이 환하게 보이네" 하였다. 그러자 어머니는 "이제 세상이 보이지요. 좋은 시를 쓸 수 있게 되었지요." 하는 것이었다. 나는 그날 밤 어머니의 말을 곰곰이 생각해 보았다. 틀림없는 시인의 아내였다.

어머니의 머리 속에는 "시를 쓰는 남편의 아내"라는 의식이 있어 그것이 모든 생활의 문제를 결정하는 첫 번째 지침이었다. 아침에 일어나서 밥을 지을 쌀이 없어도 어머니는 웃으며 옆집으로 달려가 쌀을 빌려오고, 창문에 유리창이 없어도 아버지가 시 쓰는 데 방해가 될 일은 하지 않았다.

이렇게 살기란 참 어렵다. 그러나 어머니는 어렵다는 생각조차 없이 이렇게 사는 것을 기쁨으로 여겼다. 누군가 어머니에게 아버지를 위해 희생을 감수하고 살았느냐고 물으면 단호히 아니라고 대답할 것이다. 어머니는 희생한 것이 아니라 시인의 아내로 사는 법을 스스로 만들고 그 안에서 사랑을 하며 산 것이라고 할 것이다.

한 부부의 삶은 아무리 자식이라도 그 깊이를 다 알 수는 없다. 그러나 삶의 틀을 살펴보면 부모의 삶이 어떤 것이었나를 짐작할 수는 있다. 위에 쓴 내 글은 이런 시각에서 부모의 삶 속에 어머니와 나와의 관계를 중심으로 바라본 것이다. 지금 이 순간 아버지와 어머니의 무덤에 엎드려 아무리 부모가 기뻐할 말들을 소리쳐 보아도 마른 잔디에 부는 바람에 실려 가고 없어지지만, 나를 껴안고 울어 주던 어머니의 눈물은 내 얼굴에 남아 있고 내 어깨를 싸 안고 "동규야" 하고 불러 주던 아버지의 음성도 내 가슴에 그대로 살아 있다. 고백하거니와 나는 아버지와 어머니가 "그래, 잘 했다" 하고 칭찬하는 한 마디를 듣고자 살았지만, 그 소리를 들을 수 없는 슬픔에 이 글 또한 다른 잘못이나 아닌지 두려운 가슴이 될 뿐이다. (서울대학교 인문대학 국어국문학과 교수)

두 딸을 정녀로 보낸 신심

| 박청수 |

내가 수도 생활에서 하루같이 "진리의 말씀"으로 외고 있는 경들은 경전을 문자로 익힌 것이 아니라 어린 시절에 할머님의 무릎에서 잠들 때에 자장가처럼 듣던 소리, 새벽마다 잠결에 어머님의 음성으로 듣던 소리가 귀에 젖어 저절로 외진 것이다.

어머님의 두 딸, 우리 어린 자매는 밤마다 어머님을 따라 교당(원불교 교당)가는 일이 여간 신나는 일이 아니었다. 교당에 가서 어른들 곁에 있다가 어느 결엔가 잠들어 버린 우리를 어머니가 깨워 집으로 돌아올 때면 선잠에서 깨어난 나는 신선한 밤공기를 마시며 어머님이 밝혀 드신 등불을 따라 걸었다. 그런 밤이면 나의 정신은 밤하늘의 별처럼이나 초롱했었다.

우리 어머님의 장롱 속에 들어 있는 비단 옷감들은 언제 보아도 신기하고 좋아 보였다. 어머님이 농지기 비단을 꺼내 놓고 수수한 옷감을 매만져 보실 때는 매양 교무님(원불교 성직자)의 옷감을 고르실 때였다. 그리고 어머님이 화로불을 다독거리시며 인두를 꽂아 놓고 정성스럽게 바느질을 하실 때는 교무님의 저고리를 꿰매고 계실 때였다.

어머님은 좀 색다른 음식만 만들어도 맨 먼저 교당 교무님께 보내 드렸다. 그 심부름이 나의 차례가 되면 나는 좀더 좋은 옷부터 갈아입었고 마음은 잔뜩 설레어 있었다. 함지박에 담아 주신 음식을 머리에 이고 우리집에서 교당까지 꽤 먼 거리를 음식이 넘칠까 봐 아주 조심조심 발을 내딛으며 걸어가곤 했었다.

마당가의 모깃불에서는 모락모락 연기가 피어오르고 높이 매달린 남포불이 여름밤의 별빛보다 흐릿한 밤, 대로 만든 평상에 누워 어머님의 무릎을 베고 있으면 나는 유난히 행복했었다. 그런 밤이면 어머님은 나의 머리를 쓰다듬으시면서 이렇게 말씀하셨다. "너는 커서 꼭 교무님이 되어라. 여자가 아무리 똑똑하고 부지런해도 한 가정으로 시집을 가면 한평생을 고작 몇 식구를 위해 사는 거란다. 그리고 조상을 섬겨 봐도 기껏 사대봉사밖에 못하는 거다. 그런데 원불교 교무님이 되면 넓은 세계를 한 집안 삼고 수많은 대중을 위해 일할 수 있으니 그 얼마나 보람이 있는 일이냐.

사람이 세상에 한 번 태어나서 이왕이면 그렇게 큰 살림을 해 볼 일이다. 나같이 여자에게 또 다른 길이 있는 줄을 모르면 할 수 없이 시집을 가서 한 가정에 매여 살지만 더 좋은 길이 있는 줄을 알고서야 뭣하러 시집을 갈 것이냐. 네가 교무님만 된다면 이 어미는 너를 끝까지 가르칠 테다. 대학교도 보내 주고 유학까지라도 보내 주지" 하시면서 나에게 꿈을 키워 주셨다.

남원 읍내가 아주 먼 도시라고 느끼면서 산골 마을에서 자라던 나는 이 세상에서 교무님이 가장 훌륭하고 높은 분인 줄 알았었다. 그래서 나의 어린 시절에 가장 부러운 사람도 원불교 교무님이었다. 교당은 언제 가 봐도 정결했다. 그리고 교무님은 항상 깨끗한 옷만 입고 많은 사람들이 우러러 보는 것 같았다. 또 그분의 모습은 언제 보아도 매우 인자해서 마치 선녀처럼 느껴졌었다. 그런데 어머님은 나를 그분처럼 되어라 하시는 것이었다. 내 인생은 이미 축복받고 있는 듯했고 희망찬 앞길이 훤히 열려 있는 것 같았다.

참으로 기이한 일이지만 우리 박씨 가문에서는 원불교 정녀(교역자가 되기 위한 여성 수도자)가 서른몇 명이나 나왔다. 그래서 나는 어렸을 때에 공인이 될 만한 자질이 부족하거나 변변치 못한 사람만 시집을 가는 줄 알았었다.

사실 그때 우리 마을에서는 좀 출중해 보이는 처녀들은 하나하나 원불교로 들어가고 있었다. 원불교에 신심 깊은 대소가 어른들도 원불교 정녀가 되는 것을 퍽 좋게 여기시고들 있었다. 두 딸을 키워 정녀를 만들려고 하는 어머님의 뜻을 알고 있는 집안 어른들은 우리 자매를 볼 적마다 "그래도 하나는 시집을 가야지. 너무 섭섭해서……" 라고 말씀하셨다. 그리고 그분들의 어조는 단호하셨다. 그래서 어린 우리 자매는 둘 중에 누군가는 꼭 시집을 가야만 되는 줄 알았었다. 시집 가야 되는 그 "하나"에 누가 걸릴 것이냐 하는 문제는 우리 자매에게는 매우 심각하고 늘 불확실한 걱정거리였다. 그래서 우리는 서로 자기가 교무가 될 것이라고 우겼다. 그러다가 "가위 바위 보"를 해서 이기는 쪽이 교무가 되자고 수없이 "가위 바위 보"를 했었다. 때로는 교당 교무님으로부터 승낙받을 수 있는 사람이 정녀가 될 수 있을 것이라며 은근히 자기가 추천을 받을 것이라고 서로가 자신을 내세우기도 했었다.

우리 어머님은 스물일곱 살에 아버님과 사별하고 일찍 홀로 되셨다. 그러한 우리 어머님은 교당을 마음의 안식처로 삼으시고 교무님을 지성으로 섬기시는 재미로 사셨다.

나의 어렸을 때의 기억으로는 어머니와 아버지의 다정한 모습을 뵌 적이 없었다. 부엌에서 밥을 짓는 어머니 곁에서 서성대는 나에게 "너희 아버지께 진지 드시라고 해라" 하시면 쪼르르 사랑채로 내려가 아버지가 계시는 방문 앞에서 문도 열지 못한 채로 작은 소리로 "아버지 진지 드시래요"라고 말씀드리면 잠시 뒤에 "음"이라고 하는 짧은 대답이 흘러나왔다. 아버지는 항상 사랑채에서 작은 곱돌 화로의 불을 쪼이시며 독서에 전념하시는 듯했다. 우리 아버님은 어디에 따로 발표된 적은 없어도 시도 쓰시고. 신파 연극도 하시고, 그 무렵에 테니스도 치셨던 한량이었다. 그러한 아버지로부터 나는 특별한 사랑을 받아 본 기억이 따로 없다.

우리집은 위로 상할머님과 할머님이 함께 사셨다. 구식 가정에서는 어른 앞에서 어린 자식을 귀여워하는 것을 삼갔던 듯하고 그래서 아버님과 어머님도 서로 남 보듯이 지나시는 것 같았다.

위로 상할머님은 오히려 건강하시고 소탈하셨지만 더 젊으신 할머님은 법도가 까다로우신 데다 병약하신 편이었다. 우리 어머님은 항상 숯불 풍로에다 할머님의 약을 달이셨고 흰죽감인 원미 가루를 아예 마련해 놓고 자주 죽을 쑤어 드렸다. 그러나 흰죽이 구미에 안 맞아하시면 다시 녹두죽을 쑤거나 검정 깨죽을 번갈아 쑤어 드렸다. 그러던 어느 날 상할머님이 돌아가셨고 그분의 치상을 한 뒤로 아버님이 몸져 누우시게 되었다. 남원 읍내에서 인력거를 타고 한의원이 왕진을 다녀가기를 여러 차례 했어도 별 효과가 없으신 듯했다. 너무 상심이 되셨던 할머님은 드디어 무당을 불러 굿을 하기 시작했다. 어머님이 시집 올 때에 가마 뒤에 따라온 귀신이 아버님을 괴롭혀서 병환이 중하다는 것이었다. 무당굿을 하던 그 밤에 어머님은 큰 사죄라도 하는 사람처럼 무릎이 닳도록 무수히 절을 했었다. 그러난 밤새워 무당굿을 했던 다음 날 석양 무렵, 우리 아버지의 스물여섯의 인생도 빨간 노을로 타고 있었다.

아버님이 세상을 떠나시고 나서 할머님은 서울에서 학교에 다니시는 오직 하나 남은 당신 아들 곧 나의 삼촌 뒷바라지를 하려고 상경하셨고 우리는 갑자기 큰집에서 세 모녀가 살게 되었다. 슬하에 아들이 없던 어머님에게는 논도 문전옥답보다는 외지의 것들이 분배되는 것 같았고 때마침 토지 개혁으로 지주 계층이 몰락하게 돼 우리집의 경제 사정은 예과 같지 않았던 것으로 기억된다.

그래도 원불교 교무만 되면 끝까지 가르칠 테다 하시던 어머님의 약속은 실천되었다. 그래서 나는 멀리 전주까지 공부를 하러 가게 되었다. 그때에 남원군에서 전북 고녀를 다니는 학생은 모두 일곱 명이었다. 우리 어머님은 나를 그 중 한 학생으로 만드셨다. 그러나 입학하던 그 해에 육이오 동란이 났다. 얼마 뒤에 수복은 되었어도 세상은 말할 수 없이 어수선했다. 그래도 꿋꿋하신 우리 어머님은 온갖 고생을 무릅쓰고 내 뒷바라지를 하셨다.

나의 고향 수지면 흠실 산골 마을로부터 남원 읍내까지를 이십 리 길이라 한다. 그러나 기차역까지는 더 먼 길이었다. 우리 어머님은 내가 외지에서 여학교를 다녔던 육 년과 대학을 다녔던 사

년의 십 년 동안을 한결같이 남원 기차역까지 마중을 나오셔서 집
으로 데려가셨고 다시 학교로 떠나 보낼 때는 늘 남원역까지 올망
졸망한 짐을 머리에 이고 배웅해 주셨다. 아무 교통수단이 없던
그때는 꼬박이 걸어다니는 수밖에 없었다. 그 시절에 나는 남원
읍내만 벗어나서 산길을 걷게 되면 운동화가 닳을까 봐 아예 신발
을 벗어들고 맨발로 이십 리 길을 걸어다녔다. 그리고 내가 여학
교 기숙사 생활을 할 때나 자취를 했을 때에도 어머님은 식량이
될 쌀 두세 말을 무거운 것도 아랑곳하지 않으시고 항상 머리에
이고 기차역까지 나르셨다.

나는 어린 시절부터 여학교를 다닐 때까지 유난히 고운 옷만 입
고 자랐다. 반회장을 건 연둣빛 저고리나 노랑 저고리, 그리고 다
홍치마나 분홍색 긴 꼬리치마를 입고 컸다.

"너는 시집을 안 갈 터이니까 시집가서 입을 고운 옷을 원 없이
미리 입는 거다"라고 어머님은 말씀하셨다. 그리고 바느질 솜씨와
음식 솜씨가 마을에서 뛰어나셨던 어머님은 내가 여학교를 다니
다 방학 때에 집에 오면 바느질과 음식하는 법을 철저히 가르치셨
다. 그래서 나는 여고 시절에 이미 남자 두루마기까지 다 꿰매어
보았고 엿기름 물에 엿밥이 삭도록 긴 밤을 지켰다가 아궁이에 장
작불을 때어 큰 솥에 엿을 고기도 했었다. 그리고 약과, 유과, 강
정 같은 한과 만드는 법을 빠짐없이 배웠었다. 그때마다 어머님은

“네가 앞으로 이러한 음식을 만들 일은 없겠지만 그래도 남이 공력 들여 하는 일을 알고는 있어야 한다”고 말씀하시곤 했다.

나는 다행히 여고 시절에도 자신은 장차 정녀가 될 것이라는 자기 확신 속에서 지냈다.

여학교를 졸업한 그해 삼 월 어느 날, 아직도 여학교 교복을 입은 채로 외가댁엘 잠시 갔었다. 외가로부터 돌아왔을 때에 집안 분위기가 여느 때와 좀 달랐다. 방문을 열고 들어서자 아랫목 벽 쪽에는 긴 검정치마가 걸려 있었다. 나는 그 검정치마가 내가 입을 옷인 것을 직감으로 알았다. 어머님은 좀 위엄 있는 음성으로 “총부에서 너를 오라시는 전갈이 왔다”라고 말씀하셨다. 그렇게 말씀하시는 어머님의 음성에는 흥분의 빛깔도 섞여 있었다.

당연히 갈 길인 줄은 알고 있었지만 너무 빨리 떠나도록 재촉받고 있는 것 같았다. 그래서 나는 마치 어머님으로부터 정녀가 되도록 등이 떠밀려지고 있는 듯한 느낌이 들었다.

구도자의 삶, 수도자의 인생, 봉사와 헌신의 삶의 길로 딸을 떠나 보내는 어머님은 참으로 당부하실 말씀이 많으셨다. 어머님 말씀을 깊이 명심하느라 경청하고 있던 나는 마음이 좀 무거웠다. 지금까지 철없이 살던 인생의 마디를 뚝 자르고 조금도 법도를 어기지 못할 엄격한 규범의 틀 속으로 들어가고 있는 것만 같았다. 결국 그렇게 해서 나는 원불교의 정녀가 되고 교무가 되었다.

총부로 떠난 지 삼 년 뒤에 나는 교역자 과정을 밟기 위해 원광대학교에 입학하게 됐고 방학 때마다 다시 어머님 곁으로 되돌아갔다. 어머님은 머지않아 교무가 될 사람이라고 딸인 나에게 상당한 격을 갖추어 대해 주셨다.

지금 원불교 중앙 총부 교육부장의 소임을 맡고 있는 나의 아우 덕수 교무가 전주 여고를 졸업하고 잠시 집에 있을 때였다. 매사에 철저하신 생활 신조를 가지셨던 우리 어머님은 장차 공중 인물이 될 사람이면 어떻게 해서라도 대학 교육을 시키지만 한 가정으로 들어갈 사람이면 고등학교 이상은 못 시킨다고 단호하게 말씀하셨고 또 그렇게 실천하셨다.

우리 어머님은 정녀가 될 장녀와 아직 뜻을 못 내고 있는 차녀에게 대단한 차별 대우를 하셨다. 나는 부엌에도 못 들어가게 하셨지만 아우에게는 주방일뿐 아니라 여름날 공부하는 언니의 목욕물까지 준비하라고 시키셨다.

"너는 앞으로 가정 생활을 하면서 공중 일을 하는 언니를 잘 보살펴야 되기 때문에 지금부터 그 훈련이 필요하다"고 말씀하셨다. 그래도 나의 어린 아우는 묵묵히 어머님이 시키는 대로 순종하였다. 나는 지금도 그 이유를 잘 모른다. 그렇게 앞다투어 교무님이 되겠다던 아우가 왜 그때 잠시 침묵을 지켰는지를.

어느 날은 우리 자매가 다 함께 들을 수 있도록 이렇게 말씀하셨다.

"나는 외손자 등에 업고 싶지 않다. 그리고 남들이 그러는 것도 부럽잖다. 같은 환경에서 같은 정신으로 똑같이 길렀는데 어째서 하나는 교무될 마음이 안 나는지 도무지 알 수 없는 일이다." 그것은 침묵을 지키고 있는 작은 딸을 핀잔하시는 말씀이었다.

어느 날 나의 아우가 어머님께 검정스웨터가 입고 싶다고 말씀드렸다. 어머님께서는 "검정 옷을 아무나 입는 거냐? 마음에 뜻이 서 있는 사람들이 입는 거지" 하시며 또 부담이 되는 말씀을 하셨다. 그때에 오늘의 덕수 교무가 나도 계속해서 검정 옷을 입으면 될 것 아니냐고 조금은 결의에 찬 어조로 말씀드리자 어머님은 반색을 감추지 못하시면서 "같이 키웠는데 그럼 그렇지" 하시더니 작은딸의 혼숫감으로 준비해 두었던 것들을 다음 장날로 당장 남원읍 비단집에 내다 맡겨 위탁 판매(?)를 하셨다. 그러한 일이 있고 나서 나의 아우가 내게 했던 첫 제안은 이제는 자신도 교무가 될 사람이니 부엌의 식사 당번부터 교대로 하자는 것이었다. 그렇게 해서 우리 어머님은 소원대로 두 딸을 모두 원불교 교무로 만드셨다.

우리 어머님은 남이 안 들을 때는 지금도 "아가"라고 부르시다가도 다른 사람 앞에서는 깍듯이 "청수 교무", "덕수 교무"라고 부르신다.

우리 자매가 다함께 교역자가 되어서 장녀인 나는 사직 교당을 개척하고 차녀인 덕수 교무는 화곡 교당을 개척할 때에 가끔 한 차례씩 목돈을 보내 주셨다. 먹고 싶은 음식이나 소용되는 물건이 있거든 절대로 공금을 쓰지 말고 어머니가 보낸 돈으로 부담없이 쓰라고 하셨다. 그리고 공금을 중히 알라는 말씀을 자주 하셨다.

아직 나이 들지 않은 삼십대의 정녀로 교화계에서 열심히 일하고 있을 때에 오 월 십오 일 스승의 날이 돌아오면 우리 어머님은 그날 전에 꼭 소포와 하서를 보내 주셨다. 소포에는 어머님이 손수 지으신 옷이 들어 있었고 하서의 첫머리에는 내게는 "사직 교당 스승에게" 그리고 아우 덕수 교무에게는 "화곡 교당 스승에게"라고 쓰셨다. 편지의 내용 중에는 "대중의 정신을 깨우쳐 주는 큰 스승이 되고 어미까지도 제도할 수 있는 법력있는 도인이 되기를 간절히 축수한다" 라고 쓰여 있었다.

교화 현장에서 봉직하는 우리가 고향에 계시는 어머님을 일 년에 한두 번도 뵈러 가지 못하고 지나자, 어머님은 아예 시골 농토를 정리하여 총부 곁에 집을 짓고 이사를 하셨다. 딸이 공무로 총부 오는 결에 당신을 볼 수 있는 길을 스스로 여신 것이다.

우리 어머님은 총부에 오는 두 딸을 기다렸다 밥을 해 먹이려고 이사하신 분처럼 우리가 집에 갈 때마다 항상 진수성찬을 차리셨다. 그리고는 마치 더운 음식 한 번도 제대로 못 먹는 자식을 만나신 분처럼 "국이 맛있다. 먹어 봐라. 이것은 방금 텃밭에서 뜯어다 만든 것이다. 아주 맛이 있다" 하시며 수저가 오르내리는 것을 쳐다보고 마냥 흐뭇해하셨다. 맛있게 먹는 성싶으면 밥그릇에 밥을 얼른 더 덜어 놓고는 딸의 눈치를 슬쩍 살피신다. 또 총부의 일을 마치고 서울로 올라가려고 하면 어머님은 마루에 올망졸망 짐을 챙겨 놓으시고는 또 나의 눈치를 살피신다.

"이것은 애호박이다. 그리고 깨끗하게 자란 부추다. 또 저것은 무공해 깻잎이고 풋고추다. 머우대는 탕을 해서 먹어라" 하시며 챙겨 놓은 푸성귀를 하나하나 예찬하신다. 평생을 다른 방법으로 효도할 길이 없는 나는 큰 효도하는 셈치고 그 무겁고 어설퍼 보이는 보따리를 들고 상경하곤 했다. 어머님은 챙겨주신 짐을 잠자코 들고 가는 딸에게 "너는 효녀다" 하시며 즐거워하셨다. 어머님은 또 밭에서 가꾼 채소로 건채를 만드셨다. 가을볕에 뽀얀 애호박 얼굴을 말려 호박고지를 만드시고, 토란대를 벗겨 말려 예쁘게 또아리를 트셨다. 밥에 넣을 검정콩, 팥, 심지어는 엿기름까지 길렀다가 빻아서 가루를 만들어 봉지봉지 지어 놓으시고는 "네가 마음으로 고맙게 여기는 분들께 드려라" 하신다. 그 모두가 감사하기 이를 데 없지만 그 물건의 소용됨보다는 수고로움이 더 큰 것 같아 제발 그만두시라고 말씀드려도 막무가내셨다.

우리 어머님의 무서운 점은 당신이 병환이 나셨을 때에 드러난

다. 노인이 되시면서 자주 낙상을 하시어 거동이 불편한 채로 오래 누워 계셔도 그 소문이 딸들에게 전해질까 봐 쉬쉬하시면서 철저히 단속을 하셔서 우리는 한 달이 넘게 편찮으셔도 그 사실조차 모를 때가 있었다.

우리 어머님은 손수 가꾼 푸성귀나 당신이 받은 선물들을 다시 이 사람 저 사람에게 나누어 주기를 좋아하신다. 그처럼 사람을 알뜰히 챙기시기 때문에 홀로 계시다 병환이 나셔도 서로 다투어 간호를 해 드리는 사람이 많아 외롭지 않게 지나신다. 문병 온 사람들이 서울에 있는 딸에게 소식을 알리자고 말씀드리면 "뭣하러… 공사하는 사람 마음만 번거로울 텐데 어미가 공사에 도움은 못 줄망정 방해는 말아야지" 하시며 몰래 편찮으시곤 하신다.

두 딸만을 위해 한 평생을 다 바치신 우리 어머님은 칠순이 넘으시면서 기력이 뚝 떨어지셨다. 우리는 이제 단독 살림은 그만두시고 수양원으로 들어가시자고 권유했다. 처음에는 "아직 아니다" 하시며 미루셨으나 우리가 하시던 살림을 정리하시는 것도 큰 집착을 여의시는 공부라고 말씀드리자 어머님은 우리들의 뜻을 따라 주셨다.

이제는 여생을 편안하게 도반들과 함께 지나시며 충만한 감사 생활을 하고 계시다. 활달하고 낙천적인 우리 어머님은 매사에 긍정적이시고 적극적이시며 남을 즐겁게 해 주시는 능력이 있으시다. 우리 어머님은 학교 교육을 따로 받지는 못하셨지만 원불교에 대한 신앙심이 돈독하시어 인과보응의 진리를 철저히 믿으시고 교리대로 순리의 삶을 실천적으로 살아오셨다. 어머님은 때로 능력 밖의 희사를 기꺼이하시지만 자신에게는 도가 지나치시리만큼 근검절약하신다.

우리 어머님은 또 텔레비전 음악 프로그램이나 어학 프로그램도 열심히 시청하신다. 그러시는 어머님께 무엇을 아서서 그렇게 열심히 보시느냐고 여쭈어 보면 "나도 내생에는 피아노도 잘 치고 영어도 잘 하려고 미리부터 공부하는 거다" 하신다.

어머님의 신념대로 길러 주신 우리자매가 오늘토록 본분을 지키며 살 수 있었던 것도, 그리고 우리들의 인생에 작은 보람이라도 가꿀 수 있었던 것도 모두 우리 어머님의 하늘에 사무친 기도의 위력임을 나는 굳게 믿고 있다. (원불교 서울 강남 교당 교무)

그 조선 부인의 법도

| 송정숙 |

이제는 고인이 된 최정희 선생께서, 나이 든 당신에게서 어린 날에 뵈었던 어머니 얼굴을 보며 문득문득 놀라게 되는 심경을 술회하신 적이 있다. 밖이 어두워갈 때에 창에 비치는 자신의 얼굴에서 노년의 어머니의 얼굴을 발견하고 흠칫 놀랐던 경험을 하고 나서야 나는 그분의 술회를 가슴이 시리게 실감했다.

뒤통수가 크고 머리숱이 많은 것이며 아버지 쪽을 빼어 박은 듯이 닮았다고 일러져 온 것이 자랄 때의 나였다. 어머니는 아버지와는 판이 전혀 다른 분이었으므로 아버지를 닮았다는 말은 어머니를 닮지 않았다는 뜻이 된다. 그런데 내 얼굴에 부조처럼 새겨진 '어머니 얼굴'은 어찌 된 일인지 모르겠다.

어려서 나는 어머니를 닮지 않았다는 말이 나쁘지 않게 들렸다. 왜냐하면 내 어머니께서는 너무 서럽고 너무 불행하게 사셨기 때문이다. 운명을 좌우하는 중요한 빌미인 그 "상"이 닮지 않았다는 것은 적어도 그 분과 비슷한 운명을 걷지 않을 것을 예언하는 것이 아니겠나.

끝을 모르게 자애로운 어머니에 대한 사랑과 불행의 늪에서 평생을 건져 올려지지 못했던 그분에 대한 연민이 칡덩굴처럼 얽혀서 나는 애증의 갈등 속을 헤매었다. 그분을 생각하면 지금도 그립고 서럽기도 하고 안도되기도 한다.

외손주를 안 보시고도 사흘을 참지 못하시던 그분이 살아 계실 때에는 홑이불 가는 일, 김장하는 일, 하다못해 쇠족을 사다가 고아 먹는 일도 나는 스스로 주도해서 해 보지 않았다.

"에미 살았을 때에 빨리 아이 하나 더 낳아라"고 성화를 해 대실 때만 해도 어머니께서 그렇게 쉽게 안 돌아가실 것이라고 탕탕 입찬소리를 해댔던 나는 막상 회갑을 몇 해나 남겨 놓고서 그분이 떠나셨을 때에는 배신감이 느껴졌다. "무엇이 그리 급하셔서 재촉하듯이 떠나 버리셨을까" 하는 노여움이 들었다. 그러나 한편으로는 새로운 불행과 만나지 않으시고 돌아가셨으니 성품처럼 맑은 최후를 보내신 듯해 마음이 놓이기도 하는 것이다.

충청도 시골에서 지주의 따님으로 태어나 자란 어머니는 출가

하기까지 "이사"라는 개념을 모르고 사셨던 분이다. 젊은 은행원으로 "깎은 서방님"처럼 모양이 좋고 재능이 빛나던 신랑을 만나 초례를 치르던 날, 그날은 음력으로 섣달 하순의 어느 날이었는데 비가 주룩주룩 내렸다고 한다. 당연히 눈이 와야 할 철에 철이 아니게 청승스럽게 퍼붓던 비가 "심상치 않은 일"이었음을 그분은 두고두고 한스럽게 이야기 하셨다.

첫날밤에 눈이 오면 그것은 서설이어서 길조인데 비는 불길한 징조인 것이다. 하늘에서 수증기가 무거워져서 내린다는 점에서는 눈과 비의 연원이 같다. 그런데도 날이 좀더 차서 그 수증기가 눈이 되어 내리면 서기롭게, 날씨가 푸근해서 비로 내리면 불길하게 여기는 것이 이치에 맞지 않아 보인다. 그러나 어찌 되었거나 어머니는 눈이 와야 당연한 계절에조차 눈이 내리지 못했다는 사실을 응당 행복해질 객관적인 조건을 가졌으면서도 불행해질 앞날을 예언한 것으로 받아들이신 분이었다.

흔히 초기에는 두 분이 유난히 금슬이 좋으셨다 한다. 그런데 우리 남매가 태어난 뒤로 아버지께서는 다니던 은행에서 작은 사고를 내셨다. 보증이 제대로 안 된 고객에게 대출을 해 주고 문제가 생겼다던가 해서 만주 쪽의 신설 지점으로 좌천해 가셨다. 병약한 어머니는 그곳 일기를 견디지 못하여 아이들만 데리고 조선으로 나오셨고 그 일이 결국 "시앗"을 만드는 빌미가 되었다.

당신 호적에 스스로 낳지도 않은 아이들이 입적되고도 몇몇 해 동안이나 모르고 지내시다가 마침내 그걸 알아 내셨을 때의 그분 모습을 나는 기억한다. 마루 끝에 넋 나간 사람처럼 앉아서 어둑어둑 땅거미가 지도록 저녁도 짓지 않으시는 그분께 나는 배 고프다는 말도 할 수가 없었다. 배 고픈 것 못 참는 오빠가 밖에서 돌아와 심술을 부리던 일, 그러는 오빠의 철없음이 조마조마해서 마음 졸이던 일들이 기억의 편린으로 남아 있다.

그때의 처음으로 어린 나의 가슴에는 "어머니의 불행"이라는, 아주 작은 알맹이가 하나 박혔던 것 같다. 사금파리같이 이물감이 드는 알맹이 같기도 하고 조그만 종기처럼 그 자리에서 생겨난 것 같기도 했다.

온갖 신경성 질환, 불화, 가난 같은 것이 그분 앞에 불행한 현실을 만들 때면 내 가슴 속의 그 부위가 붓기도 하고 트기도 하여 쓰리고 아리고 쑤셔서 성가시고 우울했다. 여러 번 뱉어 버리고 도망치고 싶은 충동도 끓어올랐다.

육친의 불행은, 그 중에서도 어머니의 불행은 그렇게 딸의 가슴에서 낫지 않는 종기가 되어 시시때때로 진물이 되어 흐르곤 하는가 보다. 그 고통이 역겨워 발작적으로 불효를 저질렀다. 그분이 가슴 아파하는 일을 골라서 하고 일부러 장만하신 반찬을 거들떠보지도 않는 짓을 예사로 했다.

왜 그랬을까?

진정으로 고백하지만 그분이 그렇게 조금밖에 살지 않고 돌아가실 줄은 몰랐다. 집요하도록 뒤따르는 불행에서 도망치기 어려운 그 만큼이라도 사시기는 오래 사실 줄 알았다. 발작적으로 저지른 불효를 충분히 갚아 드리고 평화롭고도 느긋한 노년을 마련해 드릴 기회가 있을 줄 알았다.

그러나 그렇게는 안 되고 말았다. 어느날 느닷없이 졸도를 해 쓰러지셨고 중환자실에 실려 가셨다. 그분의 불행 경력으로 보아 그것은 돌이킬 수 없는 최후의 불행이라는 생각이 내게는 들었다.

그래도 며칠 만에 의식이 소생되고 아무런 마비 증상도 없이 그분은 깨어나셨다. 주치의의 표현처럼 "기적적인" 소생이셨다. 이 소생 뒤에 그분은 아주 심하게 딸을 찾으셨다. 아드님 집에 가 계시면서도 날마다 대문간에 들어설 딸을 기다리셨다고 한다.

입버릇처럼 "나, 정릉 가면 안 될까?" 하고 조르셨다고 한다. 정릉은 딸인 내가 사는 동네였다. 모시고 다니는 위험함에 겁먹은 아들과 모셔다 놓았다가 불의의 사태가 생길 것을 두려워한 딸의 인정머리 없음이 그분께 끝내 그 기회를 드리지 못하게 하고 말았다.

사실 그때에 내게는 그분의 소망을 어떻게 들어 드릴까 하는 궁리는 없었다. "재발이 되면 그 때에는 이번처럼 깨끗지 못할 것이다. 식물 인간 상태로 오래 갈 수도 있다."고 주의를 주던 의사의 말만이 가장 강력한 메시지로 입력되어 있었기 때문에 온통 그 걱정뿐이었다.

내가 모시고 그런 일을 견딜 자신도 없었고 올케에게 맡겨져 지긋지긋하게 역겨운 시어머니가 된 그분을 보게 되는 일도 참담했다.

그러면서 두 달쯤이 지난 어느 날 밤에 그분은 "재발"하셨고 "식물인간의 공포"와는 아무 관계도 없게시리 그 밤이 다 새기 전에 운명하셨다.

병환이 재발하기 이삼 일 전에 그 분은 몇 가지 놀랄 만한 일을 하셨다. 당신의 용돈을 모아 만든 목돈을 어느 통장에 얼마 넣어두었다, 뉘집에 얼마 빌려 주었다, "고모한테도" 얼마가 있다는 것을 하나하나 적어서 며느리에게 남겼다. "고모"란 딸인 나를 가리키는 것이었다. 주로 딸에게서 받아 모았던 용돈이지만 그걸 가질 자격은 며느리에게 있다고 확신하셨던 분이다.

또 다른 한 가지는, 문병 온 "영감님"을 붙들고 밤을 새워 이야기를 나누신 것이다. 옛날 이야기, 서러웠고 괴로웠고 힘들었던 일을 소상하게 기억해 가며 이야기 하시는 중간 중간에 아버지로부터 위로도 받고 사과도 받으면서 한없이 화평하게 이야기를 주고 받으셨다고 한다. 그리고 또 한 가지는, "내게 무슨 일이 있어서 눈을 감게 되더라도 정릉 아무개 에미는 임종을 못하게 해라"
는 것이었다. 태어날 때에 보를 쓰고 나온 아이는 부모의 임종을
보는 게 아니라는 것이 그분의 당부였다는 것이다.

삼십 몇 년을 살아 오는 동안에 한 번도 그런 화제를 입에 담지
않던 분이 마지막 순간에 그걸 어떻게 기억해 내셨을까. 재발을
하시고도 식물 인간 상태로 가족을 오래 고통스럽게 만드는 일을
그분은 하지 않으셨다. 그분의 장수하지 않은 생애를 돌아보며 설
움과 안도감을 함께 느끼는 것은 그 때문이다. 무정한 자식이다.
나는.

고생을 그렇게 하셨지만 품성이 파괴되지 않으셨던 분이다. 음
력 유월 말께인 영감님 생신을 그분이 오시거나 말거나 당신이 차
리셨고 자식이, 특히 아들이 그 날을 소홀히 여기는 일을 나무라
셨다.

"너는 그럼 못쓴다. 사람 안 됐다고 손가락질 당한다……"고 정
색을 하고 이르셨다.

그분이 잘 쓰시던 곁말에는 "사돈네의 벼 먹는 식도 다 각각이
란다"라는 것이 있다. 사돈끼리는 참외를 베어 먹는 방식도 다 다
를 수 있다는 뜻이다. 집안마다 풍속이 다를 수 있고 서로 다른 것
을 존중도 할 줄 알아야 한다는 뜻으로 빈번히 쓰셨다.

영화, 신파극, 소설책을 좋아하셔서 읽을거리를 대 드려야 했

다. 그분은 무학이셨던 분이다. 학교에서 학생 모집을 다닐 때면 "잡혀가지 않게" 따님을 외가로 피신시키고 행랑채 동갑내기를 대신 내 주고, 혹시라도 관의 비위를 거스를까 봐 기부금조로 쌀 한 가마니를 얹어 주셨다는 내 외할아버지의 이야기를 어머니께서는 평생 하셨다.

"나도 공부를 좀 했더라면 뭔가 예술적인 일을 했을 것 같다"고 말씀하시기도 했다. 시장에서 물감을 사다가 이리저리 섞어 가며 우아한 중간색을 만드시기를 재미있어 하던 분이므로 스스로 예술적인 소양을 지녔다고 믿으시는 까닭이 충분히 있었다고 생각한다.

문명에 대한 호기심도 많으셨다. 이를테면, 은행에 가서 당신 이름으로 통장을 만들고 거기에 돈을 넣어 두는 일 따위를 해 보고 싶어하셨다. 그때에만 해도 은행의 문턱이 높아서 노인이 창구로 다가가서 통장을 만들겠다고 하면 여자 행원들이 눈을 내리깐 채로 쳐다보지도 않던 시절이다.

언젠가 하루는 그런 여자 행원에게 구박을 받고서도 통장에 돈 넣는 일을 관철시키지 못하셨다. 그 길로 집에 오셔서 어찌나 서운해하시던지 나는 그 은행을 찾아가 담당창구 여자 행원에게 따지는 일도 해 보았다. 그런 일을 한 뒤로는 창구 직원의 태도가 달라졌다고 딸의 "똑똑함"을 무던히도 자랑스러워하시던 분이었다.

할 수 있으면 여자도 자기 일을 해야 한다는 신념을 깊이 지니고 있었던 그분은 딸이 여학교 선생님이 되는 것을 소원으로 생각하시던 시절이 있었다. 그 소원을 이루려고 바느질품도 파셨고 구멍가게를 하신 적도 있었다.

"떡 목판을 이고 다니는 한이 있더라도 자식은 공부시켜야 한다"고 입버릇처럼 말씀하셨다. 이 땅의 어머니들의 지닌 "자식 공부"에 대한 포원은 예사로운 것이 아님을 나는 내 어머니에게서 보아 왔다.

그 말씀을 어찌나 결의에 차서 되뇌이셨던지 어린 날 나는 "떡 목판"을 이기만 하면 자식을 공부시킬 길은 생기는 줄 알았었다. 오로지 부끄럽거나 신분의 영락을 생각해서 안하는 것이지, "떡 목판"이란 아주 이문이 남는 장사인 줄 알았었다.

어머니의 바느질 솜씨는 인근에 소문이 났을 만큼 뛰어난 것이었다. 내가 어려서는 지방 도시인 ㄷ 시에서 살았는데 그곳의 권번 기생들이 비단 옷감을 들고 찾아오곤 했다. 그 고장에서 옷매무새의 유행을 좌우하는 것은 기생이게 마련이어서 어머니께서는 스스로도 여염집 아낙네의 옷보다는 조금씩 세련되게 지어 입으셨다.

친정아버지의 삼년복이 끝날 무렵에 모시로 지은 옥색 깨끼 저고리와 치마 차림으로 아들의 학교에 찾아가신 일이 있었다. 그날

학교에서 돌아온 오빠는 어머니에게 심술을 부렸다.

애들이 '느이 어머니 기생 같다'고 했다면서 "다시는 학교에 오지 말라"고 볼멘소리를 했다. 큰댁에 계시는 할머니 귀에까지 그 일이 알려져서 며칠 뒤에 할머니가 다니러 오시기도 했다. 시앗 본 젊은 며느리가 소문에 휘말리는 일을 경계하시기 위함이었다.

할머니만 만나면 나의 어머니는 거의 번번이 설움을 폭발시키셨고 남편 원망을 쏟아 놓으셨다. 이상하게도 시어머니를 친정어머니처럼 따르기도 했던 어머니께서는 할머니만 뵈면 가슴 속에 서리서리 괴어 있는 한을 털어 놓곤 했다.

아름다운 것에 탐닉하고 예술의 멋을 동경하던 분이었으므로 "떡목판을 일" 결심은 그분 나름으로는 최후의 각오였을 것이다.

나는 내게서 어머니의 겉모습만 보는 것은 아니다. 그분이 내게 담아 놓은 것들이 오래오래 괴어 술이 되듯 한 정수를 발견하곤 한다. 된장찌개 끓이는 순서, 생선찌개에서 비린내가 나지 않게 하는 법. 굴비찌개의 맛 내는 법 따위를 주의 깊게 보았던 것도 아닌 듯한데 문득 기억이 나곤 한다.

새 옷감을 가지고 마름질을 할 때의 어머니는 매우 골똘하고 심각한 표정을 하셨었다. 옷감을 경제적으로 이용하면서도 부위에 따라 정확하게 결을 살려야 하기 때문이었다. 어떤 옷이든 빨아야 하는 것을 전제로 하므로 신축 비율을 과학적으로 계산해야 했기 때문에 깃, 섶, 소매끝동 들의 옷감 조직을 같은 방향으로 마름질해야 한다. 그래서 "가로닫이"는 늘 금물이었다. 이를 테면 종의 문화가 순리였으므로 횡인 가로닫이는 모반을 뜻했다.

그러다가 우리 사회에도 드라이클리닝 문화가 도입되었다. 무슨 옷이든 조각조각 뜯어 빨아가지고 푸새를 하여 다시 짓는 과정을 생략할 수 있게 된 것이다.

비단옷은 드라이클리닝만으로 "진솔" 상태에서 계속해서 입게 되었다. 그런 변화를 보시며 그분은 어느 날 아주 빛나는 얼굴을 하며 말씀하셨다.

"……참 별일두 다 있다. 이제 가루닫이구 세루닫이구 마음대로 할 수 있게 되었구나. 그러니 옛날 사람 생각하구 요샛사람 생각이 다르지. 가루닫이가 나면 큰 변이 나는 줄 알고 살아온 우리네랑 요새 사람이 같을 수 없지……."

그분 나름의 변혁의 수용방법이 그렇게 나타나셨던 것이다. 구질서와 신질서의 자리바꿈은 실체의 변화에 따라 일어나는 일이라는 것을, 그리하여 그것이 의식의 변혁을 일으키는 원동력이 된다는 것을 마음으로 터득한 지혜로운 분이었다.

그분을 통해 "옛날식 삶"을 볼 수 있었던 일이 내게는 큰 행운이었다고 생각된다. 내 혼인에 대비하여 그분은 광목을 들여다가 마전을 하셨고 그것으로 버선을 지으셨다. 육십 년대 중반인 그 때에만 해도 서울에서는 버선 같은 것을 그렇게 만들지 않게 되었었다.

그러나 그분은 그렇게 하셨다. 대, 중, 소 해서 세 가지 크기로 버선을 여러 죽 만드셔서 그것으로 시댁 집안의 예물을 마련하셨다. 실크 옷감과 양복감을 예물로 하는 것이 이미 유행이 되었던 시대였지만 그분은 전혀 거리낌 없이 꿋꿋이 버선과 양말만으로 예물을 마련하셨다. 시아버지와 시어머니께만 조금 더 얹어 마련했을 뿐이었다.

함 속에 청혼상 한 감씩말고 더 넣는 것은 "상 풍속"이라고 생각한 분이었으므로 내 시댁에서 온 함 속에 다른 것이 들어 있지 않은 것을 크게 다행스러워하셨다. "그러면 그렇지. 본때 있는 집안이 아무러기로 그런 이상한 짓을 하겠느냐" 며 사뭇 회심의 미소를 지으셨다.

"사돈네 외 벼먹는 식도 다 감각이라는데 양가가 너무 풍속이 다르면 그것도 고단할 수 있느니라……. 사돈댁을 점잖게 만나 크게 다행하다"고 거듭 거듭 말씀하셨다.

혼수를 터무니없이 많이 하는 짓은 절름발이 양반집에서 가난한 양반집으로 딸을 시집을 보낼 때, 속에 무슨 흠을 감추고 있을 때, 색싯감이 너무 못나고 모자랄 때에나 하는 "짓"이지 점잖고 반듯한 집안에서는 그런 법이 없는 것이라고 굳게 믿고 계셨던 어머니 덕에 나는 아주 빈약한 혼수만을 가지고 시집을 가면서도 당당히 아무런 가책도, 자격지심도 품지 않았다. 그러면서도 시댁 식구들에게 써야 할 호칭, 절을 하고 만나야 할 사람과 그렇게 하지 않아도 될 사람 같은 예법을 소상히 익혀 주는 일을 철저히 하셨다.

손수 지은 저고리에는 반드시 안옷고름을 달아 주셨고 똑딱단추로 대신하게 하지 않으셨다. 안옷고름을 잘 매는 것으로부터 치마 저고리 입는 법이 시작된다는 것이 그분의 조선옷관이었다.

절을 할 때에는 걷은 소매는 펴야 하며 허리띠를 매거나 앞치마를 입은 상태에서 하는 것이 아니라는 것도 일러 주셨다.

이제는 거의 실용성이 없어진 이런 지식들을 그분을 통해 마지막으로 듣고 경험했던 일이 내게는 자랑스럽다. 나의 어머니가 아니라면 나는 이런 향기 있는 옛문화를 냄새도 맡아 보지 못했을 것이다.

돌아가신 지 스무 해가 넘어 제삿날도 빼먹곤 하는 불효스런 딸에게 그 많은 것을 남기고 가신 어머니. (전 서울신문 논설위원)

시방도 그리운 그 회초리

| 송현 |

나는 언젠가 "그리운 어머니"인가 뭔가 하는 텔레비전 프로에 평소에 별로 크게 존경치도 않던 사람이 나와, 자기 어머니 이야기를 하면서 눈물을 닦는 모습을 보았다. 그때 나도 덩달아 눈물을 쏟았다. 그때말고도 남의 어머니 이야기를 들으면서 내 어머니 생각이 나서, 말하는 장본인보다 내가 더 많은 눈물을 흘린 적이 한두 번이 아니다.

지난 달이지 싶다. 가수 태진아와 함께 「아침 만들기」라는 텔레비전 생방송 프로에 나갔을 때다. 끝 무렵에 태진아가 「사모곡」이란 노래를 불렀다. 천만다행으로 시간이 모자라 끝까지 부르지 않았기망정이지, 만약 그 노래를 끝까지 불렀다면 나는 틀림없이 바보처럼 눈물을 주룩주룩 흘리면서 여러 사람 민망하게 했을지 모른다.

그뿐 아니다. 나는 길 가다가도 한 일이 분쯤만 어머니 생각을 하면 목이 메어 코를 훌쩍이고, 이따금 강의를 할 때에도 어머니 이야기만 했다 하면, 금세 목이 메어 듣는 이를 민망하게 한 적이 한두 번이 아니다.

우리 어머니는 올해로 일흔일곱이시고 용띠다. 당신이 예순하나일 때에 우리 아버지를 과음과 농약 중독으로 여의시고 시방 내 고향 부산 강서구 명지동 고향집에 혼자 사신다. 어머니는 오래전에 이런 말씀을 자주 하셨다.

"내 꼬라지는 사람 형국을 하고 있어도 나는 사람이 아니다."

간과 쓸개가 썩어 문드러지는 것이라면, 우리 어머니의 간과 쓸개는 벌써 썩어 문드러져도 골백번은 더 썩어 문드러졌을 것이다. 이런 의미에서 우리 어머니가 사람이 아니란 말씀은 백 번 옳고 천 번 옳다! 당신 스스로에게 한 자탄의 소린지 나 들으라고 하는 소린지 몰라도, 이 말은 여태까지 내 가슴에 못으로 박혀 있다.

엊저녁에 고향에 계신 어머니께 전화를 하였더니, 집에 계시지 않았다. 알고 보니, 당신 수족 꼼지락거리는 것도 다 귀찮고 힘겨우실 텐데, 임종을 눈앞에 둔 우리 외할머니 병구완 하러 외갓집에 가셨던 모양이다. 외할머니는 우리 어머니보다 세 살이나 아래

이시다.

우리 어머니 이름은 "윤"자, "순"자, "이"자다. 순하고 어질게 자라라고 그리 지었지 싶다. 파평 윤씨 가문에서 맏딸로 태어난 죄로, 손윗노릇한다고, 언니값 한다고 아랫동생 다 업어 키우고 궂은 일, 험한 일 도맡아 하면서 자랐다. 오빠가 하나 있었는데, 열 살 때에 호열자 때문엔가 갑자기 죽는 바람에 딸만 셋 남은 틈에 끼었다.

대를 이을 사람이 없어, 외할아버지는 제 큰딸(우리 어머니)보다 세 살이나 적은 다리를 절룩거리는 열여덟 살 먹은 처녀에게 장가를 갔다. 그 바람에 갑자기 우리 어머니는 당신보다 세 살이나 어린 여자를 어머니라고 불러야 했다. 내가 고등학교 다닐 때까지만 해도 외갓집에는 큰외할머니와 작은외할머니가 계셨다. 큰외할머니는 내 대학 무렵엔가 돌아가시고, 작은외할머니는 시방 여러 날째 곡기 있는 것 한 방울도 목구녕에 못 넘기면서 오늘, 내일, 오늘, 내일 하고 계신다. 큰외할머니 배에서 나온 딸 셋에 이어, 작은외할머니 배에서 나온 아들 하나. 딸 셋이 나왔다.

우리 어머니는 열여덟에 손이 귀한 은진 송가 집안에 시집을 와서 이대 독자인 나를 낳았다. 어머니가 아들을 낳은 것은 천만다 행이었는데, 아들 못 낳은 당신 어머니 생각을 하면 심사가 어땠을까? 아들 못 낳은 그 한 가지 죄로 안방을 자기 큰딸보다 어린 여자에게 비워 주고 작은 방에서 눈물 마를 날이 없이 새우잠을 잤을 당신 어머니 생각을 하면, 자식으로서 어머니 마음이 어땠겠으며, 또 같은 여자로서는 어머니 마음이 어땠을까? 그러나 어머니는 당신의 이름처럼 순하고 어질게 두 어머니를 잘 모셨다. 그리고 이제 하나 남은 작은 어머니의 임종을 지키고 있는 것이다. 이게 우리 어머니의 운명의 서곡이다.

아버지가 젊은 시절에 정의감과 의협심 때문에 좌익 운동(?)을 하는 바람에 어머니가 당한 고초만 이야기하자 해도 삼박사일은 모자란다! 그때의 악몽을 어머니는 좀처럼 입에 담지 않는다.

"뭐 할라고 그때 일을 니가 알라카노! 너거 아버지가 앞집 삼촌 집 안방 웃목 구들장을 뜯고 그 안에 숨어 있을 때, 내가 주재소에 붙들려 갔을 때, 서북 청년단이란 놈들이 내한테 우짼 줄 아나? 총을 내 가슴 앞에 꼬누면서 '니서방 송달룡이 어디 있노? 숨어 있는데 대라!' 고 위협할 때, 나는 그때 간 다 떨어지고 진짜 죽은 줄 알았다. 말 마라. 그때 이야기 말로 다 몬한다."

내가 국민학교 이 학년일 땐지 삼 학년일 땐지 기억이 아름아름한데, 통지표를 받는 날이었다. "수"가 몇 개 없어 걱정이 태산 같았다. 집에 오니 어른들은 다 밭에 일 나가고 아무도 없었다. 저녁 때에 아버지와 어머니가 돌아와서 통지표 보자면 어쩌나 하는 걱정 때문에 배고픈 줄도 몰랐다. 마루 한 귀퉁이에 쪼그리고 앉아이 궁리, 저 궁리 하던 끝에 드디어 나는 통지표를 고치기로 작정하였다. 통지표를 고쳐야겠다고 마음 먹는 순간부터 가슴이 콩콩 뛰었다.

나는 살금살금 아버지 책상으로 갔다. 아버지 책상은 여닫이식이었는데, 조심스레 책상을 여니, 잉크와 펜이 있었다. 잉크병 뚜껑을 열었다. 펜에다 잉크를 찍었다. 통지표의 "수" 칸에 동그라미를 그렸다. 몇 갠지 세지도 않고, 계속해서 그리다가 혹시 너무 많이 그린 게 아닌가 하는 생각이 들어 동그라미 그리기를 멈추었다. 내 통지표에 갑자기 수가 많아지자 성적이 훨씬 좋아졌다. 나는 잉크병을 닫고, 펜을 붓통에 꽂고, 책상을 닫았다.

이 대목에서 한 가지 덧붙일 것은 선생님은 붓뚜껑으로 수, 우, 미, 양, 가를 찍었는데, 나는 펜에다 잉크를 찍어서 동그라미를 그렸다는 점이다. 이 얼마나 멍청한 짓일까! 거기다 더 바보스러운 것은, 동그라미를 쳐도 선생님이 붓뚜껑으로 찍은 것을 우선 지운 뒤에, 쳐도 쳐야 할 것인데, 붓뚜껑으로 찍은 것을 지우지도 않고, 수 칸에다 동그라미를 내 마음대로 쳤다는 점이다.

저녁 때에 어머니가 돌아오셨다. 통지표를 받아왔느냐고 물었다. 나는 시치미를 뚝 떼고 통지표를 내밀었다. 어머니는 통지표를 받아서 찬찬히 들여다 보다 말고, 헛간 쪽으로 가는 것이 아니었나! 나는 영문을 몰랐다. 잠시 뒤에 헛간에서 나오는 어머니의 손에는 회초리가 여러 개 들려 있었다. 나는 앞이 캄캄했다. 다짜고짜로 내 팔을 나꿔채고는 회초리로 사정없이 내 종아리를 때렸다.

"이놈의 손아! 대가리 소똥도 안 벗겨진 놈이 에미를 속여? 글 배워서 훌륭한 사람 되라고 학교에 보냈더니, 하라는 공부는 안하고 에미를 속여?"

나는 어머니의 목소리가 그렇게 큰 줄 처음 알았고, 그렇게 무서운 어머니의 표정을 처음 보았다. 종아리에 피가 났다. 그래도 어머니는 계속 회초리를 놓지 않았다. 나는 두 손을 싹싹 비비며 다시는 안 그러겠다고 용서를 빌었지만 어머니는 막무가내였다.

"이놈의 손아, 벌써부터 에미 속이려 드는데, 너 같은 놈을 키우면 뭐 하겠노. 니 죽고 나 죽자."

옆에서 발을 동동 구르며 지켜보고 있던 할머니가 치마폭으로 나를 감싸며 말했다.

"어멈아, 대강해라! 귀한 손잔데, 아예 잡을 참가!"

어머니는 나를 개 끌듯이 질질 끌고, 삽작(대문)밖으로 쫓아내고, 삽작문을 걸었다. 할머니는 어머니께 몇 번이나 봉변을 당하면서도 삽작문을 열었지만, 어머니의 노여움이 풀리지 않아 나를 구출하지 못했다. 나는 그날 저녁을 쫄쫄 굶고, 울타리 밑에 쪼그리고 앉아 모기에 뜯기면서 울다 잠이 들었다.

어머니는 우리 다섯 형제를 키울 때에 회초리를 아끼지 않았다.

시방도 나는 그 회초리가 그리울 때가 있고, 그 무서운 회초리를 들었던 어머니 모습을 잊을 수가 없다. 내가 대학교를 졸업할 때까지 수없이 많은 선생들을 만났지만, 어머니처럼 무섭게 회초리를 드는 선생은 보지 못했고, 어머니처럼 위대한 스승도 보지 못했다.

내가 이따금 텔레비전에 출연할 일이 있는데, 그때마다 가능하면 어머니에게 전화를 건다.

"어머니, 제가 아무 날, 아무 시에 무슨 텔레비전에 나올 겁니다."

"무슨 방송이고?"

"케이비에스입니다."

"멫번고?"

"구번입니다. 구번!"

전화 한 김에 간단히 고향 소식도 듣고, 어머니 건강도 어떤지 물어 보고 나서 전화를 끊으려면 어김없이 어머니가 말씀하신다.

"야야, 니가 멫번에 나온다켓노? 멫번?"

두 번, 세 번을 되묻고 할 때마다 이제 어머니가 많이 늙으셨구나 싶어 마음이 아프다. 방송이 끝나고 잠시 짬을 내어 또 어머니에게 전화를 한다.

"어머니, 방송 잘 보셨어요?"

"오야, 잘 봤다."

"어머니, 미안합니다."

"그게 무슨 말고?"

"어머니, 저를 중학교만 시켰으면 농사 지으면서 어머니 모시고 살면 좋았을 걸 그랬어요. 그랬다면, 아침저녁으로 어머니 다리도 주물러 드리고, 또 연속극도 같이 보면서, 농사 짓고 살면 얼마나 좋겠어요. 없는 돈에 소 팔고, 논 팔아 대학 공부시켜 놓으니, 제일 욕심에, 제 살기 바빠서 어머니를 편히 모시지도 못하고 정말 불효가 큽니다."

"시끄럽다. 니 시방 무슨 소리 하노! 니가 지게 지면서 뼛빠지게 농사짓는 꼬라지 나는 못 본다. 절대로 니가 농사짓는 꼴은 못 본다! 나는 니가 농사지으면서 내 다리 주물러 주는 것보다 지금의 니가 더 좋다. 이 에미 걱정은 조금도 하지 마라."

내가 대학에 다닐 무렵에 어머니는 이런 말을 이따금 하셨다.

"난, 너를 앞세우고 선 보러 가고 싶다. 잘 생긴 아들 앞세우고 선보러 다니는 사람들 보면 참 부럽더라."

그러나 나는 어머니와 같이 한 번도 선을 보러 간 적이 없다. 선을 보러 가지 않은 것까지는 좋은데, 사랑에 눈이 먼 나는 그때 어머니와 아버지를 속이고 말았다.

나는 아주 별난 혼인을 하였다. 곧, 혼인에 한 번 실패한 여자와 혼인한 것이다. 거기다 네 살짜리 딸애 하나가 딸려 있는 여자와 혼인을 하였으니, 이 사연이 얼마나 복잡하며, 얼마나 기막힌 일이 많았을까? 나는 어머니와 아버지를 감쪽같이 속이고 그런 혼인을 하였다. 나중에 이런 어처구니 없는(?) 사정을 알았을 때에 얼마나 큰 충격을 받았을까?

이 한 가지만 해도 다른 불효자의 몇 곱을 불효한 것이라고 생각한다. 그런데 어머니는 그 엄청난 충격을 감추고, 우리를 도리어 위로하고 격려해 주셨다. 그런 어머니인데, 이따금 서울에 오시면 하루도 편히 못 있고, 금세 시골로 내려가시곤 했다. 나는 나와 며느리 쪽에 문제가 더 크게 있다고 생각하기 때문에 다 내 잘못이라 생각한다. 그래서 내 불효는 끝이 없다고 생각한다. 언젠가 어머니께서 며느리와 다투고 내려가시면서 이렇게 말씀하신 적도 있다.

"다시는 내, 니놈 집에 발걸음을 하지 않겠다!"

나는 사년 전에 「차를 마시면서 왜 뒤를 돌아보아야 하나」란 제목의 시집을 낸 적이 있다. 그 시집의 후기에 나는 이렇게 썼다.

"내게 누이동생이 둘 있었는데, 하나는 이 세상에 있고, 하나는 이 세상에 없다. 이 세상에 없는 놈, 그놈은 십여 년 전에 바보같이 사랑 때문에 농약을 먹고 자살을 하였다. 내가 시인만 아니었더라도 어쩌면 이제 죽은 누이를 말끔히 잊을 때도 되었는데, 날

129

이 갈수록 누이 생각이 더 나는데, 이 무슨 팔자며, 내 전생에 무슨 죄를 많이 지었길래 이 고통에서 벗어나지 못하는지 모르겠다."

"일흔이 넘은 어머님이 아직 살아 계시기에 이날껏 누이 이야기를 한 번도 꺼내지는 않았지만, 자다가도 누이 생각만 하면 불붙은 석탄덩이라도 삼킨 듯이 내 목구멍에 뜨겁고 아물지 않은 상처들이 아려 온다."

"누이는 사랑이 더 소중하다고 생각하고 죽음을 택했다. 그런데 나는 사랑보다 삶이 더 중요하다고 생각하고 구차하게 살고 있다. 어쩌면 시를 써야 할 쪽은 누이인지도 모르겠다. 이 시집을 죽은 누이에게 바친다. 그리고 누이를 잊고 싶다."

어머니는 이 일로 반쯤 미친 여자가 되었다.

나는 어버이날만 되면 마음이 우울하다. 내 아들이 중학교에 입학하던 해의 어버이날이었다. 출근할 때에, 돈 봉투 하나를 내밀면서 아내에게 부탁했다.

"얼마 되지 않지만, 절반으로 나누어 부산 윤순이 할머니와 서울 최영순 할머니(외할머니)께 용돈 하시라고 보내 드리세요."

그날 오후에 어머니에게 전화를 걸었더니 대뜸 이렇게 말씀하시는 것이었다.

"애야, 아범아! 며느리가 오늘 보내 준 용돈 내가 쓰지 않고 모을란다."

"왜요. 어머니?"

"나중에 우리 하슬린(내 아들 이름)이 대학교 갈 때, 등록금 할 때 보태게!"

나는 화가 버럭 났다. 내 아들은 겨우 중학교 일 학년이었다. 어머니는 내 아들 녀석이 대학교 입학할 때까지 사실지도 의문이 되는데, 당신이 그때까지 사실지, 그 안에 돌아가실지도 모르면서, 그 손주 녀석 대학교 등록금에 보태겠다고 하시니, 그 말이 고맙기는커녕 화가 났다.

"어머니! 하슬린 대학교 갈 때까지 어머니가 사실지, 그 안에 돌아가실지도 모르는데, 왜 쓸 데 없이 그 걱정을 하십니까! 그때까지 사신다고 해도 그렇지. 멀쩡한 애비, 에미가 펄펄 살아 있는데, 왜 할머니가 손주 대학 등록금 걱정을 미리 하시는 거예요!"

내 말이 나도 모르게 너무 컸던 모양이다. 어머니는 아까보다 작은 목소리로 말씀하셨다.

"애야, 내가 무슨 큰 잘못을 했다고 그리 큰 소리로 나를 나무라냐!"

"어머니는 왜, 쓸 데 없는 걱정을 하세요! 몇 푼 되지도 않는 돈인데 모으실 생각하지 말고, 맛있는 것, 드시고 싶은 것 사서 드세요! 노인 대학에 나가시면서 불쌍한 할머니에게 과자도 하나 사 주시고요! 한 푼도 남기지 마시고 다 맛있는 거 사서 드세요!"

어머니는 알았다면서 전화를 끊으셨는데, 그날 나는 종일 우울 했다. 이따금 나는 이런 생각을 한다. 우리 어머니가 젊었을 때, 이 땅에 여성 법률 상담소나 여성 인권 운동 단체 같은 것이 없었 던 것을 천만 다행으로 생각한다. 그때 만약 우리 어머니가 그런 데를 찾아가서 나의 아버지 주벽을 낱낱이 까발려서 외고 불고 하 였더라면 상담원 백이면 백 다 이렇게 말하였을 것이다.

"아니, 이렇게 젊고 외모도 뛰어나신 분이 어떻게 그런 남자와 삽니까! 하루가 지옥 같지 않아요? 당신의 앞날이 창창한데, 지금 당장 이혼하고 새로운 삶을 시작하는 게 현명하겠군요."

만약 이런 조언을 듣고 우리 어머니가 이혼을 하였다면 어찌 되 었을까? 아마 좋은 남자 만나서 당신 한 몸으로는 행복하게 살았 을지도 모른다. 만약 그랬더라면, 불쌍한 우리 아버지는 어찌 되 었을까? 모르긴 해도, 그날로 자포자기해서 온종일 술만 퍼마시 고 완전히 폐인이 되어 마침내 당신 명대로 못 사셨을 것이다. 그 뿐인가, 우리 남매들은 어찌 되었을까! 뿔뿔이 흩어져 하나는 이 고아원, 하나는 저 고아원으로 흩어지고 말았을 것이다. 그랬더라 면 나는 아마 일찍이 소년원 신세를 졌을지 모르고, 그랬다면 지 금쯤은 별이 주렁주렁한 역전의 용사(?)가 되어 있을 것이 분명

하다. 어쩌면 나는 우리를 버리고 떠난 비정한 어머니를 찾아서
복수를 하겠다고 밤마다 비수를 갈았을지 모른다.

"내 꼬라지는 사람 형국을 하고 있어도 나는 사람이 아니다!"

그래, 맞다. 어머니 말씀이. 그런데 나는 과연 사람일까? 어느
새 나도 반백이 넘었다. 이날까지 살아 오면서 제 어머니 가슴에
수없이 못을 박으며 불효한 나는 사람일까? 아무래도 나는 사람
이 아닌 것 같다. (시인)

못 움직인다는 무릎으로 만든 "청명심수"

| 안병헌 |

 "나 죽을려면 아직 멀었다"

"……핸드폰도 폭발 사고가 많이 난다며! 그거 위험할 텐데, 항상 조심해서 사용해라."

"글쎄요! 처음 듣는 얘기인데……, 누가 그래요?"

"왜 있잖니, 핸드폰이 잘 터진다며?"

"네? 그건 통화 연결이 잘 된다는 뜻이에요."

"어머나, 그게 그런 뜻이냐! 호호 우리말은 참 이상한 게 많지. 이러다 통일되면 말 때문에 싸우는 사람이 많을 거야, 그렇지……."

얼마 전 서울 무용제를 보러 문예 회관으로 가던 중에 있었던 일이다. 칠순이 넘는 노인 분들을 모시고 사는 사람이라면 다 그렇겠지만, 유독 내게는 이런 일이 잦다. 무엇이 그리도 궁금하고 이상하신지, 어머니는 일곱 살 난 손자보다도 더 질문이 많으시다. 평범하고 상식적인 것들도 어머니께는 모두 새롭고 아름답기만 하신가 보다. 그렇다고 엉뚱하시거나 우스갯소리를 잘 하시느냐 하면 그렇지도 않으신데.

내 생각에 어머니의 그런 모습은 젊은이를 앞지르는 창작에의 욕구가 넘치는 데서 나오는 것이다. 관찰하고 연구하고 질문하고……, 주변에서 벌어지는 일뿐만 아니라 당신 마음속의 변화까지도 놓치지 않으신다. 그래서 모든 자연이 어머니의 상상의 나래 속에서 하나의 무용 작품으로 다시 태어난다.

지난 봄, 제자들이 마련한 헌정 무대 "아! 김백봉"을 준비하면서, 오래된 음악 테이프를 정리할 필요가 있었다. 어머니께서는 몇백 개의 테이프를 하나하나 들어 보다가 그 중에 잊고 있던 새 음악들을 많이 찾아 내신 모양이었다.

"애들아! 나 죽을려면 아직 멀었다. 새 음악을 들으니 작품 구상이 머리에 막 떠오르는데……. 앞으로 내 머리 속에 있는 거 다 꺼내기 전에는 나 절대로 안 죽는다, 안 죽어."

천진난만하게 즐거워하며 제자들에게 말씀하셨지만, 나는 반갑기는커녕 "쓸데없는 소리 하신다"고 화를 냈다.

극장을 잡고, 음악을 구하고 해서 날짜가 이미 잡혀 있는 공연을 위해 억지로 애를 써야 하는 사람들에게 어머니는 부러움의 대상이다. 어떤 제자는 "선생님은 옹달샘 같다"고도 하고, 지난 팔십육 년의 아시안 게임 때는 "김백봉의 머리는 우주보다 크다"는 찬사까지 들으셨다.

완벽주의자

물론 재주를 타고나기도 했겠지만, 어머니가 그저 운이 좋아 최고의 무용가가 된 것은 아니다. 별나게도 완벽주의자인 어머니는 공연 때가 되면 제자들을 무척 힘들게 하는 분이다. 발가락에서 머리털까지, 동작 하나하나를 잡는 것을 비롯해서 시선, 호흡, 박자, 감정, 춤에 임하는 인격인품 그리고 의상, 소도구 들 해서 모두 어머니의 손길과 잔소리를 거쳐야 한다. 어떤 때는 부챗살 하나 만지느라 밤을 밝히기도 하셨다. 연습시간에 제자들은 "선생님 같은 분이 많다면 삼풍 백화점도 성수대교도 멀쩡했을 거야!" 한다. 아닌 게 아니라 동네에서 공사판이라도 벌어질라치면 어머니는 으레 호랑이 감독관이 되어 일하는 아저씨들을 진땀나게 하는 것으로도 유명하다.

어머니가 그렇게 철저한 것은 동작 하나에서 작품 전체에까지 말하고자 하는 주제가 분명하기 때문이다. 어디 하나 허튼 움직임이 없다. 당연히 연습 중에 마음에 안 드는 부분이 발견되면 다섯 시간이고 여섯 시간이고 연습을 반복한다. 하도 그러시니 학생들은 그 뜻을 다 이해하지 못하고 감정적으로 그러시나 오해하기도 한다. 하지만 어머니가 인간미가 없는 연습 벌레냐 하면 그렇지도 않다. 더없이 너그러우셔서 어떤 때는 얄밉고 버릇 없는 제자에게까지도 넉넉한 덕을 베풀어 내 속이 다 답답해질 때도 있다. 어머니를 초청해 작품을 부탁하는 경우도 흔히 있는데, 출연하는 학생이 지각을 했다는 이유로 사전에 의논도 없이 작품에서 빼고, 구도도 슬쩍 바꾸어 놓는 경우가 있다. 그냥 보기에는 아무 문제가 없는 듯한데 어머니는 꼭 필요한 자리에 배치한 것이므로 그럴 때는 당신의 몸에 칼을 댄 것처럼 몹시 아파하신다.

어머니는 당신이 느끼고 주장하는 것을 춤의 언어로 전달하신다. 어머니가 작품에 완벽을 기하려는 이유가 여기에 또 있다. 한 번 관객에게 보여진 작품은 그들의 마음에 남게 되고 잘못되어도 지우개로 지울 수 없으니 이해할 만하다. 어머니는 그것이 또 무대의 매력이란다. 어머니에게 일과 생활, 무용과 삶은 분리된 개념이 아닌 바로 당신, 자신이었다.

어머니는 모든 일에 열심이셨다. 자식에게도, 가정에도, 제자를 가르치고 작품을 만드는 일에도 같은 철학과 이상으로 임하셨다. 하지만 이렇게 "어떤 어려움도 노력하면 극복할 수 있다"는 긍정적 사고가 작품을 늘 밝고 아름답게 만들어서 때로 "김백봉의 춤은 그저 예쁘게만 추는 철학 부재의 작품"이라는 식의 악평을 듣기도 한다.

하지만 오늘날 어머니 춤의 가지가 힘있게 뻗쳐 있고, 부채춤을 비롯한 많은 작품들이 온 국민의 마음 속에서 또 하나의 전통으로 남아 있는 걸 보면, 그런 작품들이 그냥 만들어진 것은 아니리라.

작품 "선의 유동"과 삶의 고비

언니(안병주 경희대 무용과 교수)와 나는 이런 질문을 자주 받는다. "유명한 부모를 모신 덕분에 힘들지 않느냐." 물론 부담스러울 때도 있고 게다가 같은 길을 걷자니 시기를 받을 때도 있었지만, 어려움보다는 좋은 일이 더 많았다. 하지만 나는 어머니가 물려 주신 가장 큰 재산은 어떤 유명세보다도 "소신있게 노력하는 삶의 태도"라고 생각하고 있다.

그래도 너무나 힘겨워 포기하고 싶어질 때가 있게 마련인데, 그럴 때 나는 어머니의 작품 "선의 유동"을 보면서 어머니의 마음을 헤아려 보곤 한다.

"연구생과 나 사이에 넘을 수 없는 예술의 벽이 있음을 발견하고, 나는 그들과의 결별을 선언했지만, 공든 탑이 무너졌다는 허탈감 때문에 마음은 편안치 못했다. 그러던 어느 날 눈이 내린다는 소리에 잠에서 깨어났다. 그 동안 정성껏 가꾸었던 몇십 그루의 장미가 때 이른 눈 때문에 얼어 죽지 않을까 안절부절했지만 꽃나무 살리려다 사람 죽겠다며 마당에 내려서는 것을 한사코 만류하는 식구들의 성화에 못 이겨 함박눈이 쌓여 가는 바깥 정경을 창 너머로 물끄러미 바라보고 있었다. 바로 이때였다. 눈송이가 창문을 때리는 순간 물방울로 돌변하지 않는가! 물론 새삼스러운 발견도 현상도 아니었다. 그러나 그날따라 감회는 유별했다. 어쩌면 나의 심경과 그토록 닮을 수가 있단 말인가, 하는 생각 때문이었다. 저 우주 공간에서 여기까지 오는 동안 얼마나 오랜 시간이 경과했을까? 그러기에 저 신비스러운 결정체도 만들 수 있었으련만, 유리창의 온기라는 인위 앞에 부닥쳐 물방울로 둔갑하지 않은가? 만일 그들에게도 감정이 있었다면 틀림없이 삶의 허무함을 절감하게 되었으리라. 누에꼬치에서 비단실을 뽑아 내듯, 저 결정체에서 선을 뽑아 낼 수 있다면 무엇이 될까? 이런 나의 상상은 곧바로 작품 "선의 유동"의 모티프가 되었고, 소재가 되기도 했다."

－「김백봉 교수의 회고록」에서

어머니의 허무감은 아름다운 모습으로 내리던 눈이 창문에 부딪혀 녹아 내리는 것을 보면서 "저것이 나로구나" 하는 동질감이 되었다고 하셨다. 그런데 단순히 동질감에서 끝나지 않고 결정체가 없어지기 전에 그 선을 한 줄기씩 뽑아 내고 싶다는 상상을 통해 새로운 작품을 만들어 내신 것이다. 갖가지 번뇌, 가슴 조이는 회의, 갈등, 걷잡기 어려운 자기 혐오……, 몇 번이고 몇 번이고 좌절의 위기 앞에서 "과연 이 길이 모든 가치에 앞서는 가장 중요한 보배일까?", "아무도 안 알아 줘도 나만이라도 이것이라고 자신할 수 있는 진리와 진실을 갖고 있는 걸까?" 그런 물음들을 수없이 던지면서 작품을 만드셨다는 것이다.

특히 자식들이 엄마를 찾으며 울 때는 무척 힘드셨단다. 지금도 어머니는 나를 붙들고 가끔 이런 말씀을 하신다.

"요즘같이 추울 때는 나도 엄마가 그리워져, 학교가 끝나고 꽁꽁 얼어붙은 대동강을 건너며 열 손가락을 모두 입에 넣고 호호 하고 추위에 떨다가도 엄마가 기다리는 집으로 간다는 것이 어린 나에겐 얼마나 큰 기쁨이었던지! 엄마가 해 주셨던 따끈한 무국이 참 맛있었지. 엄마가 집에 있다는 게 참 행복인데 말야……. 그래 우리 손주들은 잘 있나?"

움직이지 않는 무릎을 잡고
내가 초등학교 이 학년 때, 나는 학교가 끝나고 나면 엄마가 누위 계신 병원에서 놀았던 기억이 있다. 자식들이 제법 자라고 어머니 당신도 웬만큼 안정이 되었을 무렵이었는데, 교통 사고의 불행이 어머니를 덮친 것이다. 어머니의 무릎은 축구공 만하게 부어 붕대에 싸여 있었다. 승용차가 삼십 미터 언덕 아래로 굴렀다는데, 근처 밭으로 퉁겨져 나온 어머니는 그 와중에도 "김백봉이가 이런 흙바닥에서 비참하게 죽을 수는 없지" 하는 생각에 풀을 잡고 앉아 보려고 갖은 애를 썼다고 했다. 병원으로 실려 온 어머니는 아버지에게 아이들을 위해 좋은 여자와 결혼하라는 말을 하려다가 목이 메어 아무 소리도 못 하셨단다.

점차 회복이 되었지만 무릎 관절의 장애는 좀처럼 회복될 기미를 보이지 않았고, 육 년을 넘기는 투병 생활이 시작됐다.

어머니는 절망했지만, 완전히 쓰러지지는 않으셨다. "봉산탈춤"을 책으로 기록하는 작업을 시작하면서 재활의 의지를 다지셨다.

"야! 다시 한 번 춤을 추어 볼 수 없을까? 그럴 수만 있으면 이제까지와는 다른 춤의 세계를 펼쳐 보일 수 있을 텐데……."

진눈깨비가 내리는 어느 날, 어머니는 걷잡을 수 없는 회의와 자기 혐오감에 싸여 연습실로 들어섰다. 그 안에서는 봉산탈춤 무보를 그리던 화가 하선생님이 가야금 산조 레코드를 돌리고 계셨다. 순간 어머니는 걸치고 있던 코트를 내던지고 양팔을 들더니 춤의 세계로 빠져들었다.

"아! 이것이 나의 왕국이다. 무엇 하나 부끄러울 것이 없구나. 나는 춤을 통해 구원의 길을 받았다."

추고 추고 추고, 춤은 멈출 줄을 몰랐다. 이상하게도 그 동안 못 쓰던 무릎도 움직일 수 있었다. 제자 한 명은 어머니가 넘어져 머리라도 다치실까 봐 춤추는 내낸 손을 받쳐 들고 쫓아다니느라 진땀을 뺐다고 한다. 이렇게 해서 탄생한 것이 산조 "청명심수"다.

이 작품은 단아하고 아름다워 마치 수필로 이어지듯 매끄럽고 보드라운 춤이다. 어머니 스스로도 "청명심수"는 마음의 노래요, 영혼의 속삭임이라고 하신다. 어머니 스스로가 동기이고, 스스로에게 되돌아가는 응집된 고백의 장이며, 구도의 작품이라는 것이다. 그래서인지 세월의 흐를수록 이 춤은 더욱 강한 울림으로 다가온다.

"나는 사회적 지위도, 예술가의 명예도 바란 적이 없다. 다만 무용을 목표로 최선을 다하다 보니 그 모든 것이 따라와 주었다. 너는 언제나 너의 주변을 사랑하고 그에 대해 감사하는 마음을 가져야 한다."

하루하루의 살이에도 힘겨워하는 내게 어머니는 이렇게 말씀해 주신다. 나는 그 말씀이 그냥 듣기에 좋으라고 하는 말이 아님을 안다. 어머니는 세상 가는 날까지 그 말씀처럼 사실 분이다. (무용인)

팔순 어머니의 고추장 찌개맛

| 오정희 |

결혼식장에서 통례적으로 신랑의 어머니는 푸른색 옷을 입고 신부의 어머니는 분홍색 옷을 입는다. 음과 양, 남녀의 아름다운 조화를 뜻하는 청홍의 어울림이겠지만 흔히 그것을 두고 신랑의 어머니는 서슬이 퍼래서 푸른 옷을 입고 신부의 어머니는 분해서 분홍색 옷을 입는 거라는 우스갯소리를 하기도 한다. 그런가 하면 결혼식장에서, 잘 차려 입었으되 어딘가 후줄근하게 풀기 없고 허둥대는 기색의 부인네는 신부의 친정어머니임에 틀림없다고도 한다. 특별히 남다른 사정이 있지 않는 한 부모가 아들 장가보내고 울었다는 일은 드물어도 딸을 시집보내고 집에 돌아와 내외가 마주앉아 울었다는 얘기는 흔히 듣는다. 아들 가진

어머니와 딸을 가진 어머니의 입장과 마음의 상태가 그만큼 다르다는 것이다.

나는 어머니의 딸이자 내 딸의 어머니이다. 인생은 연극 무대와는 달리 유년기와 노년에 이르기까지 자식과 부모의 역할을 차례대로 맡을 수 있어 공평한 것이라 했던가. 어머니와 나와 딸……. 그것은 어딘가 현실적으로 보이지는 않지만 확실히 존재하는 "길"의 이미지를 갖는다.

딸은 나의 지나온 길이자 과거이고, 어머니는 내 앞에 놓인 길이자 미래인 것이다. 문득문득 딸에게서 보이거나 보이지 않는 나를 발견하고 또한 내게서 어머니의 모습을 알아본다.

대학에 진학하기 위해 집을 떠나게 된 딸의 짐을 정리하는 이즈음, 나는 딸의 모습을 일없이 물끄러미 바라보는 일이 잦고 그러노라면 나도 모르게 어머니의 모습을 겹쳐 떠올리게 된다. 시집가는 나의 혼수를 챙기며 그리고 식장에서 폐백실로 보내며 몹시도 우셨다는 어머니의 마음은 이보다 훨씬 더했으리라는 생각과 함께.

딸이 아무리 나이를 먹고 어른이 되어도 언제까지나 나의 가장 아픈 속살이듯이 나 또한 어머니의 가장 아픈 속살인 것이다.

딸에게 화장품과 예쁜 옷가지를 사 주는 한편 혼자서 생활할 수 있게끔 간단한 살림법, 음식 만드는 법 따위를 가르치려고 잔소리가 한껏 늘어 버린 내게 딸은 입시 공부할 때가 오히려 편했다고,

웬 시집살이가 이렇게 대단하냐는 것 해서 갖가지 불평을 늘어놓고 "남자들"에 대한 마음가짐과 태도, 행동에 대한 주의를 이를 때면 "엄마는 저를 조선 시대 요조 숙녀로 만들고 싶으신 거예요?" 하며 깔깔 웃는다.

나 역시 웃음이 나오는 것은 내가 하는 말이나 행동이 내가 처녀 시절 어머니로부터 늘상 들어오던 것을 그대로 딸에게 옮기고 있음을 새삼스레 느끼기 때문이다. 그러면서 가슴 밑바닥이 싸아하게 아파 왔다. 내가 딸에게 해 주는 것처럼 대학생이 된 내게 사 주시던 옷이나 장신구, 아름다움에의 요구 들이 기실 그런 시절을 가져 보지 못한 "어머니의 꿈"이었음을, 곧 딸들은 누구나 어머니의 여자로서의 꿈임을 아는 탓이다.

좋은 면이든 나쁜 면이든 어쩔 수 없이 어머니는 딸의 거울일 수밖에 없나 보다. 우리 세 자매는 만날 때마다 늙어갈수록 어머니를 닮아 간다고 서로 놀리지만 닮은 것이 어찌 용모뿐이랴. 딸은 어머니의 운명을 닮는다는 말은 단지 유전적인 기질을 뜻하는 것만은 아닐 것이다. 딸이 생명체로서 제일 처음 깃들이고 만난, 관계를 맺은 세계가 바로 자신의 어머니인 때문일 것이다.

내가 그러했듯 집을 떠나 새로이 시작될 인생과 자유에 대한 기대와 희망에 한껏 부풀어 있는 딸 역시 언제까지고 함께일 것만 같은 엄마와의 이별이 이렇게 시작된다는 것을, 이제껏 살아온 날

들과 같은 시절, 마음 들은 다시 오지 않는다는 것을 모를 것이다. 한 나무에서 떨어진 씨앗이 제각각의 땅에서 저대로의 세상을 이루며 목숨껏 살아야 한다는 이치를 아직은 모를 것이다. 그립고 애틋하고 서럽고 때로 아픈 기억과 추억으로 서로에게 간직될 수밖에 없음 역시 아직 모를 것이다. 이렇게 떠나는 딸은 고향에 돌아올 때마다 점차 자신이 나고 자란 고장과 집이 얼마나 작은 곳이었나 놀라게 되고 당당하고 크게만 보였던 어머니의 늙음과 힘 없음, 초라함을 아프고 슬프게 느끼게 될 것이다. 한때 자신의 전 세계였고 완벽한 의지처였던 어머니 역시 어느 정도 비속하고 자신과 다르지 않은 외로움과 욕망, 고통과 힘겹게 싸우고 있는 존재라는, 한 여인이라는 것을 알게 될 것이다. 아이를 낳는 아픔을 겪을 때, 젖을 먹일 때, 연약한 생명을 의심없이 전적인 신뢰로 맡긴 채 품 안에서 잠든 아기를 볼 때, 자신의 어머니를, 그 어머니의 사랑과 희생을 떠올리며 눈시울이 뜨거워지기도 할 것이다. 나이가 들어감에 따라 어느 날 문득 거울 속의 자신의 얼굴에서 어머니의 얼굴을 발견하며 늙어감을 자각하게 될 것이고 비로소 같은 성을 가진 여성으로서의 동질감과 이해, 어머니와 딸이라는 운명적인 관계를 진정으로 받아들이게 될 것이다.

부모가 죽은 뒤라야 자식은 진정 철이 드는 것이라는 말이 있다시피 딸은 어머니를 딸과 어머니라는 상대적인 관계에서가 아닌,

한 여자로서의 존재와 인생으로 바라볼 수 있을 때 철이 드는 것이 아닐까. 먼 훗날 나는 내 딸에게 어떤 흔적, 어떤 기억으로 남을 것인가. 또한 나 자신은 어떤 모습으로 기억되기를 원하는 것일까.

천구백십오 년 생인 어머니는 올해 여든넷의 연세이시다. 뵈러 갈 때마다 어머니는 조금씩 더 조그마해지고 이 나이가 되도록 나는 그 어머니의 몸에서 내 존재가 비롯되고 태어났다는 엄연한 사실이 이상하고 신기하게 생각될 때가 있다. 부끄러운 고백이지만 내가 어머니를 한 여자로, 개체적인 존재로 이해하게 된 것은 중년에 이르러서가 아니었는가 싶다. 언젠가 어머니의 주민등록증을 보고 어처구니 없는 느낌에 사로잡혔던 기억이 있다. 어머니의 사진과 인적 사항이 객관적으로 처리되어 드러난 것이 낯설고 이상했던 것은 어머니는 다만 언제나 눈 닿는 곳에 계시고 부르면 재빨리 달려와 요구를 들어 주시는 우리들의 "엄마"일 뿐 사회적 존재 또는 자연인으로서의 아무개로 생각해 본 적이 없었기 때문일 것이다. 한 독립된 개체로서의 존재를 주장하지 않는 무조건적인 희생과 헌신 위에서 자식들인 우리는 어머니에게도 우리 외에 달리 중요하고 필요한 관계들이 있어야 한다는 사실을 알려고도, 이해하려고도 하지 않는 이기적인 철부지였던 것이다.

황해도 해주에서 출생하신 어머니는 스물셋에 동갑인 아버지와 혼인, 아들 둘, 딸 둘을 낳고 서른두 살의 나이에 다섯째 아이인 나를 잉태하신 몸으로 월남하여 서울에 터전을 잡으셨다. 뒤에 사 남매를 더 낳으셨으니 아들 넷과 딸 넷 해서 슬하에 팔 남매를 두신 것이다.

 일가 친척 하나 없는 서울 생활은 실패의 연속이어서 몹시도 궁핍하던 가운데 내가 태어났다. 어머니에 대한 최초의 기억은 목소리이다. "네가 누구지? 이름이 무어야?" 되풀이해서 묻던 여자의 목소리는 정말 엄마의 것이었을까? 전쟁이 나기 전이니 두 돌 무렵이지 싶다. 그리고 물을 때마다 "척척박사"라고 지치지 않고 대답하던 계집아이의 혀 짧은 소리, 그것은 진정 나의 목소리였을까? 유년기의 기억은 대단히 몽환적이고 단편적이다. 어쩌면 머리숱이 너무 적어 머리칼을 밀어주면 숱이 많아진다는 속설에 따라 한동안 머리를 박박 깎았고 그 모양을 놀려 대면 "척척박사"라고 영악스레 대답했었더라는, 훗날 어른들의 말씀을 듣고 나의 상상 속에서 그린 그림이 아닐까? 그렇다 하더라도 웬만큼 성장할 때까지 내가 기억하는, 내게 던져진 첫 물음이 "네가 무엇이야?"였다는 것을 나는 대단히 상징적으로 받아들였다. 그 심오하고 철학적인 물음은 우연히 던져진 것이 아닌, 나 자신에게 주어진, 뭔가 다르고 특별한 인생과 성취를 예시하는 것이리라는 아전인수의 해석으로 남몰래 한껏 기고만장했었다. 게다가 그 대단한 태몽이라니, 어머니는 기억력이 아주 좋으셨다. 하루하루의 끼니를 걱정해야 했던 어려운 시절, 고만고만하게 어린 여덟 명의 아이들이 맛있고 풍성한 음식을 그리며 먹는 얘기로 허기와 결핍감을 충족시킬 때면 어머니는 늘 아이들 하나하나마다 짚어 가며 너는 낳을 때 커다란 호랑이가 뛰어드는 꿈을 꾸었으니 앞으로 큰 인물이 될 것이고, 또 너를 가질 때는 벼가 싯누렇게 익은 들판길을 한없이 걷는 꿈을 꾸었으니 틀림없이 큰 부자가 될 것이고, 또 맑은 물이 흘러 넘치는 샘물에서 물을 길렀으니 네 앞날은 어떨 거라든가……. 내 태몽은 일곱 마리의 단정학이 어머니의 머리 위에서 떠나지 않고 빙빙 돌며 날았으니 반드시 이름을 높이 날릴 게라는 것이었다. 어른이 된 뒤에는, 태몽이란 인간의 원초적 욕망과 신화적 상상력의 발현이라는 것, 물과 불과 열매, 새와 호랑이 들은 태몽의 주조를 이루는 소재라는 것을 알지만 그 무렵 어린 우리들은 저마다의 꿈에 눈을 반짝이고 그것을 자신만의 미래에 대한 특별한 예시나 약속으로 간직하며 초라하고 남루하고 불안한 현실을 이겨 나갈 수 있었을 것이다. 찬란하게 다가올 미래를 생각하면 지금의 허기와 누추함은 깨고 나면 곧 잊혀질 잠깐의 나쁜 꿈에 지나지 않았다. 그것은 우리들의 꿈이라기보다 비참하고 불안한 세상에 던져진 자식들이 하나같이 넉넉하고 명예롭고 걱정없이 평화롭게 살기를 간절히 바라는 어머니의 소망이 아니었을까.

처음부터 끝까지 받기만 할 뿐 그 사랑과 헌신을 갚지 못한다
는, 자식으로서의 죄책감말고도 나는 어머니에게 작가로서 그리
고 같은 여자로서의 빚이 있다. 아버지는 어릴 때 책 읽기를 좋아
하고 글을 쓰면 학교 선생님으로부터 곧잘 칭찬도 받던 내가 문약
에 흐를 것을 경계하고 질타하시며 평범하고 건강한 생활인의 삶
을 살기를 원하셨다. 그러나 어머니는 어린 시절부터, 글을 쓸 수
있다는 것이 특별한 재능이고 훌륭한 일이라는 것을 일깨우고 부
추겨 주셨다. 작가로서의 꿈을 심어 주신 것이다. 그러하니 빚이
라는 것은 기실 나의 행복한 권리인지도 모른다. "어머니"를 아주
좋은 소설로 형상화시키고 싶다는, 그래야 한다는 욕망이 그것이
다. 내 마음 속 깊숙이 새겨져 지워지지 않는 어머니에 관한 몇 개
의 장면이 쓰여질 소설의 밑그림이다.

하나는 역시 피난지에서의 기억이다. 창틀에 놓인 조각 거울 앞
에서 긴 머리를 풀어 빗는 젊은 어머니의 모습이다. "꿈에 머리를
빗는데 자꾸 보리알처럼 굵고 검은 이가 떨어지지 않겠어요? 애
비한테 무슨 일이 생겼나 봐요." 어머니는 거울 속에서 하염없이
눈물을 흘렸다. 거울귀신이라는 별명이 붙을 정도로 유난히 거울
을 좋아하는, 다섯 살배기인 나는 어머니가 거울 앞에서 화장을
하거나 머리를 빗으시면 곁에서 떠나지 않고 꼭 붙어 있곤 했다.
"아니다. 길몽인 것 같다. 좋은 소식이 있을려나 보다." 거울 속으

로 할머니의 얼굴이 나란히 비쳐 들었다. 양식을 구하기 위해 먼 곳의 친구 집을 찾아 집을 떠난 아버지는 오리라던 날짜를 훨씬 넘기도록 소식이 없고 마을 밖은 전쟁의 소식으로 흉흉하기 짝이 없었다. 수심에 가득 차 울고 있는 젊은 여자와 마찬가지로 근심 걱정 가득한 표정을 숨기며 달래는 늙은 여자의 얼굴, 그리고 베일 듯 날카롭게 모가 난 조각 거울과 창가의 햇살 들은 전장의 이면, 남자들을 전쟁에 빼앗기고 뒤에 남겨진 여인들의 무력한 슬픔과 기다림이라는 비극성의 표상으로 남아 있다.

또 하나는 두 살 때 헤어진 생모를 만나기 위해 캄캄한 밤 시오리 산길을 홀로 걸어가는 열여섯 살 처녀, 낯선 집, 낯선 방에서 호롱불을 켜고 오두마니 앉아 밤새 오지 않는 생모를 기다리던 어머니의 모습이 그것이다. "특별히 보고 싶거나 그리워서가 아니라 단지 어떻게 생긴 사람인지 한 번 보고 싶었던 거지"라는 것이 뒷날 내게 담담하게 술회한 그 무렵의 당신 심정이었다. 그러나 어떻게 생겼는지 한 번 보고나 싶었다는 말씀 속의 그리움과 원망과 갖가지 서러운 사연들은 얼마나 많았던 것이었을까. 나 자신이 아이를 낳아 기르며 아이에 대한 맹목의 사랑으로 목이 메일 때면 두 살에 생모를 잃은 어머니가 내 아이처럼 가엾고 서러워 눈자위가 뜨거워지곤 했다.

수도가 없이 집집마다 우물물을 길어 쓰거나 펌프를 박아 쓰던 시절, 이른 봄 강물이 풀릴 때면 어머니는 마포강으로 빨래를 하러 가셨다. 물이 맑던 마포강에는 나무 판자로 엮고 차일을 친 빨래터가 있었다. 흰 머릿수건을 쓰고 푸르스름한 한복의 허리께를 허리띠로 졸라맨 어머니가 봄 풀 파릇하게 돋아 난 강가의 밭둑길을 천천히 걸어가시던 모습은 어제의 일인 듯 선명하다. 어머니가 그 걸음 그대로 어딘지 알지 못할 곳으로 아주 가 버릴 것만 같은 불안감 때문에 연신 큰 소리로 엄마를 부르며 뒤따라 나서던 것은 무슨 까닭이었을까. 열두어 살의 나는 그 때 사납고 유혹적인 봄의 바람과 어질머리 앓을 듯한 봄볕, 저만치 죽음의 주술처럼 흐르는 강물이 어우러지는 정경 속에서 대책없이 노출된 어머니의, 한 여인으로서의 정서를, 불가능한 갈망들을 어렴풋이나마 감지했던 것이나 아니었을까.

표면적으로 보았을 때 어머니는 결코 성품이 강하거나 지식이 많거나 욕망이 강한 분은 아니었다. 남편과 아이들을, 가정 안의 행복과 평안을 자신이 얻을 수 있는 최상, 최고의 가치로 여기며 평범하고 충실히 살아오신 분이다. 당신이 살아온 시대의 간난과 격동의 험한 세월을 고스란히 겪으며 고비고비 다치고 넘어지고 힘겹게 일어서서 한 세기에 가까운 인생을 사시면서도 여전히 웃음과 눈물과 애상과 수줍음이 많아 자식인 우리들은 "만년 소녀", "문학 소녀"라는 애칭으로 부른다. 삶의 거칠고 찌든 흔적이 보이

지 않고 타고난 천진함과 선량함을 잃지 않는 것은 희귀한 능력이
리라.

어머니의 왼손 넷째 손가락의 첫 마디는 눈에 띄게 휘어져 있
다. 다 자란 뒤 나는 그것이 열일곱 살 처녀 시절 두 살 위인 오빠
가 폐결핵으로 숨을 거둘 때 마지막 회생의 방법으로 단지를 했던
흔적이라는 것을 알고, 어머니가 얼마나 무섭고 독한 사람인가 하
고 진저리를 치며 평소의 지나치다 싶은 참을성, 단정함, 부드러
움 따위가 기실 속 깊은 강함의 의미라는 것을 비로소 깨달을 수
있었다.

잉태되는 순간부터 내 생명의 가장 확실한 약속이고 보호막이
었던 어머니로부터 받은 배움과 영향은 원하든 원하지 않든 간에
이미 내게는 체질화되어 있어 일일이 열거하기 어렵지만 그 어떤
것보다도 근본적인 가르침은 어머니가 몸소 실천으로 보여 주신
깊은 부부애일 것이다. 돌아가시기까지 오십 년을 함께 살아 오신
아버지는 십 년이라는 긴 세월을 전신 마비 환자로 누워 계셨다.
당신 자신도 이미 노쇠하여 심신의 고달픔이 오죽했을까마는 어
머니는 그 누구의 손도 빌리지 않고 아버지의 온갖 짜증과 분노를
때로 제왕처럼 섬기고 때로 아기처럼 달래며 한결 같은 마음과 태
도로 수발하였다. 철 따라 달리 피는 정원의 꽃을 꺾어 보여 드리
며 새로운 계절을 알리고, 대추나 단감나무의 첫 열매를 반드시

아버지에게 먼저 보여 드린 뒤에야 자손과 이웃들에게 나누셨다. 임종의 밤에 어머니가 "이제 가는 거군요. 편안한 마음으로 가세요."라는 담담한 말로 작별 인사를 하셨다는 것, 이미 말을 할 수 없게 된 아버지가 돌아가시는 순간까지 줄곧 감사와 사랑과 연민의 눈빛으로 어머니를 바라보셨다는, 이승에서의 마지막 장면은 슬픔과 가슴 뜨거운 감동으로 내게 남아 있다. 자식을 낳고 기르며 신산스런 세월을 함께 살아가는 부부란 무엇인가, 그 아름다움과 슬픔을, 굳이 사랑이라는 말을 쓰지 않고도 이 부박한 세상을 살아 가는 내게 가르쳐 주신 것이다. 지금도 어머니는 내가 갈 때마다 조갯살과 풋고추를 넣어 바특하게 고추장찌개를 끓여 주신다. 고추장찌개 한 가지면 열 가지 반찬을 마다하는 어릴 적 식성을 기억하시는 것이다. 친정에 가면 손 하나 까닥 않고 지친 몸으로 퍼져 버리는 버릇은 영 고쳐지지 않아 어머니가 차려 주시는 밥상을 염치없이 받으며 마음이 쓸쓸해진다. 가족들이 밥상으로 둥그렇게 모여들던 어린 시절, 지나간 날들, 높고 밝은 웃음소리와 티격태격 다투던 시간들은 모두 흘러가 버린 것일까. 그리고 젊고 아름다웠던 어머니는? 정말 어머니를 영영 못 뵙게 되는 날이 올까? 사람은 누구나 늙고 병들고 이승을 떠나야 한다는 것을 알면서도, 항상 죽음의 예감이니, 숙명이니 따위의 말들을 해 대면서도 어머니에게는 언제까지나 딸일 뿐인 나는 미구에 닥칠 일에 대한 준비도 실감도 상상도 할 수 없으니 철부지 어린애가 아니고 무엇이랴. 어머니는 주름살과 흰 머리칼이 부쩍부쩍 늘어 가는, 쉰 살 넘은 막내딸이 애처롭고 가슴 아파서, 딸은 미구에 닥칠 영결, 존재의 소멸이 또한 그러해서 서로를 물끄러미 바라본다. 아마도 똑 같은 속엣말들을 중얼거릴지도 모를 일이었다. 어머니와 딸로 만난 것이 전생으로부터의 인연에서 비롯된 것이라면 차생에서는 또 어떤 관계, 어떤 모습으로 만나질 것인가 하고. (소설가)

복숭아 건네 주던 속 깊은 사랑

| 윤방부 |

어머니를 떠올리면 늘 저녁에 집에 들어가면 들려오곤 하던 찬송가 소리가 생각난다. 「내 주를 가까이하게 함은」 어머니는 늘 이 곡만 불렀다.

내 주를 가까이하게 함은/십자가 짐 같은 고생이나/내 일생 소원은 늘 찬송하면서/주께 더 나가기 원합니다.

어쩌면 어머니의 삶을 그대로 말해 주는 "고백"과도 같은 곡이기 때문이었는지도 모르겠다. 일생을 그렇게 고생하며 살다가 나이 들어 독실한 종교인으로 소망을 갖고 산 분이 바로 어머니이니 말이다.

어머니는 전형적인 맏며느리였다. 아니, 전형적인 맏며느리의 삶을 살아야 했다, 그렇게 살다 간 분이다. 어머니는 구한말에 태어나 일제 강점기와 한국전쟁을 거쳐 격동의 현대까지, 그야말로 우리나라의 근대, 현대사를 두루 거치며 산 분이다. 천구백팔 년에 태어나 지난해 아흔둘의 연세로 돌아가셨으니 말이다.

충청남도 당진에서 태어난 어머니는 열여섯 살에 아버지에게 시집 왔다. 외가나 친가 모두 충청도 양반 집안이었는데, 특히 외할아버지는 한학의 대가였다 한다. 친할아버지가 일찍 돌아가셔 내 이름도 외할아버지가 지어 주셨다. 방부, 흔하지 않은 이 이름은 "나라 방" 자에 "지아비 부" 자, 나랏님이라는 뜻을 담고 있다. 외할아버지가 학자였던 덕인지 어머니는 한글을 깨칠 수 있었다. 여자가 한글을 배웠다는 것은 당시로서는 드문 일이었다.

친가는 충청남도 예산인데, 혼인 당시 아버지는 사남매 가운데 외아들이었다. 서울에서 제일고보를 다니던 아버지는, 귀한 종손이 객지에 나가 있으면 안 된다는 집안의 결정에 따라 예산으로 내려와 당시이름 있던 예산농업학교를 다니고 있었다. 그러다가 어머니와 중매 혼인을 하게 된 것이다. 아버지 나이 열다섯 살이었다. 요즈음으로 치자면 두 분 다 너무 어린 나이였지만 그때야다 그렇지 않았는가.

어머니는 종가에, 그것도 세 명의 시누이와 수많은 사촌들이 있
는 집에 시집 와서 당신 말씀에 따르면 정말 "엄청나게" 시집살이
를 했다 한다. 원체 힘들거나 고생한 것을 내 놓고 말씀하지 않는
분이어서 시시콜콜한 이야기를 다 듣지는 못했지만, 어린 나이에
그렇게 입 많고 어른 많은 집에 시집와서 겪은 시집살이가 오죽했
겠는가. 일년에 제사만도 여러 차례였을 터이다. 게다가 막내 고
모와 삼촌은 어머니가 시집 온 뒤 태어났다하니 그이들 뒷바라지
까지 다 해야 했을 것이다. 어머니는 말없이 맏며느리 생활을 해
내었다.

인텔리였던 아버지는 공주에서 금융조합 서기를 했다. 그러다
가 만주 봉천으로 발령이 났다 한다. 두 분은 만주로 가서 살면서
나와 형제들을 낳았다. 나는 예산이 고향으로 되어 있지만 정확히
말하자면 만주 출생인 셈이다.

내가 태어나고 이태가 지난 다음 광복이 되었고 우리 식구들은
서울로 내려왔다. 수송동에 살았던 기억이 언뜻 남아 있다. 그러
다가 경기도 시흥으로 옮겨가 꽤 오래 살았다. 시흥에는 당시 우
리나라에 주둔하고 있던 미군 부대가 있었는데, 영어를 잘하셨던
아버지는 "윤 통역"으로 통하던 그 시절, 어머니는 동네에서 부러
움을 사며 살았지만 그만큼 질시도 많았다 한다.

또 아버지는 잠깐 다른 여자를 보기도 하였던 모양이다. 당시로

서는 드물지 않은 일이었지만, 어쨌든 어머니는 "당연히" 참았다. 참고 넘어가는 것이 당연하다고 생각하였던 듯하다. 그렇다고 어머니가 말도 없고 묵묵히 순종적이기만 한 여자였던 것은 아니다. 오히려 말씀도 참 잘하고 밝고 활동적인 여자였다. 그렇지 않고서야 어떻게 그 힘겨운 시절을 살면서 자식 넷을 키우고 가르치고 할 수 있었겠는가. 그러나 그런 일은 그저 참고 사는 것이라고 알았던 모양이다.

내가 초등학교를 다닐 무렵 한국전쟁이 터지고 사람들은 다들 피난을 떠났다. 우리집도 피난길을 나섰는데, 그만 내가 부모님을 놓치고 말았다. 지금으로 치자면 반월쯤 되는 곳이었을 텐데 나는 혼자 되어 다시 시흥집으로 돌아와 있었다. 나는 잃어버린 부모님도 얼마 안 되어 나를 찾아 다시 시흥으로 돌아오셨다. 그때 아버지는 쌀장사를 했고, 어머니는 동네 반장 격으로 돌아다니며 일을 했다. 워낙 활동적인 데다 드물게 한글을 아는 여자였으니 이런저런 일을 맡게 되었던 듯싶다.

전쟁통이라도 그럭저럭 살았는데, 또 다시 일사 후퇴와 함께 피난을 가야만 했다. 아버지 고향인 예산으로 내려갔다. 그곳에서 어머니는 정말 고생하며 피난살이를 해야 했다. 그리고 내가 어머니를 존경하는 것도 이런 시절을 훌륭하게 참아 내고 오히려 밝게 사셨다는 것, 우리를 희생으로 키워 내셨다는 것을 알기 때문이다.

특별히 할 것이 없었던 아버지는 식구들의 생계를 책임지기 어려웠다. 친구들끼리 모여 도박이나 하는 식으로 소일하는 것이 일이었고, 집에도 거의 들어오지 않았다. 그때부터 우리 형제들은 거의 어머니가 키워 낸 셈이다.

어머니는 여기저기 막일을 다니며 돈을 벌어 우리들을 먹이고 입혔다. 참으로 내남없이 모두가 못 먹고 못 입던 시절이었다. 요즈음 눈으로 보면 변변할 것이 없는 생활이었지만, 당시로서는 모자람을 느끼지 않을 만큼 어머니는 우리를 위해 애를 썼다. 끼니때마다 멀건 죽 같은 것을 먹었는데 어머니는 그것조차 늘 함께 들지를 않았다. 잘 모르던 나는 처음에는 어머니가 배가 부른 줄로 생각했다. 나중에야 굶으시는 줄을 알았다.

지금도 속상한 것은 어머니가 도무지 말을 안 하신다는 것이다. 어디가 아프거나 힘들거나 해도 도통 표를 내지 않는다. 친척들이 모일 때마다 쉬지 않고 일만 하였다. 어머니는 맏며느리이면서도 아버지가 맏아들 구실을 소홀히 한 탓에 형제들 가운데서도 고생을 해야 했다. 피난 가운데 장티푸스에 걸린 적이 있는데 머리가 다 빠지도록 앓으면서도 제사며 뭐며 쉬지 않고 일했다. 제대로 먹지도 못하고 눈에 띄게 수척해진 모습에 내가 "엄마, 왜 그래?" 하면 그저 괜찮다고 하시며 일만 했다.

어느 날인가는 눈썹 위에 상처가 난 것을 보았는데, 알고 보니 장작을 패다 다친 것이었다. 제대로 치료를 하거나 수술을 할 수도 없었으니 그 흉터는 어머니가 늙고 나서까지 얼굴에 남아 있었다. 나이 들어 좀 편안해진 어머니를 대할 때도 늘 그 힘겨웠을 세월을 떠올리게 하는 흉터이자, 자식들을 향한 사랑의 훈장이었던 것이다.

그렇게 거의 혼자서 살림을 하다시피 하면서도 한 번도 내게 "없다" 소리를 안 했던 걸로 기억된다. 똑같이 그 시절을 억척스럽게 살았던 여인네가 삶의 무게 때문에 자녀들에게는 조금 그악스럽게 대하기도 했던 걸 생각해 보면, 나를 귀하게, 따뜻하게, 부자처럼 느끼게 키워 주신 것이 새삼 감사하다. 쉽지 않은 일이었을 것이다.

고생스런 피난살이에도 끝은 있었다. 서울이 수복되면서 우리 식구들도 다시 시흥으로 돌아왔다. 아버지는 회사를 차려 경영을 하셨지만 잘 되지 않았고, 집안 꾸리기는 여전히 어머니 몫이었다. 어머니는 일을 다니면서 돈을 벌고 계 같은 것을 해서 생활을 해 나갔다. 시흥부인회 회장도 했다. 활발하고 밝고 말 잘하는 그 기질이 어머니의 사회 생활을 도왔다.

그리고 두 분은 모두 자식 교육에 관심이 컸다. 내가 크게 부모님 속 안 썩이고 공부도 썩 하는 편이긴 했지만, 그건 두 분이 자식 교육에 그만큼 힘을 쓴 덕일 터이다. 시흥에서는 큰 방 하나에

온 식구가 함께 살았는데, 우리 남매들은 그 큰 방에 모여 앉아 공부를 하곤 했다. 특히 아버지는 내 공부를 돌봐 주기도 했다. 검은 종이를 묶어 연습장을 만들어 주신 일이며, 영어 단어를 가르쳐 주고 외우게 하였던 일이 지금도 기억에 남아 있다.

나는 시흥 국민학교를 졸업하고 서울 중학교에 입학했다. 시험을 치러서 중학교를 가던 그 시절, 서울 중학교는 명문으로 첫 손에 꼽히던 학교였고, 당시 시골이나 다름없던 시흥에서는 이를 동네 경사로 쳤다. 교육열 높은 부모님은 퍽이나 뿌듯하셨을 것이다.

나는 서울 친척집에서 학교를 다니게 되었다. 한강을 배로 건너던 때였으니 집에서 다닐 수는 없는 노릇이었다. 그리고 그때부터 나는 줄곧 어머니와 떨어져 지내게 되었다. 어머니는 시흥집에 살았고, 아버지는 서울 친척분 일을 돕기 위해 나와 함께 서울로 올라왔다. 그렇게 고등학교까지 그 댁에서 다녔다. 어머니의 고생은 여전했다. 품 팔고 계 하면서 살림을 했다. 내 학비도 어떻게 댔는지 사실 나는 잘 알지 못한다. 그럼에도 방학 때 집에 내려가면 내 손에 돈을 쥐어주고는 하였다. 깔끔하고 정결한 분이었던 만큼 나는 서울 고등학교에서 가장 깨끗한 교복을 입고 다닐 수 있었다.

어머니와는 갈등이나 의견 대립 같은 것이 거의 없었다. 잔소리도 없었고 뭘 하라고 요구하지도 않았다. 무엇보다 나를 상당히 믿어 주셨기 때문에 나 또한 그만큼 책임감을 가지고 내 일을 해

나았다. 단 한 번, 대학을 결정할 때 하지 말라고 한 일이 있다. 나는 줄곧 반장을 할 만큼 리더십이 강한 편이었고 야심도 있었기에 법대나 정치학 쪽으로 가기를 원했다. 그런데 어머니가 말리면서 의대 같은 쪽으로 가라고 하는 것이었다. 어머니 말씀은 "의사가 되어서 가족 고생은 시키지 말아라. 그 다음에 너 하고 싶은 것을 찾아라."는 것이었다. 아마도 당신이 너무 고생을 한 탓에 아들은 안정된 직업을 가졌으면 하셨던 듯하다.

사실 아버지와 어머니는 젊은 시절 그리 다정하게 산 것은 아니었던 듯하다. 그 당시 남자들은 요즈음의 눈으로 보자면 참 형편없었던 것이 사실이지 않은가. 아버지도 가장으로서 생활력이 부족해 평생 어머니를 고생시킨 셈이었다. 그럼에도 어머니는 불만 한 마디를 안 하고, 그리 살갑게 대해 주지 않는 아버지와 별 문제 없이 "당연하게" 살았다. 언젠가 이런 말을 하신 일도 있다. 남편 될 사람 얼굴도 모르고 시집을 왔는데, 아버지가 공부도 많이 하고 인물도 너무 잘 생겨서 당신이 참 좋아했다고. "내가 네 아버지에게 부족했던 것 아니겠냐"고 오히려 당신 탓을 하기도 했다.

내가 의사가 되고 혼인을 한 뒤, 비로소 다시 어머니와 살게 되었다. 천구백칠십이 년부터 부모님을 모시고 살았는데, 이 무렵 어머니는 기독교인이 되었다. 나를 비롯해 자식들이 다 교회에 다니고는 있었지만 특별히 강권한 것도 아니었는데 어머니는 독실한 교인이 되어 남은 생을 하늘의 소망으로 살았다.

어머니의 일상은 주로 교회에 가고 기도하고 찬송하는 것이었고, 라디오와 텔레비전을 친구삼아 지내었다. 늘 극동방송을 들었다가 저녁에 들어온 내게 낮에 들은 이야기를 들려 주곤 하실 만큼 이 방송의 팬이었다. 종가인 덕에 종종 차례상을 차릴 때도 예배 인도는 늘 어머니의 몫이었다. 자세히 파고들면 결코 쉽지 않은 것이 기독교 신앙인데, 여기에도 상당히 깨침이 있었던 걸 보면 어머니가 참 아깝다는 생각이 들기도 했다. 제대로 배울 수만 있었다면 큰일을 하셨을 텐데 싶어서였다. 그 연세에 소리만 듣고도 텔레비전 드라마의 줄거리를 제대로 기억하는 어머니를 보고는 아내도 당신 어머니 정말 아깝다 소리를 하기도 했다. 어머니를 모시고 살았다지만 아내도 대학에서 가르치는 사람인 덕에 어머니가 내 아이 둘을 다 키워 주었다. 그리고 그 아이들에게 늘 기도하는 것이며 당신처럼 말 잘하는 것 가르치기를 낙으로 삼았다.

나는 어머니를 모시고 사는 동안 한 번도 돈 달라 소리를 들어보지 못했다. 아내가 알아서 잘한 것도 있겠지만, 어머니는 늘 "충분하다"고 말씀하곤 하였다. 힘들게 살았는데도 돈에 연연하지 않았고 내게도 부자가 되라고 하지 않으셨다. 의사가 되어 식구들 고생시키지 않도록 의대를 권하시고는, 정작 내가 의대를 다닐 때는 개업의가 되기보다 학생들을 가르치며 공부를 했으면 좋겠다고 했던 분이다. 그 바람대로 공부를 계속해 교수가 되었으니 어머니 앞에 다행한 일이다.

아버지는 아는 분과 사업을 하고 계셨는데, 이 무렵 아버지와 어머니의 사이도 전에 없이 좋았다. 두 분은 아버지가 이십 년 전 돌아가실 때까지 의좋게 잘 지내셨다. 어느 집이나 그렇듯이 나이 들어서는 아버지가 어머니에게 꼼짝 못 하는 편이었고 또 미안해하곤 하였다. 어머니의 노년은 아버지와의 관계 회복과 종교 덕에 평안하셨다고 할 수 있을 것이다.

그러나 고통이 전혀 없었던 것은 아니다. 말년에 시신경 위축으로 시력이 크게 나빠져 고생을 하셔야 했다. 거의 안 보이실 정도였는데, 명색이 의사인 아들이 아무것도 해 드릴 수 없어 죄송스럽기만 했다. 의학적으로 어찌해 볼 도리가 없었기 때문이다. 거의 보이지 않는 지경인데도 그 깔끔하고 자존심 강한 어머니는 사람들이 도와 주려 하는 것을 마다하며 싫어하였다.

이 깔끔한 성격 덕에 내게는 회한으로 남을 일마저도 강행하였다. 돌아가시기 전 노환으로 누웠을 때 병원으로 모신 일이다. 당신이 원한 일이었지만 그러나 지나고 보니 식구들과 함께 있고 싶으셨을 텐데 하는 생각이 들어 아들로서 죄송한 마음과 후회가 들곤 한다. 어머니로서는 식구들에게 끝까지 깔끔한 모습을 보이고 싶었던 것이었을 터이다.

어머니는 내게 삶 그 자체로 "인내"를 가르쳐 주신 분이다. 처한 상황을 비관하거나 불만하지 않고 늘 참으며 오히려 그 밝은 천성으로 주변까지 밝힌 분이다. 구십이 년을 종가의 맏며느리로, 생활력 부족한 인텔리 남편의 아내로 제 몫을 다하며 사느라 무척이나 힘들었을 텐데 정작 자식인 내게는 그런 모습도, 내색도 한 번 비친 적이 없었다.

또한 일생 동안 그지없는 자식 사랑을 보여 주신 분이다. 지금도 가끔 떠오르는 어머니의 모습은 내게 복숭아를 건네 주던 그 모습이다. 피난 시절 어머니는 복숭아 과수원에서 일한 적이 있었는데, 학교가 끝난 뒤 먹을 것이 없으면 그리로 오라고 하셔서는 복숭아 두 개를 건네 주셨다. 알고 보니 그 복숭아 두 개가 하루 품삯이었다. 어머니는 그걸 아무렇지도 않게 내 주고는 내가 맛있게 먹는 모습을 보며 기꺼이 하루 몫의 땀을 흘린 것이다. 나라는 사람은 그렇게 어머니의 땀과 사랑을 먹으며 이만큼 자랄 수 있었던 것이 아니겠는가. (연세대학교 의과대학 가정의학과 교수)

온정리 금강 여관의 대찬 안주인

| 윤정옥 |

어머니는 천팔백구십삼 년 구 월 십사 일에 나시어 천구백 팔십사 년 칠 월 이십팔 일에 아흔하나로 돌아가셨다. 선 함은 안덕영으로 외할아버지 안석호와 외할머니 이씨 사이에서 남자 여섯, 여자 셋의 아홉 남매 중의 둘째로, 딸로는 첫째로 태어 나셨다. 외조부모는 서울 분이시고 외가댁은 대대로 중국 사신을 지낸 집안이다. 천구백오 년 을사조약으로 일본에 외교권을 강탈 당해 실질적으로 나라를 빼앗긴 것이나 다름없게 되었다. 외조부 는 나라를 찾아야 하는데 어느 하 세월에 익은 밥을 먹을 시간이 있느냐며 생식을 시작하고 백일기도를 하며 나라 찾는 방법을 강 구하셨다.

그때에 외조부는 청년 윤성렬을 만나셨다. 이 청년은 기독교와 신학문을 통해 나라의 독립을 되찾을 수 있다고 믿는 감리교 전도사였다. 외조부는 이 청년이 소개한 전도사에게서 성경 공부를 하셨고 나라와 사람이 사는 길을 성경에서 찾았다고 생각하셨다. 이렇게 해서 이미 정혼한 곳이 있는 큰딸을 이 청년과 혼인시키신 것이다. 외조부는 경솔한 분이 아니었다. 그는 옳다고 생각하는 일에는 친인척과 친지들의 반대와 조롱을 감수할 수 있는 외곬수의 용기 있는 유학자셨다. 그러기에 딸로는 초혼이 될 큰딸 혼인에 집안내외에 파문을 일으키며 희망에 넘쳐 있고 성실한 예수 믿는 청년을 사위로 삼은 것이다.

어머니와 아버지는 진정한 의미에서 천생연분이었다고 생각한다. 늘 함께 있고 아기자기하게 서로 감정을 표현하는 의미에서가 아니다. 한 가정을 이루면서 서로 빈 곳을 채워 주는 반려자라는 뜻에서 천생연분이라는 것이다. 그러나 두 분 다 보수적이고 진보적인 면이 함께 있어 때로는 마찰이 없는 것은 아니었다.

어머니는 본시 아들 넷과 딸 여섯을 낳으셨다. 이 중에 아들 셋과 딸 하나를 잃어 어머니 회갑에는 맏이인 아들과 딸 다섯이 어머니의 육순을 축하해 드렸다.

아버지는 열셋에 배제 학당에서 공부를 시작하셨다. 아펜젤러 교장을 위시해서 미국 선교사들의 영향을 받았기 때문이기도 했겠지만 독립을 하려면 남존 여비 사상에서 벗어나 여자도 배워야 한다고 생각하셨다. 아버지는 아들과 딸을 차별해서 딸을 멸시하는 일이 없으셨다. 삶은 믿음의 고백이라고 생각하신 아버지는 나이가 드시면서, 성숙하시며 포용력이 더 많아지셨다. 예수님 도리에 어긋난 죄, 나라 팔아먹은 죄 말고는 용서 못할 죄가 없다 하실 만큼 인간사에는 너그러우셨다. 또, 타고난 성품이 사람을 귀히 여기는 분이었다. 다만 종중은 끔찍이 존중하시어 큰댁에 대를 이을 아들이 없자 둘째 오라버니를 입양시키셨다.

어머니는 둘째 아들은 죽을 아이가 아닌데 죽었다고, 아버지가 당신에게 한 마디 의논 없이 큰댁에 입양시켜 결과적으로 환경에 적응하지 못해서 죽었다고 마음아파하셨다. 막내아들은 육이오 때에 전사했으니 자기 명을 다 살지 못하고 죽은 것으로 생각하셨다. 막내아들은 특히 사랑하셨기 때문에 그 고통을 이기는 데에 오랜 시간이 걸렸다. 아들들의 죽음에 대한 아픔 한켠에는 당신이 딸만 많이 난 여자가 아니라는, 전통적인 여성관에서 헤어나지 못한 자존심이 있었다. 어머니는 아버지와 결혼하신 후 교회에 나가시고 성경을 공부해서 생각이 깨이고, 타고난 자주성도 지닌 분이었으나 이런 점과 공존할 수 없다고 생각되는 아들 선호 사상도 가지고 계셨다.

애기는 다시 부모의 천생연분론으로 돌아간다. 어머니는 맏이로 아들을 낳으실 때만 해도 아버지를 작은 하늘로 모셨다. 그러나 시간이 흘러 둘째로 딸을 낳고부터, 목사인 남편의 사는 방식을 보고 남편을 하늘로 알고 복종만 해서는 안 되겠다는 생각이 들기 시작한 것이다. 아버지는 겉옷을 달라면 속옷까지 벗어 주시는 분이었다.

결혼 초에 신혼부부는 충청남도, 강원도, 황해도 교회를 거쳐 서울의 공덕리와 마포 예배당으로 파송을 받으셨다. 그때가 1915년, 일본이 우리 나라를 침략한 지 6년째 되던 해였다. 서울에는 경찰과 헌병이 깔려있었다. 아버지는 당신도 배워야겠다는 생각으로 감리교 신학교에 입학하시었다. 교회 둘을 담임하면서 학교를 다니는 일만 해도 불가능한 일인데 아버지는 공덕리 예배당 건물을 신축하기로 당회의에서 결정하셨다. 어머니도 예배당 건물은 새로 지어야 한다고 생각하셨다. 그때의 예배당은 낡은 초가집이 많았다. 문제는 이 초가가 허물어져 갈 뿐 아니라 건물 안에서 사람이 움직이면 예배 도중에도 천정에서 쥐똥이 떨어질 지경인데에 있었다.

땅을 뺏기고 돈을 뺏기고 자연 자원을 뺏기고 경찰과 헌병의 칼 밑에서 살아야 했던 그 무렵의 조선 사람은 기가 막히게 가난했다. 오죽하면 예배당 천장에서 쥐똥이 떨어지도록 수리를 못했겠나?

어느 면에서는 서울 신자들이 지방의 신자들보다 살아가는 데에 융통이 되지 않았던 모양이다. 서울에서는 두부 한 모 사는 데에도 돈이 필요했다. 시골에서는 물물교환도 가능했고 인심이 서울보다는 좋았다. 어머니는 목사의 가족이 신자들에게 재정적인 부담이 되어서는 안 된다고 생각하셨다. 더욱이 예배당을 신축하기로 결정한 뒤에는. 어머니는 쌀이 부족하면 죽으로 밥을 대신하고, 냄비가 없으면 주전자에 국을 끓이는 한이 있어도 결코 신자들의 짐이 되지 않으리라 다짐하셨다. 아버지는 가족을 어떻게 먹여 살리느냐 라는 걱정은 없으셨다. 그러나 꿈이 있었고 신념에 차 계셨다. 그리고 이런 젊은 목사를 만난 공덕리 예배당 신자들이 한덩어리가 되었다. 어머니는 시집 오실 때 가져온 패물을 바쳤고, 신자들은 돈뿐아니라 돈이 될 수 있는 모든 것을 성전 건축에 바쳤다. 바칠 것이 없던 어떤 신자는 매일 쓰는 밥솥을 바쳤다.

천구백십구 년에 공덕리 예배당은 그때로는 보기 드문 벽돌 건물로 들어서고 아버지는 신학교를 졸업하셨다. 그러나 아버지는 지나친 과로와 정신적 부담으로 신경 쇠약이 되셨다. 장기적인 절대 요양이 필요하다는 진단을 받으셨다.

이 진단은 아버지에게 큰 타격이 되었다. 천직으로 알아 온 목사직을 떠나야 한다는 사실과 독립 운동에 참여할 수 없다는 사실이 허탈감을 주었다. 이때에 아버지에게 희망을 준 사람이 어머니였다. 어머니는 몸이 살아야 교회도 받들고 나라도 찾지 않느냐, 몸이 살아야 아이들이 아비 없는 자식이 되지 않고 어머니도 청상과부를 면할 것이 아니냐며 격려했다.

이렇게 해서 휴양을 떠난 곳이 강원도 고성군 외금강면 온정리—쉽게 말해서 금강산이다.

어머니의 생활태도가 이곳에서 큰 변화를 가져왔다. 어머니 마음 속에서 당신이 실질적인 가장이 되어야 한다고 생각하신 것이다. 아버지는 생활 걱정을 해서는 안 된다고 생각하신 것이다. 아버지는 생활 걱정을 해서는 안 되고, 신경을 써도 안 되는 상태였다. 적당한 육체 노동만이 허락되었다. 그래서 하신 일이 산에 가서 나무를 해서 지게에 지고 오시는 일이었다. 그런데 지게를 질 줄 몰라 개울을 건널 때면 몸의 균형을 잃어 지게를 진 채 물에 빠지시는 것이었다. 겨울에는 두꺼운 솜바지 저고리를 입으셨는데 그때도 수없이 물에 빠지셨다. 아버지가 돌아가신 뒤에 발견한 수기를 보면 당신이 그렇게 수도 없이 물에 빠져 옷을 적시어 돌아와도 어머니는 한 번도 얼굴을 찡그리지 않으셨다고 한다.

어머니는 금강산이 마음에 드셨다. 아버지의 건강도 빨리 회복되셨다. 어머니와 아버지는 금강산에 자리잡기로 하셨다. 그때까지는 어머니가 바느질품을 파시고, 그림 엽서를 팔고 송회가루로 다식을 만들어 파시었다. 점차로 부모가 금강산에 자리를 잡으셨다는 소식이 알려지자 금강산을 찾아오는 친지들이 우리집에 묵기 시작했다. 이렇게 해서 금강산 온정리에 금강여관이 자연스럽게 탄생하게 된 것이다. 여관은 번창하였다.

죽을 고비를 넘기고 일어선 부모가 탄탄대로를 달리는 듯싶었다. 이때 큰 시련이 덮친 것이다. 천구백이십사 년의 일이다. 큰불이 온정리를 휩쓸었다. 늦가을의 온정리 바람은 무섭다. "불이야" 했을 때에는 벌써 불이 마을을 휩쓸었다.

큰불이라는 화는 어머니와 아버지같이 건설적인 분들에게 발전의 기회를 가져왔다. 금강여관은 한하계 뚝에 근사한 이층으로 변신하여 자리잡았다. 일층 온돌은 조선 사람용이고 이층은 서양 사람용이었다. 주방도 들이어서 조선 사람용은 어머니가 총감독이시고 서양 요리 주방장은 서울에서 데려왔다. 아버지는 여관 경영자요 관리자이셨다. 호텔이란 서양말이 좋아서가 아니라 규모로 보아서 온정리의 금관 여관은 "호텔"이라고 불렀어야 할 터이었다. 일본 사람은 조선 사람이 하는 숙박업소에 호텔이란 이름으로 허가를 내 주지 않았다. 그때에 이화 여자 전문학교와 연희 전문학교 등이 대학교가 될 수 없었던 것 같이 금강여관은 금강호텔이 될 수 없었다. 하여간 금강여관은 온정리에 하나밖에 없었던 호텔인 철도호텔에 묵었던 손이 옮겨 묵을 만큼 좋은 위치에 자리하고 있었고 음식이 맛있고 친절하였다. 미국과 구라파에서 서너 달 전에 예약하지 않으면 금강여관에는 묵을 수 없을 정도였다.

내가 태어난 곳이 바로 이 온정리 여관이다. 여름에는 마당에 빨간 사과가 피라밋같이 쌓여 있어 오가는 사람이 실컷 먹고 가져 갈 수 있었다. 추수와 김장이 끝나면 여관에서 떡잔치가 열렸다. 그러면 윗마을, 아랫마을 사람들이 그리고 멀리 말피사람까지 와서 실컷 먹고 갔다. 아버지는 온정리에 에배당과 교역자를 위한 수양관을 세우셨다. 그리고 조선 사람을 위해 학교를 세우셨다. 배재학교 학생 몇 명에게 장학금을 주고 독립운동 자금을 대셨다.

처음으로 금강산에 들어가셨을 때에 어머니는 가장이 되신 일이 있다. 어머니는 이번에는 "아들들을 데리고 쪽박을 차지 않기 위해서는 내가 정신을 차려야지"하고 다시 다짐을 하게 되신 것이다. 아버지의 일편단심 복음 전도와 나라 찾기와 종중일 때문이었다. 어머니는 그 일들이 얼마나 중요한지 알고 계셨다. 다만 아버지는 그 크고 중요한 일만 하셨지 세상사는 너무 무시하는 경향이 있었다. 사실 어머니가 정신 차리지 않으셨다면 우리는 집 한 칸이 없는 신세가 됐을지 모른다. 금강산에서 어머니가 또 한 가지 결심하신 일이 있다. 딸자식도 공부시키겠다는 결심이었다.

어머니는 본시 함자는 덕희이다. 어머니는 혼인을 하시면서 당신의 남자 형제인 안사영, 안기영(북한에서 사망한 성악가, 작곡가로 그이가 작곡한 노래는 이제 해금되어서 불리우고 있다)과 같이 "영" 자 항렬을 따라 안덕영으로 이름을 바꾸셨다. 아버지도 이 일에 찬성하셨음이 틀림없다. 아버지 손으로 어머니 안덕영과의 혼인신고를 하셨을 터이니까.

자주적이고 유능하고 사고력 있는 여성으로서, 어머니가 시대에 맞서 여자도 공부해야 한다고 생각하신 것은 당연한 일이다. 이미 말한 바와 같이 아버지는 개화하신 분이었다. 그러나 시대와 사회를 이기는 데에는 한계가 있었다. 어머니에게 여러 번 들은 이야기 중에 이런 이야기가 있다. 아버지는 "남편이 소금가마를 지붕으로 끌어올려라 하면 그러는 시늉이라도 해야 한다"고 말씀하셨다는 것이다. 본시 아들을 넷 낳으셨다고 딸만 많이 난 여자가 아님을 주장하신 어머니가 왜 아버지의 이 주장에는 그렇게 노여우셨는지 나는 지금도 모른다. 한편 아버지도 이해할 수 없다. 지금 일흔여덟인 나의 큰언니는 아버지가 온정리에 학교를 세우기 전에 마을에 하나밖에 없는 일본 학교에 입학하였다. 언니는 일본말을 몰랐기 때문에 학교에 갔다와서는 학교 가기 싫다고 매일같이 울었다 한다. 여자도 공부를 해야 한다고 믿으신 아버지는 일본에서 공부하고 돌아온 마을의 유학생을 가정교사로 불러 언니에게 삼 년 동안 일본말을 가르치게 하셨다. 이러한 아버지가 어머니에게 그런 부당한 요구를 하신 것을 보면 조선의 유교 영향이 얼마나 뿌리 깊은가를 알 수 있을 듯하다.

그런 부당한 요구가 어머니에게는 참을 수 없는 모욕으로 느껴진 모양이다. 아버지 젊었을 때의 이와 같은 언동이 딸들도 공부시켜 당신 같은 경험을 안 시키리라는 다짐 하게 만든 모양이다. 19세기 말에 나신 한국 여성으로 아버지만큼 개화하고 아내를 따뜻하게 대하는 남편을 만나 것도 참으로 드문 일인 줄 안다. 그러나 어머니는 이런 결심을 하시고 집안의 경제를 도맡아 하며 딸 다섯을 세상의 어느 아들 못지않게 교육시키셨다. 어머니가 그때 여자의 미덕이었던 복종을 따랐다면 아버지가 아무리 여자의 교육을 주장하셨다 하더라도 딸 다섯을 그렇게 공부시키지 못하셨을 것이다.

어머니의 이러한 여성관과 자립심은 권위주의, 사대주의를 배척하셨다. 어머니 말년에 집안에 냉장고와 텔레비전이 놓이고 딸들이 외국에서 공부하고 손주들이 외국에서 살 뿐 아니라 미국 아내를 맞은 손주가 있어도 어머니는 끝까지 "우리는 우리다"를 고집하셨다. 이런 어머니의 태도는 국수주의가 아니라 주체 의식이 분명한 데서 나온 생활 태도라고 해석된다.

이러한 어머니의 생각은 여러 형태로 나타났다. "곱슬머리를 볶아서 산발"하는 머리형에는 질색하셨다. 손주며느리 중에는 어머니를 뵈러 올 때면 대문 밖에서 임시로 머리를 묶고 들어오는 "젊은 아이"도 있었다. 어머니는 명절날은 치마를 입고 오면 넌지시

한 마디 하셨다. "치마 저고리를 제대로 입어야 한다"고, 어머니는 어머니 주위의 젊은 여자들이 기름 발라 머리 빗고 치마 저고리를 단정히 입는다면 얼마나 좋을까 생각하셨을 것이다. 그렇다고 딸이나 며느리 중에 그런 여자가 하나도 없다고 불만해하지는 않으셨다. 그러기에는 너무 현명하신 분이었다.

어머니가 혼인하셨을 무렵에 교회 안에서는 선교사들을 천사같이 생각하고 대접했다고 한다. 신학문이 그이들을 통해 들어왔고 특히 남녀 평등사상은 기독교에 힘입은 바가 많다. 그러나 어머니 눈에는 그이들이 그리 문명한 사람들같이 보이지 않았다. 여자들이 알몸을 자랑하듯 몸에 짝 붙는 옷을 입는 것을 "망측"하다고 하셨다. 요즈음 같이 젊은 여자들이 폭이 좁은 치마를 짧게 입고는 어머니 계신 방에 들어서지도 못했을 것이다.

어머니의 자립심과 단정한 몸가짐은 돌아가시는 날까지 흐트러지지 않으셨다. 돌아가시기 이태쯤 전부터 가벼운 노망이 드셨다. 아침에 일어나시면 세수 대야에 물을 떠서 작은 수건에 비누를 묻혀 꼿꼿이 앉아 얼굴을 닦으셨다. 방에 들어오시면 머리에 기름 발라 한 시간쯤 참빗질을 하셨다. 그래서인지 어머니는 칠순이 되도록 흰머리가 없었다. 어머니의 몸단장에서 가장 중요한 것이 머리에 기름 발라 참빗질 하는 일이었다.

어머니는 아침 드시면 잠시 계시다 옆으로 드러누우셨다. 나는 어머니가 등을 바닥에 대시고 반듯이 드러누우신 것을 본 적이 없다. 반드시 옆으로 누우신다. 낮잠에서 일어나시면 다음 날인 줄 아시고 다시 세수하시고 머리 빗으신다. 몸가짐뿐만 아니라 마음가짐도 이렇게 헝클어짐이 없었다.

돌아가시던 해 설날 아침의 일이었다. 세배 손님이 오기 전에 내가 한복을 입고 안방에 가서 어머니에게 세배를 하였다. 그때에 어머니는 "댁이 뉘시오?"하고 상냥하게 물으셨다. 고마운데 몰라봐서 미안하다는 뜻에서.

어머니는 차차 진지를 못 잡수시고 묽은 죽을 드시게 되었다. 한 번에 많이 못 드시기 때문에 여러 번에 나눠서 드실 때였다. 밤이 깊어 죽을 가지고 어머니 방으로 들어갔다. 어머니는 내 손을 꼭 잡으시면서 "이렇게 수고하시어 어떻게 합니까. 조금도 대접을 못하고 있는데"하셨다.

돌아가시던 날 오후의 일이다. 어머니와 함께 있다가 전화를 받고 있는데 안방에서 어머니의 앓는 소리 같은 것이 들렸다. 어머니는 저런 소리를 안 내시는데 이상하다고 생각했다. 통화를 끝내고 어머니에게 가 보니 어머니가 요강에 소변을 보신 것이었다. 어머니는 그 무렵에 기운이 없어 혼자 일어나지 못하셨다. 얼마나 힘이 드셨으면 앓는 소리까지 내셨을까? 어머니는 내가 곁에 없어서 행여나 당신이 이부자리에 실수하실까 봐 그렇게 애를 쓰신 것이었다. 실은 호청 밑에 비닐을 깔아 "실수" 대비를 한 이부자리였는데.

길건너 사는 외사촌댁은 이렇게 당신을 이기고 주위에 누가 안 되는 분은 처음 본다고 했다. 이화여대 국어국문과 교수였던 동료는 어머니에게서 조선조 여인의 마지막 모습을 보는듯하다고 했다. 가까이 모신 나는 내가 어머니만큼 의식이 흐려지면 얼마나 망측한 짓을 할까 생각하며 어머니에게 감탄했다. 이대 국문과에서 가르치던 동료는 이런 말을 했다. 어머니 정도의 자기 극복은 외할머니에게서 받은 가정 교육만으로 된 것이 아닐 거라고. 아마도 삼사대에 걸친 뼛속까지 새겨진 조선조의 삼종지의 교육의 결과가 아니겠는가고.

그렇다. 어머니는 남성 위주의 철저한 삼종지의의 유교 교육을 받으신 분이었다. 흥미로운 사실은 이 교육이 어머니와 같이 자립심이 강하고 주체의식이 강한 분에게는 주체 의식을 가지고 자립하는 일로 자기 극복을 할 수 있게 작용한 것이라는 것이다. 비록 아들 선호사상의 끄트머리가 남아 있었다 하더라도.

아버지는 교회를 열 군데 세우시고 해외 선교에 크게 힘쓰셨다. 이런 일을 할 수 있었던 것은 아버지가 집안 일에서 완전히 해방되셨기 때문이었다. 어머니가 하신 일은 내조쯤이 아니다. 남편과 아내가 하는 일을 통틀어 하신 것이다. 그래서 아버지가 그와 같이 큰일을 하셨던 것이다.

어머니는 나라를 잃어 가는 역사와 사회 속에서 태어나 삼종지의 교육을 받으셨다. 그러나 세상의 온당치 못한 어느 힘 앞에서도 당당하여 굴하지 않으셨다. 당신의 마음 속의 소리를 따라 창의적이며 건설적인 삶을 사신 것이다. 어머니의 삶은 모든 사람에게 도움이 된 것이다. (전 한국 정신대문제 대책 공동대표)

요 밑에서 나온 팔 만원

| 이강숙 |

어떤 남자가 또는 어떤 여자가 어떤 남자 또는 여자를 사랑할 때에 그 사랑하는 감정을 말이나 글로 표현할 수 있을까, 없을까를 두고 깊이 고민한 적이 있다. 젊어서의 생각은 이랬다. 진실로 사랑하는 사람은 바라만 보아도 가슴이 벅차오르고 그래서 그 앞에 서면 바보같이 말 한 마디 못 떼는 법이라고. 말 못하는 감정이 진실한 사랑이라고 생각했다. 그러나 그 뒤로 생각이 한 번 바뀌었다. "말하는 것이 참이다. 감정을 언어로 표현하는 것이 거짓일 수는 없다"는 쪽으로 말이다.

그러나 나이 들어 그 생각은 두 번의 경험을 통해 또다시 바뀌고 말았다. 한 번은 아이들이 자라 내 품을 떠나 미국에 유학중일 때였다. 나는 제자들에게 편지를 잘 썼다. 진실로 사랑하는 제자에게는 사랑한다는 표현도 거침없이 써 댔다. 그런데 정작 미국에 있는 딸아이에게는 편지를 쓰지 못했다. "윤수야!" 해 놓고는 더는 이어가질 못했다. 가슴이 메어 말이 안 나왔다. 그때 나는 "정말로 소중한 사람에게는 말문이 막히는구나" 하는 것을 절감했다. 그리고 이번이 두 번째 경험이다.

　연말이라 차분히 앉아 글을 쓸 여유가 도무지 없음에도 불구하고 원고 청탁을 흔쾌히 받아들였다. 오로지 "어머니" 얘기를 쓰라고 해서였다. 어머니는 이미 네 해 전에 세상을 뜨셨지만 어쨌거나 나는 어머니를 위해서라도 이 글은 꼭 써야 한다고 생각했다. 그런데 나를 참 힘들게 했다. 책상머리에 앉아 "어머니" 그 세 글자를 머릿속에 떠올리기만 해도 눈물이 왈칵 솟는 듯했다. 그러고 나서는 머리가 멍해지곤 했다. 이러기를 몇 번을 되풀이했다. 기억에 없는 아버지 얘기부터 시작할까 하는 생각을 하기도 했다. 그러나 그 또한 여의치 않았다. 그래서 생각 해 낸 것이 우선 이 감정부터 그대로 옮겨 보자는 것이다. 그러다 보니 이렇게 사설이 길어졌다. 이것은 또 어머니의 사랑을 글로 다 옮기지 못하는 나의 무능함을 보상하려는 어줍은 수법이기도 하다.

　어머니는 서른셋의 나이에 애들 넷을 데리고 혼자 되셨다. 막내인 내가 돌 지나서 아버지가 돌아가셨다고 한다. 그때 우리집 형편이 어땠는지는 잘 모른다. 다만 옛날에 고모 네 분이 다 경북 여고를 졸업하신 걸로 미루어 짐작컨대 할아버지는 재력이 있는 분이었을 뿐만 아니라 꽤 생각이 깨인 분이었던 것 같다.

할아버지는 아버지가 돌아가신 뒤로 화병이 나 재산 관리도 하지 않으셨고 정구지(부추) 밭뙈기만 남겨 놓으시고는 훌쩍 일본으로 떠나셨는데 나는 할아버지를 기억하지 못한다. 어머니는 과부 아닌 과부가 돼 버린 시어머니를 모시고 큰아들과 동갑내기인 막내시누를 포함해 애들이 다섯인 집안의 살림을 꾸려 나가야 했다. 돈줄이래야 정구지 밭이 고작이었는데 그 관리는 철저하게 할머니 몫이었다.

할머니는 어머니를 몹시도 미워해 여간해서는 돈주머니를 풀지 않으셨다. 할머니 하면 그 옛날 밥상이 떠오른다. 할머니는 어머니를 미워하셨을 뿐만 아니라 당신 손녀인 누나들도 예뻐하지 않았다. 식구가 모두 둘러앉아 밥을 먹노라면 반찬은 늘 막내고모 앞쪽으로 쏠려있었다. 할머니가 그렇게 하셨다. 어린 마음에도 그게 그렇게 서러웠다. 그리고 고모가 없을 때는 그 반찬들이 내 앞쪽으로 놓이곤 했지만 하나도 반갑지 않았다. 어쩌다 맛있는 반찬을 누나들이 한 젓가락이라도 집어 먹으려 하면 호통이 이만저만 아니었다. 그래서 누나들은 공부를 꽤 잘했음에도 불구하고 할머니가 돈을 대 주지 않아 대학 진학을 포기하고 말았다. 아들, 딸 구별 없이 자식 교육에 남달리 욕심이 많으셨던 어머니는 그때에 며칠 밤을 울음으로 지새우셨다.

할머니는 당신 아들이 며느리 때문에 일찍 세상을 등졌다고 생각하신 모양이었다. 한편으로 어머니의 지나친 순종이, 또 너무 눈치 빠른 행동이 오히려 할머니의 화를 더 돋구었을지도 모른다는 생각이 든다. 어머니는 누구와 맞서는 법이 없다. 나 또한 그런 어머니 모습에 짜증을 내며 "어무이는 와 자기 주장이 없소" 하고 따져 물은 적이 몇 번 있다.

어머니의 인내는 너무 지나치다 못해 살인적이기까지 했다. 나중에 들은 얘기지만 어머니는 시집 와서 당신 아들과 막내시누가 동시에 울어대면 얼른 시누부터 안아 젖을 물리곤 했다고 한다. 몇 해 동안 시누 경도 빨래까지 다 빨아 댔다는 얘기도 들었다. 그런데도 어머니는 할머니에게 늘 게으르다는 이유로 야단을 맞으셨다고 한다. 어머니는 한 마디 대꾸도 못하고 속이 상하면 그저 주먹으로 당신 가슴을 치며 소리 죽여 흐느끼곤 했다. 남편도 없이 겪는 시집살이의 답답함을 겨우 그렇게 해서 푸셨던 것 같다.

할머니의 시집살이가 어머니의 몸놀림을 더 재촉했는지는 모르나 어머니는 나이 들어서까지 몸이 아주 재빠른 분이었다. 게다가 잔정까지 많아 가족들을 위해 한시도 몸을 쉬게 하지 않았다. 자정이 지나서도 아들이 조금이라도 배고픈 내색을 하면 후닥닥 일어나 밥상을 차려 주시곤 해 나는 아내가 그것이 얼마나 사람을 귀찮게 하는 일인지를 얘기하기 전까지만 해도 너무나 당연한 일로 받아들이고 있었다.

두 아들이 출가해 큰아들은 대구에, 둘째인 나는 서울에 정착하게 되자 어머니는 서울과 대구를 오르내리며 두 아들네 집 살림을 돌보셨다. 맞벌이를 하는 우리집에 어머니가 올라오시면 집안이 달라졌다. 어머니는 며느리가 퇴근해 오기 전에 집안 청소를 다 끝내고 애들 셋을 다 깨끗이 씻겨 놓고는 아무 일도 안 한 듯이 계셨다. 조금도 생색 내는 법이 없었다.

내가 서울 방배동에 살 적에 큰형이 조카 다섯을 서울에 유학시키느라 반포에 아파트를 얻어 어머니가 거기서 몇 해 동안을 손주들 뒷바라지하셨는데 그때 어머니는 날마다 하루도 빠짐없이 방배동과 반포를 오가셨다.

그 바지런함은 내가 미국서 교수로 있을 때에 오셔서 두 해를 머무르는 동안에도 여전했다. 우리는 저녁을 일찍 먹었는데 어머니는 꼭 식사를 끝낸 뒤에 한 시간쯤 어디론가 사라졌다 오곤 했다. 이웃에 젊은 한국인 부부가 어린애를 데리고 살았는데 부인과 남편이 아침, 저녁 교대로 공부하러, 또는 일하러 나갔다. 저녁이면 부인이 아이를 남편에게 맡기고 나갔는데 그 남자가 일하러 저

녁에 들어와 애 밥 먹이랴, 자기 챙겨 먹으랴 얼마나 고달프겠냐
며 가서 아이 밥을 먹이고 온다고 하셨다.

아내가 "어머니가 당신을 얼마나 끔찍하게 생각하고 계시는 줄
아느냐"며 전해 준 얘기가 있다. 내가 머물던 미시간 주는 몹시 추
웠다. 주말에 한 번씩 몰아서 쇼핑을 하는데 어머니가 와 계실 땐
어머니도 아내와 함께 쇼핑을 하러 다니셨다. 주차장에서 아내는
사들인 물건을 집 안으로 옮기려고 나를 불러 내곤 했는데 어머니
는 그게 꽤나 싫으셨던 모양이다. 차가 집 가까이 도착할 즈음이
면 며느리에게 "야야, 아바이 부르지 마라"고 당부하셨다고 한다.
며느리가 "어무이 안 됩니더. 여기서는 남자도 다 같이 해야 합니
더. 우리 친정어무이가 같이 계셨다면 니도 하지 마라고 할 낀데
그럼 누가 합니까"하면, 어머니는 "야야, 니 말도 맞다. 니도 하지
마라. 내가 하마"하고 받으셨고, 며느리가 "어무이의 어무이가 계
셨다면 어무이에게도 하지 마라고 했을 낀데 그럼 어쩝니까" 하
면, "그래도 우리 어무이는 옛날에 돌아가셔서서 괘않다"고 해 더는
말을 이을 수가 없었다고 한다.

육십을 넘긴 이 나이가 되어서도 "어머니!" 하면 지금도 죽도록
그리운 것은, 또 가슴이 저려 오는 것은 팔십 평생을 자기 주장 한
번 당당히 펴지 못하고 온통 부모에게, 자식에게 순종으로만 일관
해 오셨기 때문이다. 왜 그렇게 사셨느냐고 가슴을 치고 싶은 심

186

정이다. 나는 어머니가 어떤 음식을 좋아하셨는지 모른다. 어려운 살림에 하나라도 더 자식들 입에 넣어 주기에 바빴고 나는 그 마음을 헤아리지 못했기 때문이다. 아들들이 장성한 뒤에 살림이 나아졌을 때도 당신이 무엇을 좋아하시는지 내색하지 않으셨기 때문이다.

어머니는 언문도 못 깨우친 무식쟁이었다. 짐작컨대 아버지와 어머니는 이웃에서 중매로 혼인하신 듯하다. 아버지의 고향은 경북 영천이었고, 어머니는 영천에서 청송을 향해 조금 떨어진 "귀뜰"이라고 하는 마을에서 나셨다고 들었다. 그 마을은 잘 해야 스무 가구쯤이 모여 살았을까 싶은 벽촌이었다. 그러나 어머니는 밀양 박씨의 양반댁 처자였다고 한다. 아마도 집안의 됨됨이와 처자의 얌전함만을 보고 중매가 오갔던 것 같다.

영천의 이씨 집안 자제들은 앞에서도 말했듯이 아들, 딸 가릴 것 없이 교육을 받을 만큼 받은 이들이었다. 게다가 시아버지, 시어머니의 위엄은 오죽했을까? 그런 집의 맏며느리로 시집 온 어머니가 느꼈어야 할 감정이 어떠했는지는 짐작이 되고도 남는다. 두려움이기도 했을 터이고 서러움이기도 했을 것이다. 그 심정을 겉으로 드러내지는 못하고 온전히 가슴에 묻은 채로 지내셨다. 다만 배우지 못한 설움을 자식을 통해 보상받고 싶은 마음에 자식

교육열만큼은 남달랐던 것 같다. 그러나 그 열망을 요새 젊은 부모들이 자식에게 하듯이 그렇게 풀어 나가지는 않으셨다.

어머니는 궁핍한 생활을 삯바느질과 콩나물을 키워 내다 파는 걸로 꾸려 나가셨다. 꽤 오랫동안 우리집 밥상에는 밥하고 콩나물국 그리고 된장만 올랐던 것을 기억한다.

사 남매가 모두 공부를 잘해 초등학교 시절부터 동급생 아이의 가정 교사 노릇을 하거나 장학금을 받아 학비를 충당하곤 했으나 그러지 못했을 때에는 어머니가 어떻게 목돈을 마련해 학비를 대셨는지 모른다.

그렇게 어려운 살림 속에서도 우리 사 남매의 차림새만큼은 부잣집 아이들을 능가했다. 좋은 옷을 사 입어서가 아니라 온전히 어머니의 바느질 솜씨 덕분이었다. 어머니는 늘 반듯하게 손수 옷을 지어 입히셨다. 바로 손위 누님과 경북여고 동창생인 아내가 하는 말이 있다. 아내는 나와 인연이 되어 우리집 살림살이의 내막을 자세히 알기 전까지 누님을 부잣집 딸로 알고 있었고, 나도 멋쟁이로 잘못 알고 있었을 뿐만 아니라 지나치게 깔끔떠는 게 못마땅했다고 한다.

내 바지는 줄이 펴질 날이 없었다. 내 몸에서 떨어지면 곧바로 어머니의 다림질이 이어졌기 때문이다.

그런 어머니의 마음을 한 번 아프게 한 적이 있다. 초등학교 때

였다. 전학년 학생들이 다 모여 하는 체조 시간이 있었는데 여름
에는 난닝구 바람으로 체조를 했다. 겉에 입은 교복과 달리 속옷
은 늘 작거나 크거나 했지 몸에 맞은 적이 없었다.

작은 난닝구를 입었을 때에 등 구부리기를 하면 등이 훤히 드러
나거나 배가 불쑥 빠져나왔다. 그게 너무 창피했다. 그래서 하루
저녁에는 집에서 거울 앞에 서서 등 구부리기를 연습했다. 얼마큼
구부리고 얼마큼 제껴야 배나 등이 드러나지 않나를 알기 위해서
였다.

신중을 기해 연습하고 있는데 천장 쪽에서 웃음소리가 들려 왔
다. 위를 쳐다보는 순간 기겁을 하고 말았다. 너무 놀라서 그만 울
음보를 터뜨렸다. 우리집에는 방이 두 칸이 있었는데 전등 하나로
방 두 개를 다 비추었다.

방 사이의 벽을 낮게 하고 천장과 벽 사이에 전등을 매달았던
것이다. 옆방에서 바느질 하던 어머니가 책 읽는 소리가 나다 말
고 갑자기 한참 동안 조용하자 내가 뭘 하길래 그러나 하고 벽 너
머로 들여다보다가 엉거주춤한 내 꼴이 우스워 크게 소리 내서 웃
으셨던 것이다. 어머니는 내가 갑자기 우는 바람에 놀라서 달려오
셨고 나는 그 품에 안겨 울음을 그치고는 내가 무슨 짓을 하고 있
었는지 말했다. 어머니는 그때 아무 말씀이 없으셨다.

그러나 어머니는 강인한 분이셨다. 한 번도 자기 주장을 내세우

지 않았으나 자식을 통해 못다 한 배움의 꿈을 이루셨다. 고모들이 어머니를 두고 하는 말이 있다.

"일자무식 귀뜰댁이 아들들 잘 낳아서 아들 둘 다 박사 되고, 귀뜰댁 용타."

어디 그뿐일까? 아들 둘에게서 난 손주 여덟마저도 모두 서울대를 나왔으니 말이다. 그리고 그 과정을 다 지켜보셨다.

어머니는 여든여섯에 영면하셨다. 천수를 다 누리신 셈이다. 그리고 그 노후가 궁색하지도 않았다. 그런데도 내 마음엔 어머니가 젊어서 한 고생이 결코 보상이 안 된 듯이 느껴진다. 그 무엇과도 바꿀 수 없다는 청춘을 그렇게 다 보내셨으니.

나는 어머니의 임종을 지키지 못했다. 어머니는 대구 형님댁에 계셨는데 돌아가시기 한 해 전쯤부터는 다리가 불편해서 바깥 출입을 못했다. 나는 늘 시간에 쫓기며 살았고 어머니를 마지막으로 뵌 것도 돌아가시기 한 달 전이었다. 그때 푼돈 십만 원을 드리고 왔는데 어머니가 가신 뒤에 보니 당신의 요 밑에 십만 원에서 이만 원이 빠진 팔만 원이 나왔다. 그 이만 원은 어머니 간호를 하던 아주머니에게 어머니가 주었다고 한다. 그것도 마음에 걸린다. 그 십만 원도 다 못 쓰고 돌아가셨나.

그리고 어머니가 나에게 하신 마지막 말씀이 귀에 쟁쟁하게 남아 내 마음을 줄곧 아프게 한다.

"야야, 니 그리 바쁘냐? 하룻밤 자고 가면 안 되나?"

나는 그 말씀을 뒤로 하고 그날 저녁 서울로 올라와 버렸다. (한국 예술 종합 학교 교장)

함경도 또순이의 "본처기질"

| 이숙영 |

어머니는 함경북도 함흥에서 천구백삼십 년에 태어나셨다. 어머니께서 때때로 어린 시절을 회상하시는 것을 들어 보면, 외할아버지는 큰 광산을 가지고 있었고 외할머니는 퍽 지혜롭고 인자하신 분이셨던 듯했다.

이무강. 여자로서는 좀 생경한 이 석자가 어머니에게 붙여진 이름이다. 어머니는 어렸을 적에는 동네에서 알아 주는 왈가닥이었는데, 장난치다 사내아이들의 머리를 벽돌로 내리쳐 깨뜨린 화려한 전력이 있을 만큼 짓궂고도 힘이 넘치는 계집아이였다고 한다.

산길을 하도 헤집고 다녀 신발을 하루에 한 켤레씩 갈아 신을 만큼 못 말리는 왈가닥이었으니, 한 번은 외할머니가 이웃 마을로 마실을 떠나면서 딸이 하도 말썽을 부리니까 마당에 있는 느릅나무에 묶어 놓고 가신 적이 있었다고 한다.

어머니는 지금은 상당히 사려 깊고 말수가 적은 편이어서 어떻게 그런 시절이 있었는지 의아해질 때가 가끔씩 있다. 아마도 사춘기와 힘겨운 피난 생활, 그리고 독학으로 의학 공부를 하느라 많이 바뀌었으리라.

공부는 기가 막히게 잘 해 자주 월반을 하셨던 모양이다.

당신이 열일곱 살 되던 무렵에 아버지에 이어 어머니마저 여의는 슬픔을 겪게 되었는데 그 바로 뒤에 희한한 체험을 하셨다고 한다.

한참을 엎드려 울고 있는데 하얀 옷을 입은 사람 하나가 지나가다가 들렀다면서 "속히 남한으로 내려가라"고 말했다는, 조금은 신비스럽기도 한 체험을 하셨다고 한다. 그 뒤에 어머니는 그것을 "기독교적 은사"로 받아들이셨다.

그것말고도 처녀였을 적에 강원도에서 대형 버스 사고를 당하신 적이 있었는데, 그 차에 탔던 마흔여섯 사람 중에서 당신이 유일한 생존자라고 말씀하시며 살아오시는 동안에 그런 기적 같은 일들을 여러 번 겪으셨다고 한다.

그런 체험들이 우리 어머니를 그리스도의 독실한 딸로 만들었던 것 같다.

외삼촌 두 분이 북쪽에 남아 지금은 전혀 생사를 알 길이 없고 신비스런 노인으로부터 계시를 받은 어머니와 두 살 위인 이모는 육이오가 터지기 바로 전에 남하하셨다.

그 뒤로는 말로 표현하기 힘들 만큼 험난한 길의 연속이었던 것 같다. 아무것도 가진 것이 없는 미혼인 두 여자가 아는 이도 없는 낯선 환경에서 한 사람은 의학공부를, 다른 한 사람은 간호학 공부를 하기가 얼마나 고달팠는가는 충분히 짐작이 가고도 남음이 있다. 그러나 그이들은 "함경도 또순이" 기질을 유감 없이 발휘하여 유행가 가사처럼 그야말로 눈물 없이는 들을 수 없는 험난한 가시밭길을 극복해 내며 악착같이 살길을 찾아 나갔던 것이다.

어머니는 부잣집의 입주 가정교사 노릇을 하거나 병원 같은 데서 궂은일을 도맡아 하는 따위로 아르바이트를 하며 의대 공부를 마치셨다. 하루는 일해서 돈 벌고, 하루는 학교에 나가 강의를 듣고서는 수업이 끝나면 가정교사 하는 집으로 재빨리 돌아와 밤새워 전날 빠진 부분에 대한 필기를 친구의 공책을 빌려 와 해 가면서……

아버지는 피난 시절에 전라남도 광주에 차려진 피난 대학 의대 교실에서 만나 이른 바 "남남북녀" 부부가 되었고, 그 사이에서 우리 세 남매가 연년생으로 태어났다. 어머니 말씀으로는, 김장을 세 번 하는 동안에 애 셋을 낳았고, 홍역도 셋이서 같이 하는 바람에 너무나 힘들어 소매로 눈물을 훔친 적이 한두 번이 아니었다고 한다. 더구나 남도 지방의 보수적인 분위기에서 자란 아버지는 여자를 도와 준다든지 하는 사람이 아닌데다가 여섯 형제 중에서 다섯째인 아버지는 도움을 주기는커녕 오히려 어리광을 부리는 편이라 어머니가 모성애로 감싸야 했을 것이다.

어렸을 적에는 그렇게도 말괄량이였었다는 어머니는 일가친척 하나 없는 이곳 남한 땅에서 갖은 고생을 다 겪으시면서 느낀 얼마쯤의 피해 의식 때문에 그 성정이 과묵하게 돼 버리셨다.

속으로는 대단히 판단력이 빠르고 생각이 깊으며 때때로 시치미를 딱 떼고 엉뚱한 우스갯소리를 잘 해 주위 사람들로 하여금 배꼽을 쥐게 만드는 일면을 가지고는 있으나, 대체로는 말수가 적고 지나치다 싶을 만큼 신중한 편이며, 또 어지간해서는 희로애락의 감정을 얼굴 표정으로 드러내시는 법이 없다.

어떻게 보면 "포커페이스"라고나 할까? 아니면 어머님이 늘상 하시던 말씀대로 "되놈 기질"을 갖고 계신 것인지도 모르겠다.

정말 남을 쉽게 믿지 않지만 한 번 믿으면 오래오래 변함이 없으며, 지극히 검소하여 쓰기보다는 모으는 편이고, 속으로는 민감하되 겉으로는 동요하지 않는 성격이 어찌 보면 그러한 표현과도 어울리는 것이 아닌가 싶다. 여러 나라의 민족성에 견주어 봐도 일본이나 남미 계열이라기보다는 대륙적인데, 부지런하고 검소한 독일인의 성격에다가 긍정적인 것과 부정적인 것을 모두 포함한 유대인의 성격을 혼합했다고 생각하면 딱 들어맞을 것 같다. 자기를 위해 돈을 쓰고 멋진 인생을 위해 놀고 즐기기보다는 끊임없이 공부하고 기도하며 내일을 위해 오늘을 희생하는 형이다.

의사라는 직업에도 불구하고 떨어진 속옷을 기워 입기가 일쑤이고 손등은 촌로의 그것처럼 형편 없이 꺼칠꺼칠하시다. 손톱에 매니큐어라는 것을 발라 본 적이 한 번도 없음은 말할 것도 없다. 손이 거친 것은 가꾸지 않아서 그렇기도 하지만, 취미가 원예나 농작물 가꾸기라 더더욱 그러하셨다.

모든 일에 자기 희생적이시며 직업이나 집 안팎의 일에 두루 충실한 분이시기는 하지만 남자에 대한 애교나 교태에서는 빵점이라, 그 점에서도 한 평생을 몹시 힘겹게 살아오신 듯하다. 남자의 사랑이나 도움을 받는다는 측면에서는 말이다.

그런 어머니에게서 어떻게 나 같은 딸이 나왔는지 모르겠다. 나는 바로 이점에 착안해 나의 수필집 제목을 「애첩 기질, 본처 기질」로 붙였던 것이다. 말하자면, 영악한 딸은 그런 어머니를 보고 자라면서 어머니에게는 없는 "애첩 기질"을 익히고자 노력했으며, 그 결과로서 내 스스로의 삶이 어머니와는 어떻게 달라지는지 궁금했던 것이다. 또 그 딸은 어머니보다는 쉽게 사는 방법, 여자의 전기를 발휘하는 방법, 남자의 마음을 사로잡는 방법들을 일찌감치 깨우쳤다.

한 여자에게서 이 두 가지 기질이 적절히 조화되어 있는 것이 가장 바람직하겠지만, 나는 유달리 두 가지 가운데에서 "애첩 기질"이 발휘될 때에 스스로 안심하는 편이다.

학교 다닐 때에 어머니가 꾸미지 않고 허름한 모습으로 자모회 같은 데에 오시면 은근히 화가 나는 것도 사실이었다. 친구나 선생님들 모두가 여의사라고 하면 대단한 멋쟁이인 신식 여성을 상상하고 있었을 텐데, 정작 나타난 어머니는 그 모임에 참석한 다른 엄마들처럼 예쁜 옷을 입었기는커녕 미장원에도 한 번 다녀온 기색이 없어 보였다. 때로는 속으로 "아이, 정말 웬 청승이람" 하는 따위의 못돼 먹은 독백을 하기도 했지만, 바로 그런 커다란 희생 때문에 우리집이 흔들리지 않고 세 남매들 모두가 아나운서, 바이올리니스트, 의사 같은 전문 직종에서 제몫을 다하고 있는 것이다. 그 거친 손등에 남몰래 떨어진 숱한 눈물 덕에, 그리고 한 여자가 일생을 바친 희생의 대가로…….

이제야 나는 어머니가 늘상 하시던 말씀 곧 "겉모양이 무슨 소용이냐? 속이 거듭나야지"라는 말의 깊은 의미를 깨달을 수 있을 것 같다. 오래지 않아 늙어 쭈그렁 바가지가 될 육신을 가꾸기보다는 정신과 실력의 밭을 일구어야 한다는 그분의 조용한 자신감과 철학을…….

어머니는 늘 강조하셨다. 세상의 온갖 재물은 도둑이 다 빼앗아 갈 수 있어도 머릿속에 든 것만큼은 그 누구도 약탈해 갈 수 없다고……. 하기는 이북에서 혈혈단신으로 남하해서 갖은 고생과 수모를 당한 사람이 몸소 뼈저리게 느낀 생존 방식이었을 수도 있다.

하여튼 무엇보다 배움과 실력을 강조하시던 어머니는 몸소 새벽 서너 시에 일어나 하루도 빠짐 없이 공부하시는 모범을 보여 주셨으며 아주 어렸을 때부터 나와 동생들에게 할 수 있는 모든 것은 다 배우게 하시고자 했다. 의욕과 소질이 엿보이는 모든 분야에……. 어머니는 유산을 돈으로 남겨 주기보다는 확실한 실력과 전문 지식을 남겨 주는 게 현명한 방법이라고 판단하셨는지 그 어떤 것보다도 배우는 일을 장려하셨다. 나만 하더라도 피아노, 바이올린, 플루트 같은 악기 레슨도 다 조금씩 받아 보았고 뒤쳐진 과목은 심심치 않게 과외도 받았으니 교육에서만은 극성스런 엄마의 범주에 들어갈 것 같기도 하다.

당신 스스로가 모진 삶을 살아 오셨던 어머니는 그 보상 심리 때문이었는지 몰라도 우리 형제들에게는 "과잉 보호"라는 소리를 들을 만큼 무조건적이고도 헌신적인 애정을 기울였는데, 주위의 많은 친척들은 "그렇게 키운 아이들이 불효한다"고 하는 따위의 싫은 소리들을 해 대곤 했다.

"흥, 우리 형제들은 절대로 안 그럴 거예요. 이 다음에 크면 엄마를 손 하나 까딱 못하게 하고 호강시켜 드릴 거예요"라며 그럴 때마다 남몰래 속으로 독백을 되뇌었건만, 과연 다 자라 아이 엄마가 된 지금에 그 공을 얼마나 갚고 있는지 돌아보면 스스로도 한심스러워진다.

모든 일에서의 정신우위주의, 또는 학문지상주의를 강조하시던 어머니는 특히 현생에서의 호의호식보다는 내세의 문제, 이를테면 영혼에 관한 것이라든가 기독교 교리 따위에 관심이 많으셨다. 그래서 뒤늦게 신학 공부를 시작하여 쉰 살이 넘어 신학 석사 학위를 받으시기도 했다.

어머니는 우리에게 가끔씩 "모든 육체는 풀과 같고 그 모든 영광이 풀의 꽃과 같으니 풀은 마르고 꽃은 떨어지되 오직 주의 말씀은 세세토록 있도다"라는 성경 구절을 들려주시고는 했다. 사실 어찌 보면 가장 큰 불효를 범하고 있는 것 중에 하나가 당신이 그렇게도 갈앙하시는 기독교 신앙에 딸과 사위가 온전히 귀의하지 못한 일인지도 모른다. 어머니는 늘 그 점을 안타까워하신다.

어머니의 소망대로 언젠가는 나도 그쪽으로 완전히 귀의하게 될지는 모르겠지만, 아직까지는 지나칠 만큼 "탐미주의자"인 나는 세상의 많은 것을 좀더 욕심껏 경험하고 싶다.

독실한 신앙인으로 살아가시는 어머니는 남몰래 좋은 일도 많이 해 오신 걸로 알고 있다. "오른손이 하는 일을 왼손이 모르게 하라"는 성경의 말마따나 결코 생색을 내거나 뽐내는 적은 없었지만……

오랫동안 용문동 빈촌에서 산부인과 병원을 개업하고 계셨을 때에는 가난한 산모나 환자에게는 돈을 받지 않고 무료 진료를 해 주시기도 했었다. 또 예순이 넘은 지금도 시립 부녀 보호소에서 의사로 일하시면서 우리 사회에서 소외된 여자 곧 정신병자, 가출녀, 접대부, 버려진 여자 들을 돌보고 계신다. 그것은 아마 신앙의 힘이 크게 작용했기 때문일 것이다. 비록 겉모습은 아직도 촌로 같은 양반이지만 그런 어머니가 이젠 진정으로 자랑스럽다.

혼인 초기에 남편과 다투게 되는 까닭 중의 하나가 바로 이 어머니 문제였다. 남편은 자기의 어머니만 세상에서 가장 현명하고 훌륭하시며 그분의 교육만이 옳은 것처럼 말하면서 내게 자기의 가치체계를 강요하는 적이 많이 있었다.

이를테면, 살림을 못할 뿐더러 별로 취미도 없는 나를 보고, 애들을 과잉보호만 한다느니, 여자는 자랄 때에 부엌일을 하게끔 가르쳐야 한다느니 하는 식으로 어머니 교육에 대해 간접으로 비난을 하였다. 그러나 나는 다른 것은 몰라도 친정어머니에 대한 작은 불평이나 비난은 못 참는 편이다. 그것은 모두 옳고 완벽한 분이라고 생각해서가 결코 아니라 자기의 모든 삶을 나와 동생들을 위해 제물로 바친 사람에 대한 무조건적인 경애심에서이다. 나는 어디까지나 그분의 고통과 희생이라는 피를 먹고 자라난 나무라는 생각에는 변함이 없기에 심지어 무촌이라는 남편이라 해도 성역과도 같은 어머니를 비난하는 것은 손톱만큼도 허용하지를 않는다.

그런 나를 남편은 "어머니 종교를 가진 여자"라고 놀려 댄다. 어머니 자체가 신앙이라면서 그 점에서는 자기와 같은 아들보다 나와 같은 딸을 두는 게 부모 처지에서는 백 곱절 행복할 거라는 말과 함께.

나의 성격은 다분히 보답형인 편이다. 나는 사람을 쉽게 사귀지는 않지만 한 번 내게 사랑을 베풀어 준 이는 평생의 은인으로 생각하고 늘 존경하며 보은하려는 편이다. 대수롭지 않은 일로 맺어진 남남과도 이럴진대, 하물며 그 어떤 것으로도 뗄 수 없는 모녀라는 인연, 그리고 그분의 절대적인 사랑과 희생의 대가로 이만큼 커 왔다는 생각을 떨칠 수 없는 어머니에게 신앙에 가까운 존경심을 품고 있는 것은 내 성격으로 보아서 지극히 당연한 일일 것이다. 혼인한 지 십 년이 다 된 지금도 남편과 나 사이에서의 어머니는 일종의 신성불가침한 영역이다.

그러나 한 가지 참으로 가슴 아픈 점은, 내가 어머니에게서 받았던 것과 같은 무한하고도 희생적인 사랑을 내게서는 받지 못하는 나의 아이들에 대한 말할 수 없는 자괴감이다. 나는 어머니가 내게 베풀어 주셨던 정성과 애정의 백분의 일도 못 되는 그것을 나의 어린 두 딸에게 주는 것이 아닌가 하는 생각에 가슴 아플 때가 많다.

그저 합리화하려고 "그래야 나처럼 의존적인 성격이 되지 않고 독립적인 인간이 될 거야" 하고 자위해 보지만, 그것을 내 스스로 믿기에는 내 자신에 대한 관심과 집착이 너무나 많은 듯하다. 말하자면, 자식에게 전적으로 희생하는 엄마가 아니라 자기 세계에 많은 관심을 두고 그것의 실현을 꿈꾸는, 어찌 보면 이기적일 수도 있는 엄마라는 생각이 든다. 하지만 내 어린 딸들의 외할머니가 내게 물려 준 정신적 자산 곧 늘 공부할 것, 영혼이 깨어 있을 것, 무엇이든 배울 것 들과 같은 것만큼은 나도 꼭 내 딸들에게 물려 주고 싶다. 강요보다는 무언의 실천을 통해.

어머니의 그러한 가르침 덕택이었는지 모르겠지만 다행히도 나는 책을 한시도 주위에서 떼어 놓은 적이 없었고 공부도 늘 열심히 하는 편이었다. 직장에 취직해 아나운서가 되고 혼인해서는 남들이 흔히들 말하는 아줌마가 되었지만, 지금까지도 하루만이라도 무언가 읽고 생각하지 않으면 허전해진다.

그러고 보면 나는 어머니와는 달리 멋도 부리고 남자한테 어리광도 피울 줄도 알고 남자라는 동물에게 영향력을 행사하는 방법은 알고 있지만 "정신 우위" 랄지 "학문 제일주의" 들은 어머니의 철학과 가치관을 그대로 빼어 박은 것 같기도 하다.

어머니는 곧 정년 퇴직을 하시게 된다. 이제 어머니를 두고 한 가지 바람이 있다면, 몇십 년 만에 고생에서 벗어나 건강하고 마음 편하게 오래오래 사시는 일이다. (아나운서)

생시 같은 꿈 속의 가르침

| 이인복 |

 어머님을 추억하는 글을 쓰랩니다, 이 못난 자식에게.

어머님은 "절망이 있는 곳의 희망"을 주시는 분이셨습니다.

어머님이 땅에 묻히신 지 이제 이십 년 세월이 흘렀습니다. 그러나 나는 여태껏 단 하루도 빠짐없이 어머님 사진 앞에 엎드려, 아침 출근 때에는 "다녀오겠습니다" 하며 큰절을 하고 저녁 퇴근 때에는 "다녀왔습니다" 하며 큰절 올리기를 거르지 않았습니다. 살아 계시던 때나 별로 다름 없는 마음으로 어머님을 모시고 산다고 고백할 수 있습니다.

어제 새벽 여섯 시에는 막내딸 우찬이가 뉴욕으로부터 열일곱 시간을 비행하여 귀국하기로 되어 있었습니다. 나는 도무지 누워 있을 수가 없어서 일어나 앉아 밤을 밝히며 기도했습니다. "하느님! 우찬이가 느긋하게 쉬며 편히 오게 하소서"하고.

딸과 어미는 세포가 연결되어 있습니다. 애들이 아프면 내가 아프고 애들이 불편하면 내가 불편하고 애들이 잠을 못 이루면 나도 잠을 이루지 못합니다. 자식 때문에 내가 잠 못 이루는 일을 당하면서부터 나는 나 때문에 잠 못 이루는 밤을 보내셨을 어머님을 이해하였습니다. 하느님이 나의 일거일동을 아신다면 나의 어머님도 나를 아실 것임을 느꼈습니다. 그러므로 세상의 어머니들은 낳은 딸들의 하느님입니다.

며칠 전에는 톰 행크스 주연의 「포레스트 검프」라는 영화를 보았습니다. 어머님의 사랑이 얼마나 위대한가를 보여 준 걸작입니다. 세상의 모든 어머니들은 모두 포레스트의 어머니처럼 자식을 키웁니다. 나의 어머님도 나를 그렇게 키웠습니다. 자식은 어머니로 인해 구원 받고 어머니는 자식으로 인해 구원 받습니다. 이 영화를 보면서도 나는 어머님을 생각했습니다. 어머님과 나는 서로의 구원이었습니다. 서로의 생존 이유였습니다. 서로의 생명이었습니다.

1950년 육이오 전쟁이 나던 해에, 아버지와 오빠와 남동생이 납치되었으나, 9월 28일에 수복이 되자 우리 가족은 오히려 월북자의 가족으로 몰려 위기에 처했습니다. 총살의 위기에 서야 했던 우리가 가장 안전한 곳으로 택한 곳은 유엔군이 집결되어 있는 매춘 여성들의 기지촌이었습니다. 그때 우리는 수저 하나 속옷 하나 꺼내 오지 못한 맨손, 맨주먹이었으므로 나는 날마다 어머님께 자살하자고 졸랐습니다. 그러나 일본에 유학해 문학을 공부하고 오신 나의 어머니는 내게 타이르셨습니다. 여자는 약해도 어머님은 강합니다. "얘야! 우리가 아버지 모시고 지금까지 호강하며 살았다면 내가 너에게 기도문을 들려 줄 필요가 없었을 것이다. 아버지를 잃고 고통에 빠진 지금 자살하자고 조르는 너를 살리는 길은 이 기도문을 들려 주는 거라고 생각되는구나. 슬픔이 있는 곳에 기쁨이 있고 고통이 있는 곳에 행복이 있으며 절망이 있는 곳에 희망이 있단다"라고 타이르시며 타고르의 기도문으로 기도해 주셨습니다. 그 기도문이 나를 자살 충동으로부터 건져 주었습니다.

위험으로부터 벗어나게 해 달라고 기도하지 말게 하시고
위험에 처하여서도 겁을 내지 말게 해 달라고 기도하게 하소서
고통을 멎게 해 달라고 기도하지 말게 하시고
고통을 극복할 용기를 달라고 기도하게 하소서
인생의 싸움터에서 동조자를 찾게 해 달라고 기도하지 말게 하시고
인생과 싸워 이길 스스로의 힘을 달라고 기도하게 하소서

근심스런 공포에서 구원해 달라고 기도하지 말게 하시고
자유를 싸워 얻을 인내를 달라고 기도하게 하소서
겁쟁이가 되고 싶지 않습니다. 굽어 보소서.
매일매일 우리 집안에 성공과 기쁨과 행복이 연속될 때에만
하느님이 자비하시다고 생각하지 말게 하시고
거듭되는 실패와 슬픔과 고통 속에서도
하느님이 내 손을 힘껏 쥐고 계신다고
감사 찬미 드리며 사는 사람이 되게 하소서.

그렇게 살아 남은 일사 후퇴 직전의 어느 날이었습니다. 어머님은 경찰에게 연행당해 가시고 소식이 없었으며 나는 거리에 앉아 성냥과 비누를 팔고 있었습니다. 흑인 유엔군과 얼굴이 희고 곱게 생긴 젊은 한국인 청년이 내 앞으로 다가왔고 청년이 내게 말했습니다.

"나는 천주교회 신학생이고 이 분은 미국에서 오신 목사님이다. 내일 북한 전선으로 싸우러 간다는데 죽으러 가는 전쟁 같다며 모두들 여자들을 찾아 위로받겠다고 외출했지만 우리는 온종일 하느님께 기도하였다. 우리들의 생명을 유산으로 주고 갈 수 있는 사람을 뽑아 달라고. 그런데 목사님 말씀이 하느님께서 너를 뽑아 주시는 것 같다는구나. 너의 집에 가자."

그래서 두 분은 우리집에 왔고 우리 여섯 자매들을 위하여 기도 하셨습니다. 흑인 목사님이 기도하고 한국인 신학생이 통역하였 습니다.

"이 전쟁에서 우리가 목숨을 바쳐 여기 있는 가엾은 아이들을 살릴 수만 있다면 주님, 우리 생명을 돌보지 마시고 여기 있는 가 엾은 아이들을 돌보소서. 우리는 하느님을 알고 있기 때문에 지금 죽어도 하느님께 가지만 이 아이들은 하느님이 누구인지도 모르 오니 아버지, 이 애들이 살아 남아 하느님을 알고 살다 오게 하소 서."

그리고 두 사람은 먹을 것과 덮을 것이 들어 있는 배낭 네 개를 주고 갔습니다. 그들은 인민군 총에 맞아 죽은 것이 아니라 나 대 신 얼어 죽고 굶어 죽어 이 땅에 돌아오지 못했습니다.

다음 날 어머님이 경찰국의 억류에서 풀려 왔습니다. 아버지를 만났느냐고 취조를 당하셨다고 합니다. 후퇴하면서 경찰은 용공 혐의가 있는 사람들을 다 총살하였지만 어머님은 총성이 멎고 깊 은 밤의 정적이 땅위를 덮었을 때 겹겹으로 쌓인 시신들을 털고 일어나 우리가 있는 곳까지 기어 오셨습니다. 어머님은 흑인 목사 와 신학생 이야기를 듣고 나를 끌어안으며 소리치셨습니다. "아무 일 없니?" 나는 그 "아무 일"이 무엇을 의미하는지를 세월이 더 흐른 후에야 이해할 수 있었습니다.

유엔군은 후퇴했고 기지촌도 텅 빈 일 월 육 일 날, 불교 신자이셨음에도 불구하고 나의 어머니는, 목사님과 신학생이 남기고 간 십자가를 목에 걸고 내 등에 업혀 피난길에 올랐습니다. 무네미산 위에 이르렀을 때 밤은 깊고 눈은 쌓이고 우리는 걸음을 옮길 수 없었습니다. 십자가를 손에 들고 기도하는 어머니를 바라보며 나는 잠들었습니다. 그리고 다음 날 아침 나는 햇빛을 받으며 일어나, 여전히 기도하고 계신 어머님을 발견했습니다. 나는 이것을 내가 체험한 기적이라고 생각해 왔습니다.

일사 후퇴가 끝나고 다시 기지촌으로 돌아왔을 때 나는 목사와 신학생의 삶을 대신하겠다면서 병원에 취직했습니다. 페니실린 주사를 하루 오백 대나 매춘 여성들에게 주사했습니다. 밤이 오면 병원의 십촉 전등불이 뿌옇게 켜져 있는 화장실에서 공부하여 인천 박문 여고에 수석으로 합격하여 등록금 면제를 받았고, 그 학교 이사장 신부님께서 우리 가족 모두를 고아원에 넣어 주시어 동생들 부양의 짐을 덜어 주셨습니다. 우리 가족은 모두 그 고아원에서 세례를 받고 가톨릭 신자가 되었습니다. 3년 후 내가 고등학교를 졸업하던 때, 고아원에서는 대학에 다닐 수 없으므로 고아원을 나와 숙명 여대에 입학, 여덟 학기 동안 수석 장학생으로 학업을 계속하며 가정교사, 아르바이트로 가족을 부양했습니다.

육이오 전쟁 뒤에, 인간이 상상할 수 없는 최악의 상황 속에서

25년 동안 나를 지키신 나의 어머니는 단 한 번도 나를 꾸짖으신 일이 없습니다. 신뢰와 인내로 항상 나를 기다리셨습니다. 어머님이 나를 꾸짖고 불신하셨더라면 어쩌면 나는 이기적 탈선을 시도했을지도 모릅니다. 나중엔 어찌 되었든 당장엔 부잣집에 시집 가서 편한 삶을 살려 했을지도 모릅니다. 가령 숙명 여대의 졸업이 다가오던 때에 의사와 선장이 나에게 구혼을 했고 나는 고생이 너무 힘들어 학교를 그만 두고 시집 가서 편안히 살까 하는 유혹에 갈등하기도 했습니다. 그러나, 아무리 가난해도 나의 아버지가 누구이신가를 아는 국민학교 친구에게 시집 가는 것이 아버님께 바치는 효도라고 어머님은 분명하게 의사를 밝히셨고 나는 그 말씀에 순종했습니다.

어머니는 당신이 선택하신 가난한 사위를 단 한 번도 가난하다고 덜 소중히 대하신 일이 없으셨습니다. 그 사위가 서울 대학교 교수가 된 것도 내가 숙명 여대 교수가 된 것도 나는 어머님의 신뢰와 기다림에 연유한다고 생각합니다.

내가 말레이시아의 대학에 교수가 되는 기회를 얻어 병약한 어머님을 버려 둘 일로 고민하던 때였습니다. 어머니는 용감하게 운명을 개척하라 하셨고, 그래서 내가 말레이시아에 있던 때에 어머니는 임종하셨습니다. 기지촌의 포주도, 매춘 여성도 모두 어머니를 존경했습니다. 어머님은 그 여자들에게 매일 복음을 전하셨고

임종시에도 내게 전하시는 유언을 그 여자들에게 남기셨으므로
내가 귀국하자 한 여자가 나를 찾아 와 "내 딸들을 보아라" 하신
어머님의 유언을 전해 주었습니다. 그곳의 여자들이 모두 어머니
의 딸들이었습니다.

그 여자들의 말에 따르면 어머님은 그해 9월 1일부터 "앞으로
백 일 후 십이 월 팔 일 저녁 여섯 시에 성모 마리아가 오시어 나
를 하느님 아버지에게 데리고 가신댄다. 그날 모여 기도하자"고
하시더니 과연 그 시간에 돌아가셨다고 합니다. 바로 그 시간에
말레이시아에서 나는 어머님이 내 앞으로 다가오시며 "내가 먼저
간다. 딸들을 돌보아라" 하신 후 사라지시던 것을 분명히 보았고
들었고 기억합니다.

귀국한 후 내가 보건사회부 연수원에서 토요일 아침마다 공무
원들에게 교양강의를 하던 때였습니다. 새벽 네 시에 어머님이 나
타나시어 "오늘 수강자는 포주들과 매춘 여성들이다. 공무원이 아
니니 준비 다시 해라" 하셨습니다. 나는 그때부터 기도하고 준비하
여 어머님의 뜻을 생각하다 연수원에 나갔는데 과연 계획 변경으
로 수강자가 바뀌어 있었습니다.

또 이런 일도 있습니다. 어느날 밤에 어머님이 두 발을 벌리고
내 허리 위에 서시어 내 눈 앞에 손을 흔드시며 "감기 들겠다. 문이
열렸어!" 하시기에 "어머니!" 하면서 손을 꼭 잡으려 했는데 "악!"

소리를 치며 뛰어 나가는 사람이 있었습니다. 도둑이었습니다.

또 이런 일도 있었습니다. 원자력 병원 원장 이장규 박사와 남산 위에 높이 솟은 교회의 층계를 오르고 있었습니다. 꿈이었습니다. 그런데 어머님이 방문을 활짝 여시며 "세 시다! 일어나!" 해서 일어났습니다. 온 집안 식구가 다 연탄가스로 죽음 직전에 가 있었습니다. 내가 깨어나지 않았더라면 우리는 모두 죽었을 것입니다.

나는 어머님에게서 정의와 이웃 사랑과 가난한 사람에 대한 애정과 봉사의 정신을 배웠습니다. 밥을 굶어 보지 못한 사람은 배고픈 사람을 이해하지 못한다는 말도, 행복은 지나가지 않은 다가올 날에 대한 희망에 있다는 것도, 슬픔 뒤에는 기쁨이, 고통 뒤에는 행복이, 절망 뒤에는 희망이 있다는 것도 어머님에게서 배웠습니다.

어머님은 지칠 줄 모르는 내 활력의 샘, 지혜의 보석 상자, 밤 새워 이야기해도 끊이지 않는 추억의 실타래, 하늘 위에 떠 있는 무지개입니다. 꽃을 볼 때, 과일을 볼 때, 행복할 때, 낙조를 볼 때, 파도에 쓸리는 모래를 밟고 있을 때, 슬플 때, 온갖 감정의 기복 앞에서 나를 응시하는 존재, 나를 평정으로 이끄는 분이십니다.

나는 어머님을 닮고 싶습니다. 아르답고 선하고 진실되고 용감하고 지혜로우신 분. 그러나 천 번 태어나도 닮을 수 없습니다. 그

212

분은 크고 나는 작습니다. 그분은 둥글고 나는 모났습니다. 그분은 청청 솔잎이고 나는 떡갈잎입니다. 선함과 친절함과 온유함과 인내와 미소와 평정을 따를 수 없습니다. 난관에 처하여 한 번도 당황하거나 겁내거나 우울해 하거나 슬퍼하는 모습을 보여 주신 일이 없으신 어머니를 따를 수가 없습니다. 내가 죽음을 수용하고 언젠가는 반드시 가야 할 곳이라고 생각하게 된 제일 큰 이유는 죽음을 거쳐서만 어머님 계시는 곳으로 나도 가겠기 때문입니다.

대학을 졸업하고 첫 봉급을 탔을 때 "천 원만 다오. 묻힐 곳을 장만할 종금이다"하신 후 월부로 조금씩 불입하시어 공동 묘지 한 구석에 묻히실 한 평 땅을 손수 준비 하셨던 어머님, 절망이 있는 곳에 희망이 있음을 가르치신 나의 어머님. 그 분은 "나자렛 성가원" 창설의 씨를 내 가슴에 뿌리고 가셨습니다. 그것이 어머님의 유산입니다. (전 숙명 여자대학교 국문과 교수, 나자렛 성가원에서 봉사)

귀에 쟁쟁한 세 가지 당부

| 전상수 |

거의 한 세기를 살다 가신 우리 어머니는 의지의 여성이었다. 일백칠십 센티미터쯤이 될 만큼 키가 훤칠했으나 만년에 이르기까지 한 번도 허리를 구부정하게 하고 걷는 것을 본 적이 없을 만큼 어머니는 걸음걸이에도 자신에 차 있었다.

어머니는 삼 년 전 겨울에, 구십이 세로 세상을 떠나셨다. 어머니의 장례가 있던 그날 하늘은 카랑카랑하게 맑았고 공원 묘지 무덤마다 하얗게 눈이 덮여 있었다. 그날 나는 어머니의 마지막 고통이 "이제사 끝났다"는 체념과 다시 못 올 그 길로 어머니가 가 버렸다는 슬픔으로 뒤범벅되어 마치 내 자신이 저승의 문 앞에 서 있는 듯이 정신적인 무풍 지대에 빠져 있었다.

어머니는 여태 혼인을 안 한 나에겐 정신적 지주였고 나의 정신적 후원자, 이해자이기도 했다.

어머니의 삶을 되새겨보는 것은 나에게 남은 마지막 기자 생활에 힘과 의지를 갖게 할 것 같다. 나는 어머니의 자신만만함과 정의감 같은 것을 늘 존경하며 살아왔기 때문이다.

어머니는 젊은 시절에 고향인 경상남도 의령 산골 마을에서 큰언니와 오빠를 할머니에게 맡겨 둔 채로 부산의 방직 공장에 취직해 오셨다고 한다. 어머니는 늘 용기에 차 있었다. 나는 어머니의 젊은 시절을 본 적은 없지만 훗날 저녁 자리에서 듣는 어머니의 그 시절 회상은 늘 긍정적이며 재미있는 것이었다. 노름으로 가산을 탕진한 큰아버지 때문에 가난이 싫어 어머니는 부산으로 오셨다. "나는 죽었으면 죽었지 남의 집 방아나 거들어 주는 일은 못해……." 그래서 부산으로 와 조선 방직 공장에 일자리를 얻었다고 한다.

우리 어머니는 그때부터 고향으로 돈을 송금했지만 매달 우편저금을 할 만큼 계획성 있게 생활을 꾸려 나갔다고 한다. 은행 예금을 꿈도 못 꾸던 칠십여 년 전에 어머니께서 우체국에 꼬박 꼬박 저금을 했다는 사실이 나에겐 무척 신기했다.

어머니는 회사 생활도 무척 적극적으로 하셨다. 무슨 반, 반장을 하셨다고 한다. 해야 할 일을 하지 않고 꾀만 피는 사람은 혼을

냈다고 한다. 어머니는 회사 일 자체가 재미있었던 모양이다. "그때 내 별명은 떡보였거든. 광목에 풀 먹이는 밀가루를 일본 사람 몰래 반죽을 해서 누군가 남자들이 떡을 만들었거든. 그게 얼마나 맛이 있었던지……." 어머니는 훗날에도 떡을 좋아하셔서 봄이면 쑥떡, 가을이면 호박떡, 겨울엔 인절미를 자주 방앗간에 가서 해 오던 것이 생각난다.

어머니의 우편 저금 돈은 결국 우리집을 부산으로 이사 오게 했고 또 새집을 짓게 했다. 나중엔 아버지와 더불어 고향이며 부산에 많은 논과 밭을 사게 하는 종잣돈이 됐을 거라고 생각된다.

어머니와 아버지는 시골 출신답게 얼마나 땅에 많은 것을 거셨던지 꽤도 많은 농토를 사 모았다. 어머니와 아버지가 산 토지가 아직도 있다면 아마 나도 그 유산 때문에 뭔가 떵떵거리는 생활을 하고 있을 것이다.

그렇게 티끌 모으듯이 한 두락씩 사들인 땅도 한 순간 강물처럼 흘러가 버리는 건 어쩔 수가 없었다. 자식이 잘못 해 하나씩 처분하기 시작했다. 돈을 버는 데에 바친 것이 부모의 평생이었다면 없애버리는 데에 걸린 세월은 몇 년이었을까? 어쨌든 고향에 남은 논 두어 마지기와 땅 한두 동가리말고는 그 재산은 모두 남의 것이 되어 버렸다.

어머니의 절망, 상심은 천식을 들게까지 했다. 내가 처음으로 부산의 대연동에 참으로 손바닥 만한 언덕 위 땅 27평을 사서 이층집을 지었을 때다. 어머니는 "아이구, 이게 땅이라고……"하며 서글퍼하셨다.

어머니는 서당문 앞에 가보셨는지 모르지만 학교라곤 우리를 공부시키며 학부형이 되어 몇 번 가 본 것말고는 모르셨다. 그래도 셈본엔 훤히 도가 트이신 분이었다. 연세가 많았을 때다. 우리집 연탄값이나 집지을 때 내는 돈의 계산도 우리 식구 누구보다 훤했다. 연탄을 땔 때였다. "연탄 한 장에 얼마, 열 장이면 얼마, 칠백 장이면 얼마……" 이렇게 우리집 연탄값의 계산은 곱셈, 나눗셈을 배운 나보다 빨리 했다. 그러기에 우리집 가계부의 계산도 오랫동안 맞추어 오신 것이다.

학교엔 안 가셨지만 우리 나라 역사, 이를테면 신라, 백제, 고구려의 얘기를 하셨고 생활과학의 면에서 사리에 어긋나게 생각하는 법이 없으셨다. 그것이 나와 지낸 오랜 세월 동안 나에게 한 번도 노인으로서의 답답함과 괴로움을 주지 않은 이유였음을 다른 사람에게 집안일을 시켜 본 뒤에야 깨닫게 되었다.

어머니는 나를 꼭 서울의 최고라는 대학에 보내는 것이 소원이셨다. 언니 셋에 막내딸인 내가 어렸을 적에 모든 일에 호기심이 많고 똑똑했기에 어머니는 나를 훌륭한 인재로 만들고 싶어하셨던 모양이다. 그러나 대학 시험 결과 낙방하고 말았다. 어머니의 실망은 컸고 나는 그 충격으로 자리에 드러눕고 말았다. 거의 이십여 일을 골방에서 끙끙 앓으며 신음한 뒤에 다시 해 보라는 어머니의 격려에 재수를 하게 되었다. 한 해가 금방 가 버렸다. 다시 입시날을 앞두고 나는 고향 서재에서 몇 달간 총정리를 하고 있었다.

입시날이 가까워져도 내가 집으로 돌아오지 않자 어머니는 고향에 전보를 치셨다. 빨리 집으로 오라는 독촉이었다. 집으로 돌아와 보니 어머니는 그 대학에 다니는 집안 조카에게 부탁하여 입시 원서를 사두고 그 학교에 가라고 명령하셨다. 나는 자신이 너무 없어 그만 생각지도 않은 부산의 한 대학에 가겠노라고 했다.

그 학교에 들어간 뒤에 나는 대학 생활에 재미도, 호기심도 없었고 친구들이 대학 4학년인 때에 나는 3학년이 돼 더는 공부하기가 싫었다. 그것이 내가 대학에 3학년에 중퇴한 이유가 된다.

나는 그렇게 해서 어머니가 원하시던 대학에 못 가고, 또 내가 가고 싶던 대학에 못 간 멍에를 지게 됐다. 어머니에겐 불효였고 나에겐 인생의 첫 좌절이었다. 사십이 지나기까지 나는 꿈만 꾸면 대학 입학 시험지 앞에 답을 쓸 수 없어 고통 받다 잠이 깨곤 했다. 그때마다 나는 땀에 흠뻑 젖어 있기가 일쑤였다.

어머니는 내 공부의 격려자였고, 후원자이자, 정신적인 지주였다. 어머니의 신념도 꽤 꼿꼿해 내 인생살이의 주춧돌이 되는 좌우명을 남겨 주시기도 했다.

첫째로, 싸움을 해서는 안 된다는 것이다. 자기보다 못 난 사람을 짓밟아서는 안 된다. 아랫사람과도 싸워선 안 된다. 아랫사람에게 너그러워야 한다. 그러나 잘났다고 뻐기거나 힘센 사람이 잘못했을 땐 꼭 할 말은 하고 지나가야 한다고 했다.

둘째로, 술을 먹은 사람과는 논쟁하지 말라는 것이다. 술을 먹으면 제정신이 아니라고 했다.

셋째로, 신의를 지키라는 것이다. 친구와 친했을 때에 말을 전하지 않기로 한 약속을 만일 사이가 나빠졌다 해도 남에게 옮겨서는 안 된다. 한 번 약속은 끝까지 지켜라 했다.

이런 어머니의 당부는 내가 어른이 된 뒤에도 되풀이되어 귀에 못이 박힐 지경이 되었다. 그러니 신조가 내 생활에도 상당한 영향을 끼친 것이 확실한 것 같다. 내가 남의 말을 옮겨서 남을 난처한 입장에 빠지도록 한 일이 거의 기억에 남아 있지 않은 건 어머니의 그 당부가 나에게 살아 있기 때문이겠다.

우리 어머니는 말할 것도 없고 아버지도 할머니에게 효도가 대단하셨다. 애주가이신 아버지는 술자리에 갔다 오실 땐 할머니 몫의 수육을 자주 따로 사 오셨다. 부창부수이었다고나 할까? 어머니도 할머니에게 효도가 극진했다. 우리 할머니는 함안 지방의 부잣집 딸이었다고 한다. 마음이 어찌나 좋으신지 마을에서 못 사는 집이 있으면 꼭 죽을 쑤어서라도 갖다 주며 저녁 굶는 것을 못 보아 내셨고 어떤 땐 나물이라도 무쳐 가져다 허기를 때우게 했다고 한다. 그런 할머니에게 어머니는 평생 고기 자반을 떨어지지 않게 했다. 어렸을 적에 우리는 생선토막 구이나 달걀찜 같은 것은 할머니만 드시는 반찬인 줄 알았다. 일제 시대 때에 생선이 귀했다지만 우리 어머니는 언제나 생선을 감춰 두었다가 끼니마다 구워 할머니 밥상에 올렸다고 한다.

할머니는 이런 어머니에게 "나는 니 덕분에 밧터대기 안 부럽다이"라고 하시곤 했다 한다. "밧터대기(밧터댁)"란 우리 고향 아랫마을에서 제일 잘 사는 지주집 할머니를 이른 말이다. 우리도 고향에 땅을 두고 부산으로 가을이면 곡식을 늘 가져왔지만 "밧터대기"는 우리 할머니에게 그 동네 부자의 대명사였던 것이다.

이런 부모의 산교육 때문이었던지 나는 어머니에게 무척이나 효도를 하려고 노력했다. 그러나 어머니는 젊은 날에 혼인하지 않는 나를 못마땅해했고 노상 걱정스러워했다.

우리집이 대면동 산허리에 있을 때였다. 어머니는 신문지를 차곡차곡 모아 두었다가 문현동 고개 넘어 멀리 자유 시장까지 팔러 가셨다고 했다. 그땐 같이 사는 언니가 장사를 짭짤하게 하여 우리집 가계가 별 부러울 것이 없었다.

칠십 년대 초였을까? 우리 친구 중 집에 자가용 승용차를 갖고 있는 사람은 흔치 않았다. 어느 날 내 친구가 남편의 차를 타고 문현동 고갯길을 가다가 신문지를 이고 걸어가는 나의 어머니를 발견했다고 한다. "아이구, 어머니 이게 웬일입니까. 뭘라고 신문지를 이고 가십니까" 하고 잽싸게 뺏어 차에 싣고는 어머니를 차에 모셨다고 한다.

"야야, 그게 아이다. 내려다고. 이 신문지 팔아 돈이야 얼마 안 되지만 길거리에 앉아 노는 노인네들 모이값 안 하나……." 어머니의 대답은 당당했고 오히려 친구에게 밝고 맑은 할머니의 인생관이 그렇게 존경스럽게 느껴질 수가 없었다고 한다.

어머니는 삼 킬로미터가 넘는 옛 정든 시장에 걸어 다니면서 마늘 고추도 사 오시곤 했다. 그런 평소의 단련과 밝은 마음이 어머니를 장수하시게 만든 것 같다.

어머니는 우리집 이웃에 있는 중학교 학생이 싸우는 것도 못 보아 내셨다. 아이들이 골목에서 곧잘 싸우면 꾸중하시고 얼르시곤 했다.

어느 날엔 떼어 말려도 말을 듣지 않아 중학생들의 가방과 벗어든 윗도리를 덜렁 들고 학교 쪽으로 향했다. "너들 싸움 안 그칠기가. 내가 교장 선생님한테 일러바치러 갈 꺼다……." 학교 쪽으로 횡하니 가면 그때만 해도 순진했던 아이들이 뒤따라오면서 "할머니, 할머니 이제 싸움 안 할까요" 하면 어머니는 반드시 이름표를 확인하고 또 싸우면 내일 학교에 갈 것이라고 으름장을 놓고는 가방과 교복을 돌려주었다.

이런 이야기를 그날 저녁 밥상머리에 앉아 나누며 웃던 지난 날이 바로 어제만 같다.

어머니는 정도 많으셨다. 고향에 있는 일가 친척들이 일본에 갈 때, 부산으로 돈 벌러 올 때, 또 병이 들어 오면 반드시 우리집에서 자고 먹곤 했다.

그런 걸 어머니는 전혀 싫어하지도 않았고 아버지, 할머니의 뜻에 잘 따라 주었는가 싶다. 그것이 시골 사람들의 의무이기도 했다. 경남 도청이 부산에 있을 때에 가마니를 납품하고 돈을 받으러 오는 우리 집안 상기 오빠는 꼭 우리집에 돈을 가져와 주무시고 가곤 했다. 그때 우리집은 "의령 여관"이라고 할 만큼 사람이 붐볐던 기억이 난다. 재산이 있을 땐 사람이 모였지만 육이오 뒤로 재산이 나가지 시작했을 때 우리집엔 찾아오는 사람도 뜸해지더니 끊기고 말았다. 다시 우리집이 회복됐을 때 우리집엔 또 조금씩 고향 사람들이 어머니를 찾아오기 시작했다.

어머니는 "재산이 가면 원래 사람발도 끊기는 법이다. 집에 사람 오는 것을 싫어하지 말아라"고 늘상 당부하셨지만 어머니가 가신 지 3년, 우리집엔 옛날처럼 사람들이 붐비지 않는다. 그때처럼 손님을 치를 수도 없고 손님도 웬만하면 하루 만에 돌아가 버리기 때문이다. 어머니가 가신 뒤로 세상 인심도, 우리집 인심도 메말라 가는 것일까.

어머니는 카톨릭 신자였다. 우리집 종교는 불교였지만 어머니는 어렸을 적에 어머니 친정 마을의 카톨릭 교회에 다니던 그때를 회상해, 만년엔 카톨릭에 다시 귀의하셨다. 노쇠했을 땐 성당에 못 가셔도 해마다 크리스마스날엔 꼭 교회는 물론 신부님, 수녀님, 사무국 직원 몫으로 주머니 돈을 모아 나누어 드리곤 했다. 지극 정성으로 꼭 성당에 헌금하는 것을 거르지 않으셨지만 딸인 나에게 성당 가자고 조르신 일이 없다.

"엄마, 엄마 천당 가실 때 옆자리에 내 자리도 하나 만들어 놓으세요" 그러면 웃기만 할 뿐이었다.

그러니까 이사를 가는 날이나, 집을 짓는 날, 날을 받는다든지 하는 미신을 절대로 믿지 않았다. "성수물만 집안에 뿌리면 잡귀는 근처에 얼씬도 못 한다"고 강조하셨다.

지금도 성수물이 무엇으로 되는지 나는 알지 못하지만 그 효험을 믿는다. 믿음 자체가 그만큼 중요하니까. 어머니가 카톨릭 신자였던 덕분에 장례마저도 경건한 축도와 찬송 속에서 갖게 되어 다행스러웠다. 구십 평생 용기와 자신감, 어떤 경우에도 당당하시고 깨끗하게 사셨던 어머니의 일생이 이 딸에게도 귀감이 되어 준다. (부산남구청장)

달빛 안고 가야금 타던 소리꾼의 내력

| 정순임 |

어둑어둑 땅거미가 내리는데도 술래잡기에 정신이 빠진 아이들은 배가 고픈 것도 잊고, 돌아오지 않는 아이들을 향해 내 뱉는 많은 어머니들의 으름장도 듣지 못한다. 오로지 관심이 있는 건 술래에게 들키지 않고 꼭꼭 숨어 버리는 것뿐이다. 술래잡기를 하면 으레 잘 숨어 버리는 아이가 있어 울음 반 분함 반이 섞인 술래를 또다시 술래가 되게 하고는 했다.

나의 어머니 장 월중선은 마치 술래잡기에서 흔적 하나 남기지 않고 감쪽같이 숨어 버려 술래를 애먹이는 아이와 같았다. 세상과 어머니가 벌인 술래잡기에서 세상은 끝내 어머니를 찾아 내지 못하고 거푸 술래만 하더니 이제 그 모질게 되풀이되던 술래잡기도 끝나 버렸다.

어머니는 하얀 명주로 곱게 한복을 지어 입으시고 손이며 발이며 이승의 케케묵은 인연의 때일랑은 조금도 닿지 못하게 제 몸을 꼭꼭 싸안고 세상을 떠나셨다. 이승의 것은 무엇 하나 담아 가지 않으려 했는지 두어 달 동안은 속에 담은 것일랑 창자 속 뒤집듯이 모두 쏟아 내 거죽만 남은 채 그렇게 세상과 등을 돌렸다. 어머니 살아 계신 동안 가진 것이 없더니만 마지막 가시는 날에도 버릴 수 있는 것은 죄다 버리고 홀가분히 가셨는가 싶다.

얼마 전 경주 분황사에서 사십구일재를 지내고 어머니는 태어난 고향이 아니라 당신 소리의 고향인 경주 국악원에 누우셨다. 경주는 어머니가 나고 자란 고향도 아닌데 그 인연이 어찌나 질긴지 끝내 어머니를 놓지 않고 잡아 두었다. 어머니는 지금도 혼이나마 그 곳에서 당신 제자들이 뽑아 내는 소리자락을 들으며 춤사위를 보며, 늙은 남편 곁에서 하루하루 수발 들듯이 그렇게 지켜보고 서 있을 게다.

어머니가 세상과 첫 대면을 한 곳은 전남 곡성이다. 어머니는 사는 동안 고향에 대한 이야기도, 당신 부모에 대한 이야기도 전혀 꺼내지 않으셨다. 당신이 나고 자란 고향이 어머니의 삶에 어떤 그리움도, 애틋함도 남기지 않았던 모양이다. 물론 당신의 아버지가 빼어난 명창이었음도 딸들에게 들려 주지 않으셨다. 어머

니에게 예인의 피가 흐르는 것도 따지고 보면 친가의 피를 이어받
았기 때문인데도 말이다.

당신의 아버지는 당시에 활동을 하지 않으셨지만 이 화중선을
제자로 두실 정도의 실력을 지닌 분이셨고 당신의 큰아버지(장판
개)는 소리광대로는 언감생심 넘보기 어려운 혜릉참봉직을 제수
받은 명창이었다. 그러나 부모 된 심정이 모두 그러하듯이 할아버
지는 재주 많은 어린 딸이 팔도를 제 집 드나들 듯하는 소리꾼의
억센 팔자로 살아가길 바라지 않으셨다. 하지만 많은 이들이 한평
생을 팔자대로 살아가듯이 어머니도 당신의 팔자를 거부하지 못
하셨다.

당신의 큰아버지는 조카의 소리가 눈에 찼던지 일곱살 먹은 고
운 아이를 부모 몰래, 권번에서 자식 없어 늙어 가는 기생에게 얼
마의 돈을 받고 말 그대로 "팔아" 버렸다. 어머니는 그곳에서 부모
몰래 뽑아 내던 소리를 마음놓고 불렀고, 가야금이며, 춤사위도
보는 대로 속속들이 본래 당신의 것인 양 받아들여 주위 사람들을
놀라게 했다. 그리고 꼭 십 년 뒤, 당신의 어머니와 오빠가 논, 밭
팔아가며 어머니를 찾아 헤맨 노력으로 부모 자식간이, 형제간이
한집에서 한솥밥 먹으며 살 수 있게 되었다. 그때는 당신 큰아버
지의 고약한 행동에 대한 노여움도 사그라진 뒤였다.

재주가 남달라 권번에서도 이름을 떨쳤던 어머니는 부모형제를

만났다고 평범한 안방 마님으로 돌아가기에는 재주가 너무 많은 사람이었고, 당신의 어머니도 외동딸이 요조 숙녀로 시집가 살림만 하며 살기를 포기하셨다. 그래서 가슴 아프지만 창극단에서 활동하는 것도 그때부터는 눈감아 주신 모양이다.

창극단에서 어머니의 인기는 하늘 높은 줄 몰랐다. 일본 공연에서도 어린 심청 역할을 맡은 어머니는 그이들의 눈물, 콧물을 쏙 빼 놓고는 했다. 특히 심청이 물에 빠지는 대목에서 "……심청이 바라보고 두 손을 합장하더니 뱃전에 엎어지며 아이고 아버지이… 심청이 죽사오나 아버지는 눈을 떠 천지만물 보옵시고 날 같은 불효자식은 생각지도 마옵소사… 치마폭을 후릅쓰고 뱃전으로 우르르르 강상에 몸을 던져 손 한번 헤치더니 뱃머리에 거꾸러져 떴다 물에 가 풍……." 하면, 무대 위는 얕은 야산만한 돈더미가 생기고는 했단다. 그러니 누가 어머니를 예뻐하지 않을 수 있었을까.

소리를 하고 연주를 하던 어머니는 두서너 달씩 집을 비우는 게 예삿일이었다. 어린 나는 어쩔 수 없이 외할머니 손에 키워졌고, 여섯 살 때까지도 어머니의 모습은 그리움의 대상일 뿐 어떤 형상으로 다가오지 못했다. 일곱 살 되던 해에 그리움을 접고 어머니의 속살을 파고들며 잠이 드는 날이 내게도 찾아왔다. 처음 외할머니의 손을 잡고 목포에 터를 잡고 계신 어머니를 만나러 가는 날은 봄기운이 달큰한 향내를 몰고 이리저리로 몰려다니는 봄날이었고, 어머니는 상상 속의 어머니보다 몇 배 고운 얼굴로 내 앞에 서 있었다. 한복이 어울리는 단아한 체구에, 깨끗하게 쓸어 붙인 머리 모양, 둥그스름하면서도 치켜 올라붙어 꿈틀대는 듯한 눈썹이 지금도 눈에 선하다.

그렇게 만난 그리운 어머니와 나의 어린 시절에는 세 가지의 풍경이 남아 있다. 그 하나는 열심히 부채질하던 꼬마 아이와 갈치 굽던 고운 아낙의 모습이다. 어머니는 공연이 없는 날에는 마음 좋고 음식 솜씨 빼어난 요리사 같았다. 바쁘게 이것저것 마련하다 보면 이런저런 심부름은 으레 맏딸인 나의 차지였다. 그중에서도 설렁설렁 바람을 일으키며 생선 몸통 위에 부채질해 대면 어머니는 아주 기특하게 여기셨다. 아버지가 유난히 갈치를 좋아하셔서 어머니는 장날이면 갈치를 한 두름씩 사다가 꾸덕꾸덕 말려 아버지의 입맛을 돋우곤 했는데, 갈치가 집 대문으로 들어서는 날이면 나는 비린내 나는 갈치에다 대고 팔이 아프게 부채질을 했다.

물지게 지어 나르던 여자 아이를 기특하다는 눈길로 바라보던 어머니의 얼굴도 떠오른다. 내 어린 시절의 목포 집은 오르막을 한참 올라가야 하는 곳으로 기억된다. 가뜩이나 물이 귀했던 때라 아랫마을에서 물을 나르는 것도 나의 몫이었다. 어려서부터 욕심이 많았던지 그 힘든 오르막을 열두 번씩 오르내리며 물을 날라

228

대었다. 사람 셋은 들어감직한 술항아리는 기본으로 채우고 솥 단지, 요강 단지까지 채우고 나서야 지게를 내려 놓는 어린 딸에게 어머니는 "키 안 큰다. 조금씩만 나르거라" 하셨고 어머니 말씀을 어기고 욕심껏 물지게를 날랐던 나는 지금 이렇게 키가 작다.

또 하나의 기억은 어머니의 호통소리와 눈밭에 발가벗긴 채 울고 섰던 계집아이의 모습이다. 어머니는 당신의 어머니가 그랬던 것처럼 맏딸인 내가 소리를 하는 것을 반기지 않으셨다. 그러나 매일 보고 듣다 보니 예쁜 옷을 입고 새빨갛게 입술을 칠하고 소리하는 어머니가 내게는 어찌 그리 좋아 보이던지, 어머니처럼만 되면 세상에 부러울 게 없을 거라 생각했다. 어머니가 공연 때문에 집을 비우면 나는 안방의 비단 이불을 모조리 벗겨 내 치장하고 도장밥으로 입술을 그렸고 가루로 만든 분꽃을 정성껏 뽀얗게 볼에다 문질러 윤이 나게 하고는 동네 아이들 보란 듯이 소리를 하고 춤도 추었다. 그러던 것이 들통 나 어머니에게 흠씬 두들겨 맞고는 한겨울 어느 날에 발가벗겨져 뒷마당에 세워졌다. 다시는 소리를 하지 않겠다는 조건으로 그날의 사건을 마무리되었다.

어머니는 애주가였다. 거개의 예인들이 그러하듯이 어머니도 가슴에 품은 서러움을 어찌 할 바를 몰라 술을 즐기셨는지 모른다. 물론 술을 입에 댄 것은 어릴 때 권번의 기생들이 하는 양을 보아 온 터라 자연히 그런 문화에 젖은 탓도 있었으리라. 어머니는 술 한동이를 들고 오지는 못해도 마시고는 올 수 있는 양반이었다. 그럴 정도니 술주정은 없었겠는가. 아버지는 어머니가 만취해 있다는 연락을 받으면 "목포 시내에 있는 술동이들을 모조리 깨부술 끼다" 하시며 노여워 하셨지만 축 처져 한 짐은 될 법한 어머니를 들쳐 업고 군말 없이 대문으로 들어오는 건 늘 아버지였다.

제삿날은 빠짐없이 어머니가 술에 취하는 날이었다. 제상을 차린다고 장에 나간 어머니는 보따리를 다른 이에게 들리고 곤드레만드레 술에 취해 돌아오시고는 했다. 그러면 제사 차리는 것도 맏이인 내 차지가 되었다. 어린 것이 아는 게 뭐 그리 많았겠는가마는 생선이며 나물을 다듬고 제법 보기 좋게 젯상을 차렸던 걸로 기억한다. 어머니는 젯상이 다 차려지고 향까지 피우고 나면 그제서야 술이 깨는지 부스스 일어나 조상 앞에 매무새를 고치고 언제 그랬냐는 듯 정숙한 어머니로 돌아와 있었다. 어린 나에게는 어머니의 그런 모습이 아주 이상하게 비춰졌고 영원히 그 속을 알지 못할 거라는 짐작을 하고는 했다.

아버지는 서른아홉 되던 해에 삼십대 초반의 고운 어머니와 자식들을 두고 위암으로 세상과의 인연을 끊으셨다. 목포에서 "정또선" 하면 모르는 이가 없을 만큼 아버지는 "주먹" 하나로 널리 알려진 분이었다. 김두한과는 형님, 동생 하는 사이일 만큼이라면 짐작이 갈런지, 주먹 세계에 몸담은 분이니 생활이 "문란"한 것은 말할 것도 없었지만 신기하게도 아버지가 술 한 모금도 못 했던 건 술 좋아하는 어머니와 그렇게 살아가라는 인연 때문이 아니었을까 싶다.

금슬 좋은 두 분이 각각 하늘에서 땅에서 혼자가 되었을 때, 뭐니 뭐니해도 견디기 힘든 건 땅에 남은 어머니였다. 생계를 이어 가기도 힘들었고, 무엇보다 어머니 삶의 용기가 되어 주던 아버지의 빈자리가 생각보다 컸기 때문에 어머니는 목숨 부지하는 걸 포기하려 하셨다. 아버지의 삼년상을 치르는 동안 날마다 산을 오르내리던 어머니는 목포 유달산의 일등 바위에서 거나하게 취한 채 죽으려고 뛰어내렸다. 다행스럽게 바위 아래 대여섯 명의 취객들이 홍타령을 하며 놀고 있었고, 용케도 그이들이 뛰어내리는 어머니를 받아 내었다. 그러고 보면 사람의 목숨은 하늘이 내린 것만은 틀림이 없다. 어머니는 그 뒤로도 술에 만취해 바다에 뛰어들기도 했고 약을 먹고 아버지의 산소에 쓰러져 있기도 했다. 그러나 하늘이 준 어머니의 질긴 목숨은 당신의 명이 다하는 날까지 누구도 어찌할 줄을 몰랐다.

지아비에 대한 사랑을 볼라 치면 어머니 같은 사람이 또 있을까 싶은 생각이 들지만 자식에 대한 어머니의 관심은 상대적으로 형편없는 수준이었다. 세상에 무슨 일이든 잘 해 내는 슈퍼우먼이 많은 것은 알고 있으나 아내며 어머니며 예인으로서의 노릇을 완벽하게 해 달라고 조를 수는 없었다. 어머니는 아들, 딸 누구 하나 제대로 가르치지 못했고 아버지 대신 억척같이 해 내야 하는 가장 노릇도 마다하셨다. 어머니가 마다하는 가장 노릇은 맏딸에게 돌아왔고 그때부터 나도 가설 단체에서 소리를 했다. 어머니를 닮아 소리 하나는 누구나 인정해 주던 그 당시의 나의 월급은 이천 원. 쌀 한 말에 사백 원 하던 때라 그 월급으로 우리 가족은 늘 따뜻한 밥 한 그릇씩은 편안하게 먹을 수 있었다.

어머니를 잠시나마 두렵게 한 병은 아마도 화병이 아니었나 싶다. 위암으로 아버지를 잃고 열아홉 살까지 키운 셋째 딸까지 차례로 죽었으니 그 가슴속이 어찌 성하기를 바라겠는가. 화병을 삭이는 데는 술이 최고요, 약장사를 따라다니며 얻어 먹은 숱한 이름 모를 하얀 약 알갱이들이 최고라고 믿으신 어머니. 그리고 그 믿음은 곧 큰일을 내고 말았다.

가설 단체에서 창을 하고 돌아오는 길에 나는 우리 집 수챗구멍에서 뻘건 핏물이 흘러 내려오는 것을 보았다. 어미와 딸이라는 게 어떤 사슬로 이어진 것인지, 그걸 보는 순간 불안하기가 이를 데 없었다. 어린 마음이 또 얼마나 쿵쾅거리던지 그때를 생각하면 지금도 머릿속이 하얗게 되어 버린다. 눈물 범벅이 되어 대문을 밀치고 들어섰더니 아니나 다를까 피를 토하는 어머니의 하얀 얼굴과 핏빛으로 흥건하게 젖은 수건이 맥없이 뒹굴고 있었다. 또 어머니마저 잃게 되는가 싶어 어머니만큼 나도 두려웠다.

어머니가 그 좋아하던 술을 잠시 멀리한 것도 이때부터다. 사람 손이 잘 닿지 않는 부엌 구석 어디쯤, 그리고 툇마루 모퉁이 어디쯤에도 늘 어머니의 사랑스런 술병들이 차례를 지키며 어머니를 기다리고 있었는데도 말이다. 쌀 씻어 내고 한 잔, 반찬 한 가지 만들고 한 잔, 밥 숟가락 놓으면서 한 잔, 그러면 어느새 눈동자가 풀려 비틀거리며 밥상을 들고 들어섰던 어머니였는데 말이다. 그런 어머니가 잠시나마 술을 입에 대지 않은 건 놀랄 일이었다. 화병으로 숨이 턱하니 막히고 소리도 하기 어려우니 당신 스스로도 얼마나 두려웠을까.

어머니에게 희망이라고는 노루꼬리만큼도 보이지 않더니 하나밖에 없는 피붙이인 당신의 오빠에게 기대면서 달라지기 시작했다. 병원에 드나들며 화병도 가라앉았고 즐겨 입으시던 분홍빛 양장을 더 이상 옷장 안에 가둬 두지도 않으셨다. 어머니에게도 삶에 대한 애착이 생긴 것이다. 그 애착의 본바탕이 된 것이 짐작건대 "경주"가 아닌가 싶다.

어머니가 경주와 인연이 닿은 데에는 시조창으로 이름이 높던 유종구 선생님의 역할이 컸다. 몸이 좋아지는 어머니에게 경주의 관광 요원 교육원에서 춤과 노래를 가르칠 것을 권유한 것이 유종구 선생님이었다. 국악의 고향이라는 경주는 막상 가서 보니 형편

없는 지경이었다고 어머니는 당시를 회고하셨다. 영남의 다른 지역과 다를 바 없이 소리의 불모지였던 경주를 지켜보며 어머니는 한동안 잊고 있었던 예인의 뜨거운 피가 끓어오르는 것을 감출 수가 없었단다. 그때부터 경주는 어머니의 소리의 고향이 되었고, 어머니는 전통의 소리와 춤이 뿌리내리도록 그 터전을 쓸고 닦기를 거듭하고 시립 국악원을 번듯하게 세우셨다. 그리고 지금 어머니의 빈자리를 쓸쓸히 지키는 아버지와도 재혼하셨다. 그곳에서 어머니는 예인으로서보다는 교육자로서의 길에 더 힘을 쏟으셨고 덕분에 굵직굵직한 제자들을 길러 내셨으며 어머니 바람대로 경주의 토착 예술인으로 살다 가셨다.

그러나 어머니의 이름이 발을 달고 너른 세상에 알려지면서부터 어머니는 세상을 향해 더 높은 담을 쌓았고 단단한 쇠문을 달았다. 누구나 "최고"가 되기 위해 발버둥치는 세상이 어머니에게는 너무 소란스러웠고 그 "최고"를 끌어내리고 또 다른 "최고"가 되려는 사람들의 권모술수가 어머니에게는 영 맞질 않으신 모양이다. 그래서 어머니는 세상으로부터 자꾸만 달아나려 하신 게다.

어머니는 93년에 가야금 병창으로 경상북도가 지정하는 인간문화재가 되었을 때, 피를 토할 만큼 통곡했다. 판소리 명인인 어머니가 취미 정도로만 다뤄 왔던 가야금 병창 부문 인간문화재라니 기가 찰 노릇이었다. 어머니는 그 뒤로 세상과 닿아 있던 달갑지 않은 인연을 모두 잘라 내 버렸다.

　그나마 다행인 것은 서편제의 대가 박동실 선생님에게 배운 어머니의 소리가 심청가 몇 대목으로 몇 개의 음반에 남아 있다는 점이다. 삼 년 전 한 레코드사의 부탁을 뿌리치지 못하고 녹음해 놓은 것이 지금 생각하면 여간 다행한 일이 아니다. 연습 한 번 해 보자고 시작한 작업이 실수 한 번 없이 진행되어 단 한 번에 녹음된 일화를 남긴 그 작업이 어머니가 세상에 남긴 드문 흔적이다.

　어머니는 장 월중선이란 이름을 갖게 되면서, 아니 당신의 어머니가 선녀가 안고 있던 아이를 받아 오는 태몽을 꾼 순간부터, 훤한 대나무 숲이 달을 싣고 집안으로 들어오던 당신의 아버지 태몽처럼, 잠시 머물다 이승을 떠나 다시 자신이 살던 곳에서 달빛을 받으며 날개 달린 옷을 입고 섰을지 모른다. 월중선이란 이름처럼 말이다. (국악인)

나의 세 분 어머니들

| 정유성 |

지금, 여기 우리가 사는 세상은 어지럽기 짝이 없다. 정치니 경제니 하는 저 밖의 나라살림이나 함께 모여 사는 사회의 살림뿐 아니라, 우리 여느 사람들이 나날이 만나고 사귀고 다투며 살아가는 삶터조차 엉망진창이니 말이다. 무엇보다도 교육을 공부하고 가르치는 사람으로서 점점 헝클어지는 자라나는 세대와 어른 세대의 관계부터, 이들에게 "바담 풍" 하는 일그러진 어른들의 문제까지 참으로 내가 업으로 삼은 일을 고개 젓도록 뒤틀린 교육현장이 그렇다. 많은 사람들이 이것은 기본이 무너지고, 가정이 흔들리기 때문이라고 손가락질한다. 하지만 그 기본이며 가정인들이 빠르게 변하는 세상에서 온전할 수도, 또 늘 꼭 같을

"

리 없건만 어른들은 제 생각만 하고 남들 탓만 하는 것이다. 얼마 전 보다 못해 이와 관련된 주제인 남성문제를 갖고 객쩍은 글을 써서 작은 책을 한 권 냈다. 바로 우리나라 남자어른들의 못되고 막돼먹은 삶의 태도와 버르장머리를 되짚어 본 내용이거니와 워낙 잘 다루지 않는 주제였던 탓인지 여기저기서 주목도 받고 질책도 들었다. 그러면서도 거듭 헝클어진 삶터, 일그러진 사람의 모습이 더욱 아프게 다가와 스스로도 힘겨웠다.

그러던 가운데 무척 기꺼웠던 것은 바로 우리 부모님께서 그 어줍잖은 책을 몰래 몇 권 사셔서 주변에 나눠 주신 일이었다. 조금 딱딱한 학문적인 글이고 하다 보니 무슨 베스트셀러 만들 일도 아니고, 그렇다고 주제가 주제인 만큼 여기저기 돌릴 생각도 아니어서 책 냈습니다, 말씀만 드린 것인데 부모님께는 송구스럽기 짝이 없는 일이다. 마침 이런 글 청탁이 와서 이 참에 한껏 부모님, 특히 어머니 자랑 좀 해서 밀린 효도 좀 해 볼까 한다. 게다가 언젠가 다른 잡지의 부탁으로 아버지에 대한 글을 쓴 적이 있는데, 어머니께 무척 죄송스러웠던 터라 얼른 그러마고 하고는 곰곰 어머니 생각에 빠져들었다.

송씨에 "순" 자, "섭" 자를 쓰시는 우리 어머니는 우리 집안의 자랑이다. 광복 뒤 첫 세대 전문직 여성으로서 당당한 사회 활동을 하셨고, 안팎에서 모두 인정할 정도로 자식들을 잘 키우셨다.

사남매 모두가 제법 제 몫을 하며 살고 있으니 말이다. 뿐만 아니라 서너 해 전 정년퇴직하시고는 일흔 가까운 나이에 운전면허를 따고, 밀린 공부하시면서 여러 가지 일에 바쁘신 건강한 노후를 보내고 계시다. 어느 자식이 그렇지 않겠냐마는 어머니 아니라면 우리 사남매 지금처럼 이렇게 당당하게 한 몫씩 하면서 살 수 있었을까? 어머니께서는 행세깨나 하는, 제법 유복한 집안에 셋째, 그것도 무려 5남 5녀 가운데 둘째 딸로 태어나셨다. 어려서는 웬만한 호사는 다 누릴 만큼 유복했고, 그 많은 형제 가운데 두각을 나타낼 만큼 공부도 잘 하셨다고 한다.

하지만 광복 정국에 외할아버지는 그 많던 재산 다 잃고 돌아가시고 열일곱 살 난 큰외삼촌부터 유복녀인 막내이모까지 덩그마니 남았단다. 외할머니 혼자 십남매를 키우시게 되었으니 어머니께서는 제대로 공부도 마치지 못한 채 오빠, 언니와 함께 소녀가장 노릇을 하실 수밖에 없었다. 전쟁통에 그나마 더욱 어려운 사정을 견디시고, 말 그대로 가진 것이라곤 몸뚱이 하나뿐인 홀어머니의 외아들인 아버지를 만나 전쟁도 끝나기 전에 혼인하셨다. 전쟁 끝나고도 간신히 살아남으신 아버지께서 직업군인으로 계신 바람에 전국 방방곡곡을 떠돌아다니며 힘겨운 살림을 이끄셨다. 아버지 제대하시고 서울로 올라와 단칸방에서 시어머니 모시고 일곱 식구가 바글거리며 살다가 그도 힘겹자 어머니께서는 일자리를 찾아 나섰고, 어렵사리 이런저런 일을 하던 끝에 새로 문을 연 서울 주재 어느 외국 대사관에 취업하셨다.

당시만 해도 취업한 가정부인은 드문 때여서 그때부터 우리는 할머니, 아니 정확하게는 할머니들께서 돌보셨다. 처음에는 친할머니께서 우리를 돌보시다가 돌아가시자, 외할머니가 오셔서 우리가 다 자랄 때까지 돌보셨으니까 우리로선 세 분의 어머니들을 모신 것이다. 하지만 그 한 분, 한 분이 모두 어머니였다. 그래서 나의 어머니들이라고 한 것이다. 이 또 다른 어머니들이신 할머니들께서는 어떠셨는가.

친할머니께서는 김씨에 "성" 자, "녀" 자를 쓰셨는데 그야말로 이름조차 없는 들풀처럼 살다 가신 지난 세대 전형적인 여자셨다. 대단한 성정과 능력을 가지신 분이었지만 그 세대에 흔히 그렇듯이 어려운 집에 시집 오셔서 온갖 고생 다 하셨다. 특히 많은 자식을 낳으셨으나 줄줄이 잃고, 막내인 아버지가 어렸을 적 홀로 되셔서, 하나뿐인 어린 자식 기르시며 궂은 일 마다 않으시고 꿋꿋하게 살아 오신 것이 그렇다. 대범하고 재주 많으시면서도 꼼꼼하고 자상한 분이셨다. 누이 셋에 아들 하나였던 나는 돌아가실 때까지 늘 할머니와 방을 함께 썼기에 유난히 추억거리가 많다. 그 가운데 한두 가지만 소개해 보자.

당시만 해도 옷을 손수 지어 입고, 매만지고 하셨는데, 워낙 손

끝이 여물고 솜씨가 좋으신 분이라 바느질하고 인두나 다리미로 다리고 하는 일하시는 양을 지켜보기만 해도 그렇게 멋지고 아름다웠다. 겨울이면 화로에 인두를 꼽아 놓고 일하시곤 했는데, 그럴 때면 할머니 무릎을 베고 누운 내게 겨울밤처럼 길고 긴, 그러나 참으로 재미난 옛날 이야기를 해 주셨다. 이런저런 지어 낸 이야기도 많았지만, 당신께서 살아오신 이야기는 마치 영화를 보는 듯 실감나게 재미있었다. 이야기 내용은 대부분 잊었지만 그 무릎에 누워 이야기를 듣던 장면만큼은 어제 일처럼 떠오른다. 또 재래시장뿐이던 시절, 자주 시장에 따라가곤 했는데 그 장보시던 모습이 눈에 선하다. 시장에 가시면 대번 장 보는 것이 아니라 들머리에서 한 바퀴 휘둘러 보시면서 어디부터 들를까 내게 물으시며 미리 마름질을 하시는 버릇이 있었다. 특히 지난날 고생하시던 때 그 왜 이불솜을 만들거나 손보는 솜틀일을 하셨는데 그 추억 탓인지 자주 솜틀집에 들르셔서 이런저런 이야기 나누곤 하셨다. 장보기가 조금 길어질라치면 내게 군것질거리 하나쯤 손에 들려 주시고 말 그대로 유장한 장보기를 계속하셨다. 그러다가 고단하시면 시장 한구석에 떡하니 앉으셔서 시장 돌아가는 꼴을 지그시 지켜보기도 하며, 이런저런 사람들과 얘기도 나누면서 시장 속 세상을 둘러보셨다. 어린 내게는 이것이 지금까지도 남아 있는 그 무엇과도 바꿀 수 없는 흥미진진한 세상구경이었음은 말할 나위도 없다.

240

홀로 되시고 그 많던 자식 다 잃고 하나만 남아 애지중지 키우신 아드님의 자식인 우리들, 특히 내게 대한 사랑은 각별하셔서 지금 생각하면 그 편애가 성평등한 일을 한다는 주제에 좀처럼 이겨 내기 어렵도록 버릇으로 남은 가부장 잔재로 꽈리 틀기도 했지만, 그 하염없는 사랑 덕에 이렇게 살지 싶을 만큼 큰 사랑을 베푸셨다. 이를테면 초등학교 다닐 때, 4학년이 되자 오후 수업이 있고 도시락을 싸 가게 되었는데, 늘 소화에 문제가 있는 나를 위해 당신께서는 점심시간에 맞추어 따뜻한 밥을 새로 한 반찬과 함께 차곡차곡 담아 직접 학교까지 나르셨다. 처음에는 친구들 보기 민망하고 쑥스럽더니 나중에는 학교 전체에 소문이 날 정도로 유명한 일이 되자 오히려 할머니가 자랑스러웠다.

그러시던 할머니는 세월은 어쩔 수 없는지 차츰 병약해지셨는데 내가 중학교 시험에 실패하고 재수하던 해 그만 돌이킬 수 없는 어려운 병환을 얻으셔서 자리에 누우셨다. 그때 하필 아버지께서는 먼 나라에 가서 일하고 계셨다. 잠깐 다니러 오신 아버지 배웅하시면서 마루에 나와 꼿꼿하게 앉으셔서 만세를 부르시던 모습이 눈에 선하다. 그리고는 곧 돌아가셨는데 아버지께서 오실 수가 없어 내가 열세 살에 상주 노릇을 했는데, 그때는 눈물도 나오지 않을 만큼 당신이 세상을 떠나셨다는 사실을 믿을 수가 없었다. 그런데 지금 돌이켜보면 가장 소중한 본보기 가운데 하나가

고부관계였다. 그 끔찍한 아드님의 외며느리인 어머니와 모녀처럼, 친구처럼 잘 지내셨을 뿐 아니라 건설계통의 일을 하셔서 자주 집을 비우시는 아버지 대신 엄한 아버지 노릇도 번갈아 맡으시며 그렇게 오순도순 두 분이 이끌어 가는 살림과 삶의 분위기를 지켜 주셨다. 어머니께서도 그런 시어머니를 친어머니처럼 따르시며 함께 지내시다가 돌아가시고 나서 그토록 서럽게 우시던 모습이 지금도 생생하다.

그리고는 외할머니 차례다. 윤씨에 "덕" 자, "길" 자를 쓰시는 외할머니께서는 이름난 반가의 규수로 역시 제법 이름난 우리 외가에 시집 오셔서 일찍 홀로 되신 채, 하지만 곱고 단아한 풍모를 지키시며 어렵지만 보람 있는 삶을 사신 분이다. 많고 많은 자식 가운데 유독 어머니를 아끼신 나머지 당시만 해도 아들도 다섯이나 둔 양반으로는 드물게 우리 집에서 내가 중학교 다닐 때부터 줄곧 어머니 대신 집안 살림 맡아 하시고 우리를 돌봐 주셨다. 친할머니와는 열두 살 차이 나는 같은 띠셨는데, 성격은 정반대여서 체구도 작고 아주 조용한 분이셨다. 그래도 친할머니 살아 계실 때 두 분이 얼마나 친근한지 사돈 사이라기보다는 나이 차이 많이 나는 자매처럼 그렇게 오순도순하셨다. 아무튼 그런 당신의 풍모는 다른 인간관계에도 그대로 묻어 나 다섯이나 되는 며느님들과, 그리고 딸들과도 그렇게 고즈넉하면서도 애틋하게 지내셨다. 또 얼마나 기억력이 좋으신지 팔순이 되도록 그 많은 아들딸, 며느리, 사위는 말할 것도 없고 손자손녀들 생년월일을 빠짐없이 기억하셨다. 내가 사춘기 나이 때쯤부터 또 다른 어머니가 되어 주신 당신은 또 나와는 각별한 사이여서 끔찍하게도 나를 예뻐하셨고 그만큼 추억도 남다르다.

가장 잊지 못할 일 가운데 하나는 내가 대학시절 선천성 결함으로 척추수술을 받고 화장실 걸음도 못한 채 누워 몇 달을 지낼 때였다. 할머니께서는 그토록 정성으로 나를 돌보시고, 또 숱하게 드나드는 내 친구들 식사시중까지 도맡아 하시면서 지루하지 않게 병과 싸울 수 있도록 온갖 배려를 다 해 주셨다. 그것도 이미 일흔이 넘으신 연세에 말이다. 또 다른 기억은 내 여자친구와 관련된 것이다. 당시 내가 사귀던 여자친구는 자주 집에 놀러 오곤 했는데, 어찌나 살갑게 대해 주시고 잘 해 주셨는지 오기만 하면 할머니께 달려가는 게 아닌가? 오죽하면 나중에 헤어지고 나서도 한 번인가 편지를 주고받았는데, 할머니 뵙고 싶다는 이야기만 늘어놓았겠는가?

그러다가 대학 마치자마자 유학을 떠나게 되었는데, 그때 부모품보다는 할머니 곁을 떠나는 것이 그렇게 서럽고 안타깝기만 했다. 또 워낙 연세 높으신 때라 다시 뵐 수 있을까, 떠나기 전날 눈물 흘렸던 것이 생각난다. 다행히 할머니께서는 천수를 누리셔서 그 뒤로도 오래 사셨고 결국 몇 해 뒤 내가 혼인하는 것도 지켜보셨다. 아무리 그토록 귀애하시던 손자가 맞은 손자며느리라지만 그 사랑은 이루 말할 수 없었다. 두 달인가를 내가 먼저 떠나고 혼자 할머니 모시고 살았던 아내는 지금도 그때 할머니 사랑을 자랑 삼아 이야기하곤 한다. 하지만 당신은 내가 공부 마치고 아이까지 낳고 돌아오기 몇 달 전 세상을 떠나셨는데, 부모님께서는 가장 애틋한 관계였던 나를 걱정하셔서 귀국하는 날까지 비밀로 하셨다. 아이 낳고 할머니와 전화하면서 증손자 보고 싶다고 하셨는데, 사진으로만 보시고 그만 먼 길을 가신 것이다. 어찌나 안타깝던지…….

앞에도 적었지만 이 분과 우리 어머니의 모녀 사이는 참으로 애틋하고도 따뜻한 것이었다. 또 두 분 다 서울 토박이여서 우리들은 이제 그저 흉내만 내는 아주 맛깔나는 서울 사투리로 이런저런 말씀 나누시던 것이 귀에 남아 있다. 할머니는 특히 이제는 거의 쓰지 않는 표현과 비유를 자주 쓰셨는데 이를 테면 "입안에 혀같이", "풀방구리에 쥐 드나들드키" 같은 말들이 그렇다. 유학시절 그 표현들 그대로 "아래 아" 들어간 옛적 글로 적어 쓰신 편지를 보내 주시면 바로 할머니 내음이 나는 듯해 와락 울곤 했다. 이제 세상을 떠나신 지도 10년이 넘었지만 이 또 한 분의 어머니는 우리 속에 늘 살아 계시다.

아무튼 이렇게 호사스러울 만큼 어머니들의 보살핌과 돌봄을 받고 자란 나는 그래서 아마 그 갚음을 성평등한 인간관계와 사회질서 만드는 데 보태는 일로 하고 있는지도 모른다. 이제 지금 곁에 계신 나의 어머니 이야기로 돌아가자. 이번에도 가장 뚜렷하게 떠오르는 몇 가지 추억거리로 구구한 이야기를 갈음하기로 하자.

초등학교 들어간 지 얼마 되지 않아 학교에서 무슨 상을 받았다. 이미 취업하신 어머니께서는 바로 그 자리에 오실 수는 없었다. 그것이 내내 못마땅해 며칠 뒤까지 징징대던 내게 어머니는 그 자리에는 가지 못했지만, 나중에 살펴보았다 하시며 당당하게 말씀하셨다. "엄마는 나름대로 중요한 일을 하고 있단다. 학교 갔다가 집에 오면 그렇게 자랑스럽게 생각하고 할머니 말씀 잘 듣고 동생들과 우애 있게 지내야지" 하시는 것이다. 아마 그 덕택에 우리 사 남매, 특히 누이들까지 당당한 전문직 여성으로 자랐는지도 모른다. 내 아내까지 하면 모두 넷이서 그렇게 사회활동하면서, 자식들 잘 키워 내고, 서로 우애 있는 멋진 여자로 살고 있으니 말이다. 지금도 집안에 무슨 모임이 있을 때마다 어머니를 앞세운 이 멋진 여자들 다섯은 우리 모두의 자랑이기에 나름대로는 제 몫을 하고 산다고 꺼떡대는 남자인 나는 그이들 앞에서는 그저 하염없이 작아만 진다.

다음 추억은 내가 말썽깨나 부릴 때 일이다. 나는 중학교 시험 떨어져서 재수하다가 시험이 없어져 추첨입학을 한 불행한 세대에 속했는데, 그 어려운 상황에서 어머니는 늘 내 편이셨다. 야단치기보다는 모든 일을 스스로 알아서 하도록 하셨고, 자주 집을 비우시는 아버지 대신 당당한 아버지 노릇까지 겸하셨다. 다정하고 자상한 아버지에 견주어, 씩씩한 성격의 어머니는 어찌 보면 우리가 추구해야 할 양성적인 인간상을 체현하신 분이셨고 그런 점에서 우리는 어머니 같은 아버지, 아버지 같은 어머니를 모시는 행운을 타고 났다. 그러다가 고등학교 때 가출소동을 벌였는데, 그때 날 찾아오셨던 어머니를 지금도 잊을 수가 없다. 어느 먼 곳 산사에 숨은 나를 찾아 멀리까지 오신 어머니를 나는 이런저런 까닭을 대며 돌려세웠다. 어머니는 이야기를 다 들으시고 어련히 알아서 하겠냐 하시며, 하지만 불안하고 애타는 발걸음을 돌리셨다. 지금 생각해도 식은땀이 날 정도로 죄송스런 일이 아닐 수 없다.

유학을 떠나 군대도 가지 않은 내가 엉터리 혼자 살림을 하고 있을 때, 어머니께서 오셨다. 고운 한복 지어서 이것저것 먹을 것 챙겨 오시고는 며칠 계시면서 내가 좋아하는 약밥도 만들어 주셨다. 늘 바쁘신 어머니는 집안일에는 그리 능하지 못하셔서 특별한 음식을 어머니가 하시는 경우는 드물었다. 그런데 모처럼 귀한 음식을 함께 만들어 나누어 먹는 재미를 그때 처음 겪고 얼마나 재밌고 좋던지…….

그런데 그때 오랜만에 어머니 가까이 모시고 다니고 하다 보니, 처음으로 그토록 잘나고 멋진 어머니께서 이제 늙으셨구나 하는 마음이 들어 또한 얼마나 안타깝던지……. 다음 해인가 어머니의 강권에 못 이겨 이른바 "혼인시장"에 나갔다. 몇 번 선을 보고 하다가 다른 인연을 고집했는데 처음으로 어머니의 완강한 반대에 부딪혔다. 그때는 몹시 원망도 하고 또 싸움도 많이 했지만 돌이켜 보면 어머니께서 내 문제와 한계를 가장 잘 아셨던 것 같다. 다행히 어머니 마음에 드는 사람 만나 축복 속에 혼인하고 지금껏 내가 보기엔 본보기가 되는 고부관계로 지내는 것을 보면 어머니 속 썩혀 드린 것을 지금까지 뉘우치게 된다.

정작 문제는 유학 마치고 돌아와 가진 것이라곤 학위밖에 없는 불쌍한 "보따리 장사" 시절에 일어났다. 둘이서 공부는 마쳤지만 돌도 안 된 어린 것을 데리고 입에 풀칠하기도 어려워 부모님 댁에 빌붙어 살았다. 두 분은 일 나가시면 우리는 서로 요일을 바꾸어 가며 강사 하고, 나머지 날은 아이 돌보며 살림하곤 했다. 아무리 자유분방한 두 분이지만 게다가 성평등 운운하며 글까지 쓰고 하는 아들을 보기에 얼마나 곤혹스러우셨겠는가? 하지만 그저 지켜보시기만 했다. 그렇게 3년을 지낸 뒤 따로 나갈 때 어머니는 한마디 하셨다. "글쎄, 처음에는 이상했지만 많이 배운 너희들이 믿음으로 그렇게 하는데 뭐 잘 하는 일이겠지, 했단다."

그로부터 몇 해 뒤, 마침 어머니 정년 퇴임하시던 해, 나는 오랜 방황을 끝내고 대학에 자리를 잡게 되었다. 그 해 생신을 맞아 축하해 드리면서, 또 내일을 축하하면서 온 식구 모여 잔치를 하는데 기쁨에 겨워 눈물짓던 어머니는 이제 모든 것을 다 이루신 듯 행복해 하셨다.

그때부터는 아마도 세상에 가장 행복한 어머니로서 주말이면 아들, 딸네로 나들이 다니시며 유유자적한 생활을 하고 계시다. 하지만 여전히 자식들에게 부담되지 않도록 손수 운전해서 오시고, 먹을 것들을 갖다 주실 때도 바쁜 눈치면 슬몃 놓아두고 가시는, 한마디로 신세대 어머니다. 올해 칠순을 맞아 우리가 큰 잔치라도 하겠다고 별렀더니 우리들 이렇게 자란 것만도 자랑인데, 뭘 따로 잔치를 하겠냐고, 조촐하게 식구들만 모여 식사하는 자리로 갈음하셨다.

마지막으로 추억보다는 지금, 여기 자랑거리 하나 소개하자. 바로 어머니와 내 아내의 고부관계가 그것이다. 당신께서는 홀어머니의 외아들에게 시집 오셔서 평생 시집살이하신 분이다. 그 시어머니가 앞서 말한 대로 그렇게 좋으신 분이었지만 말이다. 우리도 혼인한 지 17년째지만, 3년 정도는 함께 모시고 살았다. 아니 오히려 어머니, 아버지께서 우리를 모시고 사셨다. 나는 지금껏 어머니께서 며느리 야단치시는 것을 보질 못했고, 고부간에 다툼이라곤 겪질 못했다. 얼마나 큰 복인가? 우리도 이제 나이 들어 머리가 희끗하지만 자식은 자식인데 어찌 못마땅한 일이 없겠는가? 하지만 내리사랑이라고 어머니께서는 한 번도 며느리 흉, 탓을 해 보신 적이 없다. 그러니 무엇보다도 내가 누린 행운과 복이 오죽하겠는가?

어머니뿐 아니라 아버지까지 우리 부모님께 더없이 고마운 일은 나를 비롯해 우리 사 남매를 제 뜻대로 마음껏 펼치고 살 수 있도록 키우시고 도와 주신 일이다. 두 분 다 식민지 시대에 태어나 전쟁 통에 젊은 시절을 보내고 산업화 시대의 역군으로 온갖 시련을 다 겪으셨지만 우리 자랄 때나 지금이나 "나는 이렇게 어렵게 살았는데 너희들은 왜 그러냐"는 말씀이나 표정, 태도는 단 한 번도 보이신 적이 없는 우리 부모님이시다. 이제 두 분 다 일흔이 넘으신 연세지만 언제나처럼 당당하고 자신 있게 자식들 곁에 서신 두 분, 여전히 각자 하고픈 일을 하시면서 아직도 우리 사 남매의 크고 작은 성공과 성과를 누구보다도 기꺼워하시고 자랑스러워하시는 두 분, 이제 일곱이나 되는 손주들을 우리 못지않게 거두고 보듬어 주시는 우리 부모님……. 만일 내가 나름대로 애쓰고 있듯이 이를 통해 무언가 사람다운 삶을 위해 해 낼 수 있다면 그것의 8할은 당신들의 몫이다.

하지만 이제 나 스스로 부모가 되어, 그리고 육신의 자식들뿐 아니라 영혼의 자식들을 기르는 교육자가 되어 부모님, 그것도 복 터진 팔자로 가없는 은혜와 사랑을 입은 세 분의 어머니들을 기억하자니 마냥 부끄럽기도 하고 또 안타까울 뿐이다. 한편 세상은 점점 더 험해지고, 부모 노릇은 더욱 어려워만 가는데 바로 그런 일을 업으로 삼은 내가 과연 그 은혜와 사랑에 조금이라도 보답할 만큼 제 몫을 제대로 잘 해 내고 있는가 부끄럽다. 다른 한편 그런 부모사랑이 좀처럼 더 큰 사랑으로 열리고 퍼지지 않는 현실도 안타깝기 짝이 없다. 어째든 오늘 이렇게 나를 낳으시고, 길러 주신 어머니 사랑을 기억하며 거듭 누구 말대로 "사람 사랑하는 일이 이토록 어렵지는 않을 세상을 함께 만들 수 있다는 믿음"을 되새기고, 바로 그런 믿음을 주신 어머니께 감사드릴 뿐 아니라, 스스로 그 사랑이 더 큰 열매를 맺도록 애써야겠다는 다짐을 거듭하게 된다. (서강대학교 교육학과 교수)

어머니, 하루 빨리 제 이름으로
집 장만해 드릴게요

| 정지영 |

아흔이 넘으신 내 어머니의 가슴속에 남은 한이 있다면 "우리 큰아들 돈 좀 많이 벌었으면……." 하는 소망이다. 나는 아직도 그러한 어머니의 마음을 충족시켜 드리지 못하는 불효자로 남아 있다. 어머니의 한 맺힌 작은 소망을 한 마디로 요약하면 '큰아들 이름으로 된 집'을 갖는 것이다. 일산에 2,000여 평의 땅을 소유하고 있는 자형은 내게 언제든 그 땅에 집을 지으라고 하셨는데, 어느 날 어머니가 자형과 누나를 앉혀 놓고는 1,000만 원을 내미셨다. "자, 이거 얼마 안 되지만 땅값이다" 당황스런 표정의 누나와 자형에게 나는 "어머니의 돈을 안 받으면 집을 못 짓게 하는 것으로 이해될 수 있으니 일단 받아 두라"고 부탁했다.

251

사실 그 1,000만 원이란 게 "어서 집을 지으라"는 일종의 독촉장임을 나는 알고 있다. "올 안으로 꼭 지을게요, 어머니!" 내가 어머니를 기쁘게 해 드릴 수 있는 최선의 말이었다. 하지만 나는 작년에도 그렇게 말했고, 내년에도 똑같은 말을 할 것이다. 아들자식, 딸자식들로부터 조금씩 받은 용돈과 명절이나 생신 때 들어온 뭉칫돈을 아마 십수 년쯤 모아 모아 만드셨을 1,000만 원…… 어머니가 그 돈을 내 놓으실 결심을 하셨을 때에는 분명 "자, 그럼 내일부터 집을 지읍시다" 하는 대답을 듣고 싶으셨을 터인데…….

충청북도 옥천, 천구백삼십 년대의 일제 식민지 치하에서 어머니는 아버지의 얼굴을 처음 본 순간을 생생히 기억하신다. 혼인날은 물론이고 양가집 규수가 어찌 제 서방의 얼굴을 함부로 훔쳐보랴 싶어 아버지의 목 언저리 이하에 시선을 둔 채 신혼 첫 날과 둘째 날을 보낸 어머니는 사흘째 되던 날, 밥을 짓기 위해 방문을 열고 나서는 순간 사립문을 들어서는 낯선 앳된 남자와 눈이 마주친다. "누굴까?" 하며 바라보는데 그가 환한 미소를 던지며 다가오는 게 아닌가. 황급히 눈을 내리깔면서 '저 앳된 남자가 내 남편일까……? 정말 잘 생겼는데…….' 콩콩 뛰는 가슴을 어쩌지 못하고 부엌으로 들어서는데 그 남자가 성큼성큼 다가와 "자, 오늘은 콩밥을 좀 해 먹지." 하며 밖에서 막 따왔음직한 잎도 안 떨어진

콩 한 묶음을 내민다. 그 '미소년' 같은 아버지의 모습, 바로 그 때문에 어머니의 한 많은 고생은 시작된다.

대대로 물려받은 동래 정씨 옥천 문중의 땅 덕분에 세 끼 먹고 사는 데는 불편이 없었지만 사람이 어찌 밥 먹고 잠만 자며 살 수 있는가. 어머니는 새색시를 얻어 신나기만 할 뿐, 아무 대책이 없는 한 살 아래의 아버지를 설득하여 대전으로 나오신다. 친정 아버지께 도움을 청해 재봉틀을 하나 구입한 어머니는 삯바느질을 시작하고, 아버지는 친구와 함께 화장품을 만들어 파는 사업(?)을 시작한다. 타고난 손 맵시에 힘입은 어머니의 바느질 일은 눈 코 뜰 새 없이 바빴다. 배가 만삭이 될 때까지 정말 즐겁게 부지런히 벌었지만 아버지의 사업 실패와 첫 딸(내 큰누나)의 출산은 어머니를 다시 옥천으로 불러들인다. 시어머니의 보살핌을 받으며 산후 조리를 하는 동안, 명실공히 가장이 될 아버지는 함경북도 나남에 있는 당신의 사촌 형님을 찾아 출향하겠다는 큰 결심을 하기에 이른다.

남편이 자리가 잡히면 연락을 하겠다는 막연한 말을 남기고 떠난 후, 어머니는 시어머니로부터 사내아이를 낳지 못한 데 대한 온갖 구박을 받는다. 남편 없는 서러운 시집살이를 시작한 지 몇 달 만에, 어머니는 오매불망 사랑하는 남편으로부터 시어머니를 모시고 오라는 기쁜 기별을 받는다. 하지만 그 기쁨은 타향살이가 시작되면서 슬픔으로 바뀐다. 자리가 잡힌 남편은 잘 생긴 얼굴을 무기 삼아 여성 편력을 시작했고, 삼 년 만에 또 딸(나의 작은누나)을 낳은 어머니는 시어머니의 더욱 심해진 구박 속에서 살아야 했다.

셋째 아이가 태어날 때를 어머니는 결코 잊지 못하신다. 어머니 못지않게 땀을 흘리시며 홀로 아이를 받아 내시던 시어머니가, 아이가 나오자마자 훌쩍 일어나 나가 버리시는 게 아닌가. 어머니는 어렵게 일어나 그 핏덩이가 역시 딸임을 확인한다. 손수 탯줄을 끊으시고 아이를 씻긴 후 부엌으로 나가 미역국을 끓여 드시며 어머니는 시집온 이후 처음으로 눈물을 흘리신다. 왜 이 못난 년은 이토록 딸만 낳는 것일까……. 남편이 다른 여자를 만나면서 미안한 표정 하나 짓지 않을 때에도, 시어머니로부터 터무니 없는 구박을 받을 때에도 나오지 않던 눈물이 한없이 쏟아지는 것이었다. 그로부터 3년 후, 어머니는 두 번째 눈물을 흘리시는데, 그것은 그토록 서럽게 태어난 셋째 딸이 시름시름 앓다가 차디찬 타향의 겨울 땅에 묻힐 때였다.

무조건 아들을 선호하던 시절, 십 여 년의 혹독한 타향살이를 보내다가 해방을 맞으신 어머니는 식구들과 함께 남쪽으로 내려온다. 남편이 청주소방서에 취직을 하면서 어머니는 곧바로 다시 즐거운(?) 삯바느질을 시작하신다. 일을 해야만 시어머니와 부딪힐 일이 적어지기 때문이기도 했지만, 당시 청주 기생들 간에는 어머니의 손을 거쳐 간 한복이어야 맵시를 인정할 수 있다는 소문이 돌았다니 신이 나셨을 법도 하다.

이듬해, 그러니까 천구백사십육 년! 어머니는 온 세상이 당신 것이 된 듯한 생애 최고의 행복한 사건을 만난다. 시집 온지 열여섯 해 만에 기다리던 첫 아들을 낳은 것이다. 그 사건은, 시어머니의 구박으로부터 벗어나게 한 사건일 뿐더러 남편의 바람기를 잠재우는 엄청난 사건이었다. 그 첫아들이 바로 나, 정지영이다. 하지만 나를 낳고는 금방 다시 바느질 일을 시작했는데, 그것은 젖먹일 때 외에는 항상 낮엔 할머니가, 저녁 이후엔 아버지가 나를 차지하고 있었기 때문이다. 나는 그렇게 어머니의 손길을 흠뻑 느끼지 못하면서 자라날 수밖에 없었다.

삼 년 후 또 아이를 낳았는데 역시 아들이었다. 이제 어머니는 누가 뭐래도 정말 당당했다. 한국전쟁이 터지고 옥천, 상주 등으로 피난을 내려갔다가 다시 청주로 돌아온 우리는 얼마 후 식구가 무려 아홉 명이 된다. 어머니께서 셋째 아들을 낳으셨고 아버지의 형님 내외가 돌아가시면서 남기신 두 남매(나의 사촌형, 사촌누나)가 우리 집에 합류했기 때문이다. 아버지가 이번엔 청원군청에 취직하셨지만 아홉 식구를 거느리기엔 역부족이었다. 어머니도 다시 바느질을 시작하셨지만, 이미 미국 문화가 상륙하고 기생들이 양장을 선호하면서 어머니를 찾는 고객은 하나 둘 사라져 갔다.

어머니는 아홉 식구를 거느려야 하는 아버지의 박봉을 메우기 위해 과일전, 어물전, 잡화점 들을 거쳐 포목장사를 하기 시작하신다. 이때부터가 내 기억으로 어머니의 모습을 확연히 되돌아 볼 수 있는 시기이다. 그런데 애석하게도 나는 가끔 어머니의 점포로 가서 용돈을 타 냈던 것 빼고는 어머니의 사랑스런 손길이나 보살핌을 전혀 기억할 수가 없다. 그만큼 어머니는 바쁘셨고 돈벌이에 몰두하셨다.

최근에 어머니가 큰누나에게 하셨다는 말씀이 생각난다. 텔레비전 드라마에서 자녀들 교육에 끔찍하게 신경을 쓰는 요즘 어머니들의 모습을 보시고 "나는 너희들에게 정말 미안하다. 오직 돈 버는 일만이 자식들을 위하는 일이라고 생각하고, 정작 너희들이 학교 생활을 어떻게 하고 있고 집에 와서 어떻게 공부하는지는 외면한 채 살아 왔으니……" 하셨다는 그 말씀.

정말 어머니는 그렇게 정신 없이 살아오셨다. 실제로 초등학교 시절, 공부 좀 한다는 아이의 어머니들이 학교를 방문하여 선생님과 면담하는 모습이 자주 눈에 띄었지만, 그 아이들 못지않은 성적을 유지하는 자식을 두신 우리 어머니가 학교를 방문한 적은 오직 운동회와 졸업식 날뿐이었다.

　　그토록 고생하시는 어머니를 보면서 자란 나는 당연히 아버지에 대해 비판적일 수밖에 없었다. 어쩌면 지금의 내 모습처럼……. 아버지는 이기주의자였으며, 절대로 당신의 희생으로 가족의 행복을 추구하실 분은 아니었다. 그래서였을까? 아버지가 돌아가셨을 때 나는 눈물이 나오지 않아 얼마나 애를 태웠는지 모른다. 사흘장을 지내도록 눈물이 나오지 않았다. 내가 비로소 눈물을 흘린 것은 아버지의 주검이 우리 곁을 완전히 떠날 때, 즉 하관할 때였다. 그것도 곧 묻혀질 아버지의 모습 때문이 아니라, 관이 내려가기 시작하자 갑자기 뛰어들어 관을 잡고 통곡을 하시는 어머니의 모습 때문이었다. 내가 어머니 입장이라면 "그래 잘 가거라. 시집온 지 근 60년이 되어서야 내게 비로소 자유와 해방을 맛보게 해 주는구나. 늦게나마 고맙다. 부디 잘 가거라." 하실 것 같은데, 어찌 저토록 관을 잡고 당신 곁을 못 떠나시게 하는가. 그토록 아버지를 사랑하셨다는 말인가. 그 순간 나는 이제 혼자되신 어머니의 외로움을 발견했고 울컥 울음이 쏟아져 나왔던 것이다. 그랬다. 어머니는 근 60년을 아버지의 시달림 속에서 살아오셨지만 한번도 아버지에 대한 사랑을 접지는 않으셨던 것이다. 때로는 원망스러웠고 때로는 미워했지만 운명처럼 아버지를 사랑하셨던 것이다. 아버지가 어설프게 사업을 하시다가 동업자의 배신으로 많은 돈을 손해 보시면 그건 곧 어머니의 고생을 재촉하는 일이었다.

동업자를 잡아 돈을 받아 오겠다고 의기양양 나가신 아버지가 돌아오셔서 "사는 꼴이 볼 수가 없어 쌀 몇 말 팔아 주고 왔다"고 하시는 아버지……. 그런 아버지의 마음을 읽을 때마다 어머니는 원망과 한탄과 미움 깊은 곳에 자기도 모르게 아버지에 대한 사랑을 키워 왔던 것이다.

청주에서 포목장사를 그만두시고는 서울까지 와서 물건을 사셔다가 보따리 장사를 하시던 어머니는 서울로 이사 오신 후에는 강원도, 전라도, 경상도로 돌며 고추, 마늘, 쌀 등을 사서 친지들에게 팔러 다니셨다. 어머니가 돈벌이에서 손을 뗀 것은 아버지와 함께 둘째 딸과 셋째 아들이 살고 있는 미국에 1년쯤 다녀오시고부터이다. 그것도 어머니가 돌아다니실 기력이 떨어져서가 아니라 아버지가 고혈압으로 쓰러지시고 난 후 아버지를 곁에서 항상 보살피기 위해서였다. 그러니까 어머니는 일흔넷의 나이가 되어서야 돈벌이를 그만두신 셈이다.

어머니는 내가 영화감독이 되겠다는 의지를 말씀드렸을 때도 반대하시지 않으셨다. 희로애락을 속으로 삼키시는 어머니는 나를 믿으셨던 것 같다. 대학을 졸업하자마자 결혼한 나는 부모님과 아내에게 3년만 기다려 주면 반드시 영화감독이 되겠다고 선언을 하고 김수용 감독의 조수로 들어가 영화계를 노크했다. 하지만 나는 7년 만에야 「안개는 여자처럼 속삭인다」로 데뷔할 수 있었다. 그 동안 아내는 나 대신 돈벌이를 위해 생활 전선에 뛰어들었고 아이들이 태어나 자라고 있었다. 생활이 힘든 건 물론이었다. 항상 아버지가 불안해하셨지만 어머니는 여전히 내색하지 않으셨다. MBC-TV에 PD로 스카웃되어 갔을 때에 온 집안에 경사가 난 듯했지만 어머니는 그저 흐뭇한 미소만 입가에 담으셨다. 다시 영화를 한다고 방송국을 뛰쳐나왔을 때 온 집안이 말렸지만 역시 어머니는 그저 묵묵히 바라보시기만 했다. 어찌어찌 하다가 빚을 져 아버지가 남기신 아파트가 넘어가도 어머니는 내색 하나 않으셨다. 전셋집이 월셋집으로 바뀌어도 묵묵히 이삿짐을 싸셨다. 그런 어머니를 모셨기에 불효를 무릅쓰고 영화를 계속할 수 있었고, 그나마 「남부군」, 「하얀 전쟁」, 「헐리우드 키드의 생애」를 만들 수 있었던 게 아닐까……? 가끔 어머니는 국내외에서 아들 녀석이 타 왔다는 책장 위에 줄지어 선 상패들을 물끄러미 바라보신다. 아무런 표정도 없이…….

지난 96년, 어머니가 '예술가의 장한 어머니 상' 수상자로 결정되었을 때, 수상소감을 묻는 사회자의 질문에 "영화 만든다고 본인이 고생했지, 내가 뭐 해 준 게 있나요. 힘들어하는 아들이 안쓰러워 애태운 것밖에는 없습니다"라고 대답하시던 어머니. 뒤늦게 막내로 딸을 하나 더 두어 모두 육 남매를 키워 내신 어머니는, 아니 조카 두남매까지 모두 여덟 남매를 키워 내신 어머니는 아흔을 넘으신 지금도 자식 손주들이 모이는 명절이나 집안의 경사를 앞두면 만사를 제쳐 놓고 며느리를 앞세워 시장을 보시고 부엌일을 진두지휘하신다. 손수 떡을 빚고 국을 끓이고 전을 부치신다. "어머니, 어머니는 쉬시고 며느리들한테 맡기세요" 하고 말씀을 드리면 "힘 없으면 쉬라고 안 해도 쉰다. 기력 떨어져 움직이지 못할 때까지 움직여야 사람이지. 날 산송장 취급할래?" 하시는 어머니는 '일을 한다는 것'은 곧 '살아 있다는 것'을 의미하는 것으로 각인된 듯하다.

나는 요즘 자형과 누님의 배려로 그분들이 사시던 나에게는 과분한, 일산의 전원주택에서 어머니를 모시고 살고 있다. 그러나 어머니는 만족하시지 않는다. 왜냐하면 그것은 내 이름으로 된 집이 아니기 때문이다. 내가 이런 어머니에게 보답할 수 있는 길은 어머니의 소원대로 돌아가시기 전에 내 집 하나를 마련하는 일이다.

죽는 날까지 당신의 희생을 필요로 하는 자리에 서 계시고 싶어 하는 어머니, 지금도 새벽에 일어나 세 마리의 개에게 밥을 챙겨 주고 채소를 가꾸고 마당의 잡초를 뽑으시며 끊임없이 당신의 몸을 무엇가에 사용해야 직성이 풀리시는 어머니. 어머니, 부디 오

래오래 사세요. 언제 집을 짓게 될지 장담할 수는 없지만, 집을 짓
고 난 후 큰아들의 새 집에서 더욱 더 오래 사셔야죠. 어머니!

(영화감독)

남에게 해를 끼치지 않는 사람이 되어라

| 조한혜정 |

내 어머니 한주선 여사를 이야기하라 한다면 나는 진정한 "엘리트 신여성"이라 부르고 싶다. 일제 강점기라는 힘겨 웠던 시대를 사회 계몽운동과 선교활동이라는, 그 시대 정황으로 보아 여자로서는 어쩌면 힘에 부칠 수도 있는 일에 열성으로 매달 리던 용감한 행동인이기도 하였다.

1908년 구한말 식자층이었던 한씨 가문의 맏딸로 태어난 어머 니는 당시 외할아버지가 중국과 일본을 오가며 신학과 의학을 공 부한 학자였고 이미 기독교를 받아들여 집안 모두가 일찍 학문의 길로 들어서게 되었다. 어릴 때부터 영리하고 똑똑했던 어머니는 의사가 되고 싶어했는데 열너댓 살 되던 해 신사참배를 거부하여 여학교에서 쫓겨나게 되었다고 한다. 여학교에서 학교의 존립을 위해 신사참배를 하기로 결정을 보고 기숙사 학생들이 신사로 떠나던 날, 어머니는 학교에 남아 있었고 당연히 "안 가야 하는 것"이라는 생각뿐 별로 마음의 동요도 느끼지 않으셨다 한다. 기숙사에서 떠날 짐을 챙기고 한편 순사가 잡으러 오는가 약간 불안해져 있을 때 기숙사 사감이 와서 "네가 참 이 학교 학생이다"라고 울먹였고 어머니는 조용히 학교를 떠나 온 모양이다.

아마도 이 사건이 없었더라면 어머니는 당신이 원했던 대로 의학을 공부하여 자신의 삶을 살 수 있었을 것이고 나는 이 세상에 태어나지도 않았을 것이다. 지금 고등학생 나이에도 미치지 못하는 어린 나이에 그렇듯 당차게 당신의 의지대로 학교를 박차고 나올 수 있었던 용기는 어디에서 온 것일까? 아마도 외할머니의 강인한 성품을 고스란히 물려받아서일 것이다.

오늘날의 내가 어머니의 성품을 이어받은 것과 마찬가지로 내 어머니를 이야기함에 있어 어머니의 어머니, 곧 나의 외할머니를 빼 놓을 수 없다. 나의 외할머니는 곡물상으로 부자가 된 집에서 태어났는데 딸만 둘 있는 가운데 맏딸이었다고 한다. 워낙 성격이 괄괄하고 영리한 분으로 신학문, 구학문을 두루 배웠고 모든 일에 거침이 없는 여장부였다고 한다. 하고 싶은 일이면 마음대로 하던 외할머니는 혼인한 뒤 계속 아들 셋을 잃었는데, 딸만 있는 집에

다가 아들이 자꾸 죽어간다는 사실 자체로 상당한 스트레스를 받았을 것이다. 그러나 외할머니는 의협심과 정의감이 대단한 신여성으로 불경과 성경을 비교 연구해서 당신 성격에 기독교가 맞다면서 기독교로 개종하였다고 한다.

개화한 할머니는 나라가 위급한 상황에 무슨 내외 따위를 하겠느냐며 전통적인 남녀 내외 규칙을 지키지 않고 강연을 하러 다녔고, 의사가 되라고 여동생을 도쿄에 유학 보냈으며, 딸에게는 한 남자를 섬기기보다 나라를 섬기는 것이 낫다면서 독신 의사가 되라고 하였단다. 선교사에게도 "너희들이 이 땅에 와 잘난 척하고 사람들을 사랑하지 않으려면 당장 너희 나라로 가라"고 호통을 칠 정도로 눈치를 보지 않고 산 분이다.

온화하고 차분한 성품의 어머니는 남을 돕고 계몽하는 일에 여생을 보내기를 원하셨고 지금도 남을 위한 일이라면 조금의 주저도 없는 양반이다. 그러다 보니 이런 어머니를 두고 나는 가끔씩 우스개 삼아 "남을 도와주어야 한다는 생각이 강박관념화" 되어 있는 분이라고 말하고는 한다. 처음 어머니가 의사가 되고 싶어하였던 것도 공부를 잘하고 똑똑했기 때문이 아니라 단순히 사람들을 돕고자 하는 뜻에서였다고 한다. 어머니 당신에게 의사란 직업은 자아 실현이 아니라 계몽 사업을 위한 수단이었던 셈이다.

신사 참배 거부로 다니던 여학교에서 쫓겨난 뒤 그토록 바랐던 의사의 꿈이 좌절되고 나서도 어머니는 크게 실망하지 않았다. 꼭 의사가 아니더라도 사람들을 도울 수 있는 다른 방법이 있다는 생각을 하였던 것이다. 여학교를 나온 뒤 독실한 기독교인이던 어머니는 신학교에 입학하면서 지금으로 치자면 "주일학교"를 운영, 여기저기 찾아다니며 선교활동과 계몽운동을 벌였다. 「상록수」의 모델이 된 "채영신"과 같은 삶을 살고자 했던 어머니는 외할아버지가 운영하시던 고아원 일을 돕고 주일학교를 다니며 평생 독신으로 살면서 나라를 위하는 일에 전념하려 했다.

외할아버지의 조력자로, 사이가 소원하던 부모님 사이에서 맏딸로서 충분한 절충 구실을 하면서 신학교에 다니던 어머니에게 혼인을 선택해야만 하는 상황이 왔는데 아무래도 일제 치하에서 독신을 유지하기란 쉽지 않다고 생각하던 차에 아버지를 만나게 된 것이다.

신학교 친구의 두 살 아래 동생이던 아버지와의 만남은 마침 아버지가 살던 동네에서 주일학교가 열려 어머니가 이런저런 상담을 하면서 이루어졌는데, 경상북도 상주 양반 가문의 외아들이었던 아버지와 어머니는 학문과 신앙을 비롯한 모든 면에서 뜻이 맞았고 이것이 인연이 되어 혼인을 하기에 이른다. 괄괄하고 강인한 나의 외할머니 못지않게 아버지의 어머니, 곧 나의 친가 쪽 할머니 또한 주체적인 삶을 사셨던 분이었고 어찌 보면 나의 정서는 이 두 할머니로부터 이어져 오고 있는 것인지도 모르겠다.

엄한 유교 가문이자 가난한 종손집의 종녀로 자란 친할머니는 시집을 가서 아이 넷을 낳고 서른이 되기 전에 과부가 되었고 "서방 잡아먹었다"는 시집 눈총을 받으면서 삼년상을 치른 뒤에 기독교로 개종해 버린 분이다 선비 집안에서 태어나 친정 가까이 살면서 기독교를 믿기로 한 것은 당시로 보아 엄청난 일이었지만 유교 사회에서 과부로 사는 삶이 어떤지 잘 알고 있던 영리한 할머니는 과감하게 개종을 선택, 혼자의 몸으로 집안을 꾸리고 전도로 다닌 여장부였다.

내가 가지고 있는 활달한 성격은 두 할머니의 용감한 행동에서 비롯되었다고 보아도 좋을 것이다. 그이들은 과부가 되었다거나 아들을 못 낳은 사실을 열등감으로 느껴야 하는 기성 체제의 권위주의를 거부, 스스로 삶의 주인이 되는 삶을 사셨고 그런 어머니들 밑에서 성장한 내 부모님의 결합은 기독교가 맺은 인연인 동시에 같은 철학과 신념과 문화를 가진 두 집안의 결합이라고 보아야 할 듯하다.

혼인 뒤 네 자녀를 낳아 기르면서 부모님은 될 수 있으면 자식들이 자유로운 분위기에서 학문에 전념할 수 있도록 했는데 두 집안에 모두 학자나 의사들이 많아서 우리 형제들도 그 전통을 이어가는 것이 자연스럽게 여겨졌다. 선대가 그랬으니 너희도 의사나

학자의 길을 가야 한다는 언질도 기대도 없었지만 우리들은 어릴 때부터 책 읽고 공부하는 것을 좋아했고 또 거기에 익숙했다.

언제나 책을 손에 잡고 놓지 않았던 내게 아주 자랑스러운 존재였던 아버지는 서양의 철학자와 사학자, 신학자 들의 이론을 섭렵한 학자였다. 학문에서건 생활에서건 지나칠 정도로 완벽을 기하는 성품으로, 지식과 삶이 따로 움직여야 하는 딜레마로 고민하는 아버지를 보며 나는 그 시대의 "창백한 지성"의 모습을 보곤 하였다.

어머니는 기존 사회보다는 당신의 신조에 충실한 생활을 해 왔고 사회의 통념이 옳지 않을 수도 있음을, 그래서 꼭 그대로 따라야 할 필요가 없음을 일찍부터 우리 네 자녀에게 일깨워 주었다. 학교에 가기 싫으면 안 가도 되었고 중, 고등학생에게 금지된 영화가 상영되면 어머니는 당신이 책임을 질 생각으로 영화관에 함께 가 주었다. 특히 우리 식구들이 즐겨한 산을 타는 일이나, 술 마시는 일 들에 대해서도 전혀 상관하지 않았다. 어머니에게 있어 "하느님께서 잠시 내게 맡긴 자식"들이었던 우리는 여느 부모라면 능히 가질 수 있는 기대나 보상 심리 또는 강요로부터 자유로웠고, 하고 싶은 일이라면 뭐든 해 볼 수 있는 체험장과도 같은 가정 환경 속에서 성장기를 보낼 수 있었다. 어머니는 우리의 삶에 전혀 간섭하거나 조바심 내는 일 없이 지켜보는 관리자의 구실을 해 온 셈이다.

우리를 기르면서 어머니의 기도는 "남에게 해를 끼치지 않는 사람"으로 자라게 해 달라는 것이었다. 남에게 해를 끼치지만 않는다면 자기가 원하는 대로 해 나가는 것이 중요하다고 생각하였기 때문에 대학을 마친 뒤 유학 가겠다는 딸들에게 혼인 적령기 따위의 말을 전혀 내비치지도 않으셨다. 이러한 어머니의 생활 신조는 내게 큰 영향을 주었으며 조금 지나칠 정도로 남에게 무신경한 나의 자유로운 생활 방식은 어머니의 이러한 의도적 노력의 산물이기도 하다. 나의 자녀 양육 방식도 이런 점에서는 어머니의 방식을 대물림하여 내려오고 있다. 아이가 기존 사회의 통념을 맹목적으로 따르는 어른이 되지 않기를 바랐기에 옳지 않다고 생각하는 습관이나 통념에는 승복할 필요가 없음을 일찍부터 의도적으로 가르쳐 왔고 어머니가 나에게 그랬던 것과 같이 싫어하거나 좋아하는 일에 대해서도 아이들이 스스로 판단하게끔 되도록 내버려 둔다. 어머니의 방식이 옳았다는 것을 알기 때문이다.

천구백사십팔 년 부산에서 셋째 아이로 태어난 나는 책 읽는 문화를 가진 집안 분위기 덕에, 그리고 사회 경제적으로 안정된 환경에서 공부를 잘 한다는 까닭만으로 학교 안팎에서 주어지는 많은 특혜를 누리며 자랐다. 평탄하게 기독교계 엘리트 학교를 다닌 나는 서양식 자유주의 이상을 가진 선생들 아래서 배웠으며, 대학을 졸업하고 미국 유학을 가서 박사가 된다는 것이 내게는 일찍부터 당연시된 행로였다. 유학파 친구들 가운데는 집에서 혼인하지 않으면 보내 주지 않겠다고 해서 고민하는 이들도 꽤 많았는데 나는 그런 구속과는 거리가 멀었기에 집인의 축복 속에 유학 길에 올랐다. 의학을 공부한 언니와 오빠는 장학금으로 유학 생활을 충당했지만 인문과학 쪽으로는 아무런 장학 혜택이 없어 주저하던 내게 어머니는 학비 부담으로 의기소침해 하지 않도록 배려해 주셨다. 돈이 드는 것은 사실이지만 혹시라도 부담을 느껴 진정 원하는 일을 포기하게 될까 하여 전혀 내색함 없이 미국행 비행기를 태워 보내 주었던 것이다. 어머니는 자식에 대한보상 내지 기대 심리를 가지기보다 많이 배워 이 나라를 위해 일할 수 있는 당신 자식의 모습이 보고 싶었던 것이다.

삶을 관찰하고 기록하고 분석하는 역사가가 되겠다는 내 어릴 적부터의 꿈은 유학 생활 동안 좀더 인간을 연구하고 가까이 접하게 다가설 수 있는 인문과학인 인류학으로 바뀌었는데 이 기간은 내게 서양 사회를 연구하는 현장이 되었고 페미니즘에 눈을 돌리는 계기를 마련해 주었다. 미국으로 떠나는 나에게 아버지가 들려준 유학 생활 수칙이 생각난다. 스스로 진보주의자임을 내세우는 아버지는 신식 미국 유학 생활의 경험이 있던 터라 많은 조언을 주셨는데, 너무 진을 빼지 않도록 여유를 가지고 재미있게 공부하고 그 사람들에게 기죽지 말라는 것이 아버지의 당부였다. 행여 우리 글에 대한 감각을 잊어버릴까 봐 꼬박꼬박 잡지를 부쳐 주시던 부모님이 없었다면 나의 유학 생활은 길고도 힘든 생활이었을지도 모르겠다.

유학 기간 동안 만난 남편과 혼인을 하고 아이를 낳아 기르는 과정에서 나는 새삼 어머니의 자리라는 것이 어떤 것인가를 느끼게 되었고 우리 어머니가 얼마나 자식을 현명하게 키웠나를 다시금 깨닫게 되었다.

나는 어머니와 서로 의견이나 모든 면에서 유난히 잘 맞는 편이다. 어머니는 이 세상 누구보다 나라는 사람을 잘 알고 나 또한 어머니를 가장 가까이 이해하고 있다고 생각한다. 우리 모녀는 지금까지 한 번도 크게 갈등하거나 대립해 본 적이 없다. 내가 보고 느낀 바를 대화로 나눌 수 있는 집안 분위기가 식구들 사이의 마찰을 없애 주었고 무엇보다도 지나친 가족간의 *끈끈함*이나 기대감 없이 하고 싶은 일은 다 해 보고 자랐기 때문에 크게 부딪칠 일이 없었던 것이다. 나의 언니나 오빠가 기억하는 어머니와의 관계는 나와 아주 다를지도 모르겠다. 셋째 아이로 자란 까닭도 있으려니와 어머니와는 처음부터 마음이 잘 맞았고 늘 어머니를 믿는 마음이 컸던 나는 지금도 어머니가 늘 옳은 판단을 하는 현명한 분이라는 믿음을 가지고 있다. 부모님과 아이들과 함께 살고 있는 요즈음 어머니가 친구처럼 느껴진다. 여든을 넘긴 나이에도 어머니는 늘 곱고 아름답다. 아침에 눈을 떠 산책과 성경 읽기로 하루를 시작하는 어머니는 나보다 내 아이들을 더 이해하는 편이다.

가끔씩 아이가 늦게 들어오는 일로 꾸짖기라도 하면 어머니는 "얼마 동안 내버려 두면 저 스스로 알아서 할 것"이라며 알아서 하게 내버려 두라 하신다. 내가 그렇게 자랐음에도 내 아이에게 가끔 잔소리를 해 대는 것을 보면 아마도 나는 어머니만큼 대범한 편은 못 되는가 보다. 부모님과 함께 살면서 아이들은 할아버지 세대와의 유대를 즐기게 되었는데 나는 권위로 질서를 유지해 가는 가부장적인 가족보다는 친밀한 핵가족이 낫고, 그러한 핵가족보다는 서로를 이해할 수 있는 구성원들로 이루어진 대가족이 낫다고 생각한다. 가족이야말로 정서의 유대와 유전자를 동시에 공유하는 지구상에서 유일한, 묘하면서도 재미있는 관계가 아닐까 한다. 그러나 가족이라고 해서 무조건 기대를 강요받아서도 안 되고 지나친 끈끈한 유대감으로 서로를 구속해서도 안 된다는 것이 나의 생각이기도 하다.

요즈음 들어 아버지가 예전에 당신을 섭섭하게 했던 일을 끄집어 내 은근히 아버지를 힐책하는 어머니를 보면서 어머니도 한 사람의 여자구나 새삼 느껴 본다. 주체적인 삶을 살아 왔다고 자부할 만큼 현명하고 혁신적이던 어머니가 아버지에게만큼은 "전근대적"인 행동을 보이는 까닭은 아마도 어머니가 "남자 중심"의 생각이 강한 시대에서 산 분이기 때문이리라 생각된다.

지금도 번 돈의 10퍼센트는 사회에 환원해야 한다며 남을 돕는 일이라면 무슨 일이든 해야 한다는 어머니의 식을 줄 모르는 애국심을 보면서 어머니의 성향을 가장 빼닮은 나도 언젠가는 나도 모르게 저 "남을 도와주어야 한다는 강박관념"에 물들지 않을까 하는 걱정 아닌 걱정을 해 보기도 한다.

여든이 넘어서도 늘 한결 같은 어머니를 보면서 그 동안 쌈 없이 너무 바쁘게 살면서 어머니를 위한 여가 시간을 내지 못했다는 죄송한 마음이 든다. 평생을 고여 있지 않고 늘 깨어 있는 신여성 어머니의 주체적인 삶이 곧 내 삶의 양질의 자양분이 되었으며 이는 곧 내 아이들이 뻗어 나갈 자유로운 삶의 훌륭한 밑거름이 되리라 굳게 믿는다. (연세대학교 사회학과 교수)

그 한평생의 음식 보시

| 한복려 |

어디에 가서 나를 소개할 때에 흔히 가장 알아듣기 쉽고 기억에 남게 하려고 궁중 음식을 하는 인간 문화재 황혜성의 딸이라고 하고 남도 그렇게들 한다. 또 어떤 이는 거기에다 한 마디 더 붙여 텔레비전에 나와서 김치 선전하는 종갓집 할머니의 딸이라 한다.

한복려로는 아직도 미흡하여 좀더 나아 보이려고 황혜성의 큰딸이란 수식을 꼭 붙이고 다니니 영광스러운 일인지 손해인지는 몰라도 그 수식에서 영원히 벗어나진 못할 듯하다.

훌륭한 부모의 자식이 제 구실을 하면 부모가 더 훌륭해 보이지만 미미할 때는 그 부모도 형편 없는 사람으로 만들 때도 있어 우리 남매들은 어머니의 훌륭한 명성에 누가 안 되도록 늘 조심하며 살고 있다.

밖에서들 어머니의 모습을 가장 온화한 한국의 여인상이라 말한다. 정말로 어머니의 얼굴을 보면 모난 데가 없이 아주 곱다. 우리는 잘 보이려 찍어 바르고 칠해도 마찬가지인데 아무것도 바르지 않은 어머니 얼굴은 곱기만 하다.

나는 이제 오십이 다 된 나이지만 아직도 어머니를 모시고 한곳에서 일을 한다. 남들은 흔히 혼자 있는 부모를 안타까워하면서도 같이 살지 못하는 형편이니 어머니나 나는 행복한사람들이라 하겠다.

어머니께 붙은 호칭은 무형문화재 제 38호 조선 왕조 궁중 음식 기능 보유자이지만 옛날엔 학교 선생님이셨다. 당신 말로는 학교 선생 노릇 45년을 진력도 안 나게 잘 해서 그것이 평생에 가장 잘한 일이고 복 받은 일이라 한다. 스물한 살에 선생이 되어 예순다섯 살에 성균관대학교에서 퇴임을 하셨으나 일흔다섯인 오늘까지도 궁중 음식 연구원에서 일 주일에 두 번 열강을 하시니 가르치는 일이 평생의 업이신 분이다. 게다가 오시라는 데는 돈을 얼마를 주든 기꺼이 가셔서 가르치신다. 조금 셈이 빠른 우리들은 "어머니, 돈이 다는 아니지만 그래도 돈이 사람의 가치를 평가해 준다고요. 어머니의 권위가 떨어진다고요" 하면서 만류를 하면 "그래 너희는 그래라. 그래도 꼭 그런 것만은 아니야" 하신다. 어머니는 남들에게 잘난 체하거나 권위를 세우지 않고 모든 이를 가깝게 대하시니 어떤 이는 이를 악용을 하여 어머니 모시고 사진 한 번 찍고는 수제자인 듯이 행동하고 정말로 예의 없이 대한다. 그러나 옆에 있는 우리가 더 화를 내지 본인은 "그 사람 왜 그런다니" 할 정도이다.

나는 요즈음에 어머니와 자는 시간만 빼고 생활을 같이 하면서 사람이 나이 들어 늙어 가며 변하는 모습을 어머니를 통해 잘 관찰한다. 그러면서 나도 저렇게 되겠지. 아니야. 더하면 더했지 덜하지는 않을 거야. 흉 보면서 닮는다는데 하기도 한다. 그러면서 요즈음은 어머니가 하시는 일에 곧잘 제재를 가하곤 한다. 어머니도 똑같은 인간이고 노인이기에 노인들이 갖는 외로움, 기억력의 쇠퇴와 무관하지 않게 일관성 없이 기분에 따라 행동하시기도 한다. 그럴 때에는 죄스럽지만 어머니 말로 하자면 "혼 내는" 일을 하곤 한다. 될 수 있으면 이제는 어머니 하시고 싶은 대로 그대로 좇는 것이 가장 잘 하는 효도라 여기지만 그래도 잘난 체를 해야 할 때도 있긴 한 것이다.

이런 말이 건방질지 모르나 우리 어머니는 매우 영특하시다. 강의를 하실 때엔 이제도 신들린 무당처럼 몇 시간이고 이야기를 하신다. 그러나 이제 딸에게 자리를 내 줄 시기가 되었다고 느끼셨는지 한참 이야기를 하다가 "재가 혼 내요" 하며 물러나실 만큼 강의 애착이 대단하시다.

요즈음에 어머니가 가장 좋아하시는 일은 여행을 가시는 것이다. 여행 자체가 좋아서라기보다는 혼자 계시기 싫어서이다. 아직도 일을 하고 여러 사람 속에 살고 있는데도 혼자 있을 시간을 걱정스러워한다. 게다가 여행 자체를 좋아하시기도 한다. 그리하여 어머니의 가방에는 당장 어디론가 떠나도 될 만큼 없는 것이 없다. 큰 가방 속에 작은 주머니들이 한 열 개는 들어 있을 것이다. 그 작은 주머니들에 펜, 종이, 수첩, 바느질첩, 핀, 화장 도구, 비닐 주머니, 끈, 보자기, 양말, 우산, 명함, 우편물, 휴지, 수건 따위들이 들어 있다. 그래서 매우 무겁다.

하루는 방송 일을 하러 갔다가 분장을 해 주는 분이 먼저 들어오면서 "교수님 정말 고집이세요" 하길래 놀라서 왜 그러냐 하니 가방을 들어 드린다 하니 절대로 안 된다며 주지 않으신다는 것이다. 그러면서 "그러면 젊은 사람이 욕을 먹어요" 한다. 대개는 노인이 옆에 계시면 공경하는 마음으로 부축하고 거들려 하는 것이 상식인데 왜 (노인이) 수족이 멀쩡하여 노인이 응석이냐고 하신다. 그래서 우리는 가방을 들어 드리지도 않고 부축하지도 않는다. 정말로 건강하시기 때문에 우리 자식들에게는 더할 수 없는 복이지만 역시 노인이시기에 걱정이 되기는 한다.

또 어머니가 싫어하시는 것으로 머리 아프다, 몸이 쑤신다 하여 아프다고 남에게 하소연하는 것이다. 실은 어머니도 어렸을 때부터 건강한 체질은 아니었던 모양이다.

어머니는 우리 외할머니가 백일 기도로 서른한 살에 낳은 고명외딸로 십 년을 자라다가 남동생을 보셨다. 우리 외할머니도 고명딸이었다고 한다. 정말로 자손이 귀한 집이고 너무 약하여 만지면 터질 지경이어서 천안 읍내 기와집에서 어머니의 할머니(나에겐 외증조모), 어분 엄마(업어주는 엄마), 젖 엄마(유모), 까가 엄마(광덕사 스님), 무당 엄마(명을 길게 하려고) 사이에서 애지중지 키워졌다. 일곱 살에 보통 학교에 억지로 들어갔지만 오늘로 치면 자가용인 업고 다니는 머슴 두꺼비가 집에 돌아갈까 봐 그 걱정만 하다가 낙제를 할 지경이 되어 한 해 쉬었다가 학교에 들어갔다 한다.

사람은 암만 어렸을 때에 호의호식하며 금송아지, 은송아지 해도 늦호강이 낫지 옛날 잘 살던 것은 아무 소용이 없다지 않나? 어머니도 어렸을 때의 호강에 비하면 많은 고생을 하신 편이다. 우리 오 남매(이제는 오빠가 안 계셔 사 남매지만)를 학교 선생 하면서 이만큼 만들어 놓으셨으니 누구라도 그 고생은 짐작할 만하다. 더욱이 내 중학교 삼 학년 때(오빠는 고2) 오빠가 지리산 산행을 하다 조난당했으므로 아버지가 그 충격으로 아예 오빠가 묻힌 고향에 가서 생활을 하셔서 어머니는 경제적으로 가장이 될 수밖에 없었다.

나는 어릴 때부터 어머니가 학교에서 월급을 타 오면 한 달치 외상값 갚으러 다녀야 했는데, 우리 자매들은 순번제로 살림을 맡아 하게 되어 있었다. 직장을 가진 어머니를 둔 덕에 보통 아이들이 느끼는 어머니의 푸근함이나 아버지와 더불어 느끼는 가정의 화목함은 느껴 볼 새도 없이 그저 어머니가 하시는 일을 지켜보고 자연스럽게 보면서 어른이 되어 버렸다.

나는 가끔 내 차에 어머니를 태우고 퇴근을 하며 어머니의 한탄을 듣는다. "이 나이가 되도록 버젓한 내 일 할 수 있는 공간도 못 갖고 남의집살이를 하니 무얼 했는지 모르겠다" 하시면 나는 "엄마, 집 가졌다고 다 부자가 아녜요. 엄마는 딸 셋을 데리고 어머니가 하시고자 하는 일을 다 시키고 있으니 얼마나 부자예요? 돈은 우리가 앞으로 벌어 집도 짓고 할게요" 한다. 그 정도로 어머니는 이재에는 밝지 못하고 돈이 들어올 낌새가 생기면 어떻게 아는지 나갈 구멍부터 생긴다며 항상 쩔쩔매셨다.

중학을 2학년까지 공주에서 다니다 어머니 사촌오빠의 권유로 또 깨우치신 외할머니의 과감하고 근대적인 사고로 어린 나이에 일본 규슈로 유학을 가셨다. 우리 외할머니는 여자는 공부를 할 수 없는 시대에 태어나서 혼인을 하시고 어머니가 태어나기 전에 한이 되어 이웃집 아이를 빌려 업고 글방 창문에서 동냥글로 천자문을 깨우치셨다고 한다. 글 모르는 설움이 한이 되어 외동딸을 유학까지 보내려 했으니 참 대단하신 분이라 여겨지고 가끔 너는 외할머니를 닮았다 하면 기분이 좋아진다.

어머니는 어렸을 때에 아쉬운 것이 없이 살아 돈은 어머니가 궤짝을 차고 다니며 편지, 전보만 보내면 바로 보내 주는 것으로 아는 철부지였다고 하신다.

여학교는 불교 재단의 지꾸시 고녀를 마치고 다시 불교 재단의 교도 여전에 입학하셔서 가정학을 공부하셨다. 어머니는 독실한 불교 신자라고는 할 수 없으나 학교 생활이 마음을 다스리는 선의 공부였기에 그것이 몸에 배어 있어 크게 놀라지도 감격스러워 하시지도 않는다. 희로애락의 폭이 크시지 않고 조용하시다.

어머니는 대학을 졸업하고 바로 고향인 충청도 대전에 있는 대동여고에 용감하게 자기의 이력서를 보내고 근무하기를 희망하셔서 바로 교사가 되셨다. 갓 스무 살에 고등학교 선생이라니 정말 용감하셨다. 우리는 자랄 때에 어머니에게 맞거나 크게 혼이 난 적은 없다. 그저 학교 선생님의 자제였기에 나타나지 않는 조용한 학생일 뿐이었다.

국민학교에 들어가기 전에는 일요일이면 어머니가 재직하는 여학교(육이오 피난에서 돌아와 잠시 영등포여고에 근무하셨다)에서 고만고만한 딸 셋을 줄줄이 달고 광목으로 긴 런닝샤쓰에 레이스를 단 것처럼 보이는 원피스를 만들어 입히고 일직을 하곤 했다. 옛날엔 선생의 자제는 제자들과 매우 친하고 귀염을 받았는데 지금 교사들이 자기 아이를 달고 학교에 다닌다면 정말 볼썽사나울 것이다.

어머니 말마따나 어머니는 가정교육을 받을 기회가 없었으니 오늘날 음식으로 무형 문화재가 되기까지 완전히 독학했다고 할 수 있다. 스물한 살에 외조모, 스물두 살에 부친을, 스물세 살에 모친을 여의고 열세 살짜리 남동생만을 가진 고아 신세가 되어 버렸는가 하면, 모친상을 당한 스물세 살에 서울 숙명여전에 부임하여 교수 생활을 시작하셨으니 말이다.

혈연이라고는 열 살 밑 남동생 하나뿐이었으니 얼마나 외로웠을지는 짐작하고도 남을 만하다. 어머니가 궁중 음식을 하게 된 것은 학교에서 조선 요리를 가르쳐야 하는 다급함 때문에 윤비 마마가 거처하던 낙선재에 드나들게 된 것이 동기가 되었다. 그때에 한희순 상궁(제1대 궁중음식 보유자)이 순종을 모시다가 왕위를 내 놓게 되니 자연히 궁에서 살지 못하고 윤비마마를 모시며 수라를 돌보고 계셨다. 엄격한 궁중 법도가 남아 있는 곳에서 어깨 너머로 음식 만드는 일을 익히며 노트에 적으며 교재를 만들어 학생을 가르치셨다 한다.

나는 어릴 때에 영등포에서부터 어머니의 손을 잡고 한상궁님이 계시는 별궁과 청량리 어느 분 댁에까지 따라다니며 「이조 궁정 요리 통고」라는 책을 만드는 것을 본 기억이 난다. 어머니는 한상궁 마마가 거처를 옮길 때마다 우리집을 옮겼다.

모친을 잃은 슬픔을, 가르치는 일에 정열을 쏟고 당신 어머니와 같은 나이의 스승을 모시게 되어 한탄하실 새가 없었을 것이다.

어머니가 세상에 나서 가장 뿌듯하게 생각하시는 일은 좋은 스승을 만나 스승으로 정하고 갖은 애를 써서 기능 보유자로 지정되시게 하였다는 것이다.

궁중 음식이 결코 사치한 것이 아니라 가장 한국 음식의 전통을 잘 보존하고 모범이 되는 것이기에 실제로 산 증인이 있을 때에 그이를 기능 보유자로 지정케 한 것이다. 한상궁은 지정받으시고 한 해밖에 사시지 못하여 어머니가 당신 부모 돌아가신 것보다도 더 애석하게 여기신다.

어머니는 궁중 음식을 정립하시려고 창경궁에 있던 규장각에 드나들면서 음식에 관계되는 의궤를 먼지 구덩이에서 찾아 옮기고 종묘에 다니며 기물을 찾아 보고, 음식에 관계되는 고서를 찾느라 인사동 통문관에 드나드시고, 정말 공부에 가속이 붙으셨을 때인 것 같다. 아이는 고만고만하고 살림도 해야 했을 텐데.

나는 대학에 들어가서도 어머니가 문화재 관리국에서 시행하는

향토 음식 조사를 할 때에 배낭을 맨 어머니를 쫓아다닌 기억이
생생하다. 원고 정리, 학생들 과제물 정리, 텔레비전 출연 준비들
을 하게 되어서 쫓아 다녔을 뿐이지만 이제 어머니의 뒤를 이을
후보자가 되어 버렸다. 좀 일찍 깨우쳐 한 가지라도 눈여겨 볼 것
을 하고 후회하기도 한다.

어릴 때에 부모가 하는 일을 자연스럽게 보여 주고 데리고 다니
는 것만 해도 아이의 장래를 바로잡아 줄 수 있는 길이라 여긴다.

어머니는 늘 당신이 하는 일은 공양하는 마음으로 음식을 보시
하는 일이라 하신다.

음식을 만드는 사람은 마음이 고와야 하고 겸손해야 하며 손과
마음이 일치가 되어 즐거이 만들어야 한다고 늘 말씀하신다. 식구
들에게 먹일 것이나 남에게 파는 음식이거나 한결같이 먹는 이를
생각하여 극진한 마음으로 대할 것을 말씀하신다. 무엇보다 사람
을 감동케 하는 일은 극진한 마음으로 잘 먹이는 일이라 하신다.

역시 그러한 속에 살다 보니 나 자신도 얼마쯤 그리 됨을 부인
할 수 없다.

어머니가 평생 말 못하고 마음에 담아 두고 사는 것은 경기고 2
학년 때에 산에서 저세상으로 가 버린 오빠 생각이다. 그 덕분에
오빠 친구들을 아들로 삼고 이제껏 인연을 맺으며 살지만 모든 것
은 마음의 위안일 뿐이지 오빠를 대신하지는 못한다. 오히려 아버

지는 돌아가시기 한 해 전에 당신이 묻힐 산 정상에 오빠의 유품을 묻고 통곡을 하셨으니 속은 풀었다고 할 수 있다.

자식이 불효를 하는 것도 갖가지라는데 나 또한 혼인을 하여 남편을 저세상으로 보냈으니 막막하게 딸을 바라보게 하는 슬픔을 어머니께 드렸고 거기에 자식까지 잃게 되어 더한 아픔을 드린 죄인이 되어 버렸다. 인간사가 마음대로 안 된다. 하지만 자식의 애절한 슬픔을 바라보는 부모의 가슴은 어떠할까? 정말로 어떤 효도로도 못 갚을 빚을 진 셈이다. 어머니와 나는 사랑하는 사람을 같이 잃어야 하는 슬픔 때문에 말은 하지 않아도 더욱 애틋한 마음으로 살고 있다. 어머니는 이제 나를 마지막으로 의지할 수 있는 나무로 생각하시고 든든해한다. 물론 아들에게서 느끼는 흐뭇함도 있겠지만.

어머니는 동생들에게 "너희들은 언니가 어렸을 때부터 키웠어. 언니에게 잘 해야 해"하신다. 갈수록 나는 책임감이 커져 온갖 짐은 다 지고 가야 할 것 같은 착각을 할 때도 있다. 그렇지만 한편으로 나와 똑같은 생각을 하고 있고 같은 일을 하는 동생들이 있기에 어머니가 이루신 일을 잘 이끌어 갈 것이라는 든든함도 가지고 있다.

우리 어머니의 거처에는 사기로 만든 온갖 동물 모형이 아기자기하게 동물원을 이루고 있다. 여행을 하시며 사 모으신 것이다.

그것을 자리를 옮겨 주고 닦고 하며 여행의 추억에 잠기시곤 한다. 오늘도 수첩에는 가실 곳이 빽빽이 적혀 있다. 팔월에는 못 가 보신 캐나다와 외손녀가 사는 시카고에 가실 생각으로 꿈에 부풀어 있다.

어머니가 여행을 다녀오시면 우리 남매는 재미있어한다. 우리들은 엄마 침대 밑에 주루룩 앉아 똑같은 선물이지만 언제나 신기하고 요긴한 선물을 받는다.

스스로 별명을 황센스라고 하시며 즐거워하시는 어머니의 센스 있는 선물을 언제까지나 받아 볼 수 있기를 기원하며 이 글을 쓴다. (요리연구인)